Fugalaça

MAYRA DIAS GOMES

Fugalaça

Editora Record
RIO DE JANEIRO • SÃO PAULO
2007

CIP-Brasil. Catalogação-na-fonte
Sindicato Nacional dos Editores de Livros, RJ.

G615f Gomes, Mayra Dias
   Fugalaça / Mayra Dias Gomes. – Rio de Janeiro: Record, 2007.

   ISBN 978-85-01-07605-2

   1. Juventude – Conduta – Ficção. 2. Romance brasileiro. I. Título.

                        CDD – 869.93
07-0732   CDU – 821.134.3(81)-3

Copyright © Mayra Dias Gomes, 2007

Todos os direitos reservados. Proibida a reprodução, no todo ou em parte, através de quaisquer meios.

Direitos exclusivos desta edição reservados pela
EDITORA RECORD LTDA.
Rua Argentina 171 – 20921-380 – Rio de Janeiro, RJ – Tel.: 2585-2000

Impresso no Brasil

ISBN 978-85-01-07605-2

PEDIDOS PELO REEMBOLSO POSTAL
Caixa Postal 23.052
Rio de Janeiro, RJ – 20922-970

EDITORA AFILIADA

Em memória do meu pai, que sempre me serviu de inspiração e guia.

Para Bernadeth, Ioi, Michel, Cida, Vivian, Luana e Silvia: meus anjos da guarda.

M.D.G.

— Sem música ou tambor, desfila lentamente
Em minha alma uma esguia e fúnebre carreta;
Chora a Esperança, e a Angústia, atroz e prepotente,
Enterra-me no crânio uma bandeira preta.

CHARLES BAUDELAIRE

Sumário

1 "I Don't Like the Drugs But the Drugs Like Me" 11

2 Ovelhas, cachorros e cobras — O fantástico mundo da Lions 29

3 "Pseudologia Phantastica" 47

4 O fim é para sempre 55

5 A Casa Verde 65

6 Aerossol no pôr-do-sol 79

7 Eu preciso, eu quero, eu vou! 91

8 Quebrar espelhos dá azar 105

9 Agüentar 151

10 Bem-me-quer, mal-me-quer... 171

11 O terceiro ato   213

12 Câncer   247

13 Vômito literário   259

14 Depressão maníaca   263

15 Às vezes eu esqueço de respirar   281

1
"I Don't Like the Drugs But the Drugs Like Me"

Ouvia Lisa Germana no repeat e misturava tédio com tragadas de Camel. Bebia Coca-cola com irresolução e esperava uma nave espacial de inspiração aterrissar na minha varanda. Olhava para fora e me perdia no céu escuro, tentando procurar em suas entranhas desconhecidas o reflexo dos meus olhos. Não havia lua, ou estrelas sequer, e eu sabia que seria mais uma noite calma, sentada na frente do meu computador. Eu contemplava a escuridão tenebrosa, procurando nela respostas para perguntas que o dia ensolarado não me permitia perguntar. Deixava a sedução da noite me levar. Deixava-a despertar os pensamentos mais obscuros e subentendidos que vagavam pela minha cabeça. Ela criava esperanças estúpidas para as minhas desilusões e dava vida às rosas murchas do jardim da minha solidão — o desfecho peculiar daquele que sente o amor.

Dizem que Deus reservou a noite para as Trevas.

Ouvia o barulho pacífico e tranqüilizador das ondas do oceano estourando, indo e vindo, trazendo e levando pecados, a poucos metros da minha janela. Tentava enxergar a linha no horizonte ou alguma coisa que me dissesse que não existia eternidade, que eu não ia ficar para sempre naquela cadeira, à espera.

Tentava escrever um livro entre uma tragada e uma tossida catarrenta, com a idéia fixa de que tudo era válido na hora de inovar. Meus dedos hesitavam no teclado, pois sabia que eu realmente não tinha nada novo para dizer. Olhava para a tela em branco, inocente e despreparada como um recém-nascido vendo a vida pela primeira vez, e não sabia como apresentá-la ao mundo. Era uma tarefa difícil e não completá-la tirava a paz do meu sono. Eu sobrevivia às noites com cigarros e xícaras de café forte demais. A nicotina e a cafeína me enrijavam, mas talvez precisasse de um pouco de cocaína também.

Escrevia e apagava, escrevia e apagava, deparando-me ironicamente com o problema constante da minha vida; a inconstância. Intrigava-me com a rapidez com que meus pensamentos eram substituídos por outros momentaneamente tão interessantes quanto os anteriores — já a caminho do cemitério. Eles eram enterrados, porém, em um pet sematary — como diriam os Ramones —, o que não os impedia de ressuscitarem e me atormentarem. Eles nasciam com vida curta e garantiam ressurreição.

Queria que viver fosse que nem escrever livros. Queria poder escrever e jogar o rascunho fora quando não gostasse do resultado.

Vivi minha vida inteira rodeada de fantasmas arrastando suas correntes pelos meus corredores, me arrastando como correntes pelos seus corredores. Meu queixo caía quando percebia um retorno, uma assombração. Coçava a cabeça, tentava me lembrar de onde tinham surgido, quanto tempo havia passado desde que se foram pela última vez, e por que não estavam fazendo algo mais interessante do que me encher o saco. Sentia que minha cabeça estava à beira de uma explosão, sentia-a viajando mais rápido do que a velocidade do som. Sempre grávida, sempre perdendo fetos, buscando algo mais interessante para ocupar as horas. Mais, sempre mais.

Cogitava a possibilidade de acender um baseado para sossegar um pouco minha mente neurótica e ainda trazer inspiração. Desanimava, pois o pipe que eu tinha era ruim. Pequenininho, feito de madeira, vendido por um hippie de dreads louros no Posto Nove da praia de Ipanema. Foi um presente de Tamara, ela o havia me dado para facilitar o fato de que eu não sabia apertar um beck que nem gente. Pura preguiça de aprender.

Cometia o pecado da preguiça, não me abaixava sequer para pegar dinheiro. Havia me tornado quase sedentária. Durante a gravidez da minha mãe, permaneci sentada. Nasci prematura — apressada demais — dei uma breve choradinha e depois dormi. Sempre do contra — enquanto mamãe chorava, eu dormia. Ela tinha certeza de que havia algo errado comigo — sua primeira filhinha — eu só queria saber de dormir e dormir. Nasci talvez com a praga da letargia, fui mordida pelo mosquito da lerdeza.

Eu precisava despelotar e a maconha estava longe, no meu quarto. Então deixava o defeito me consumir por inteiro, junto com a obstinação de que precisava colocar alguma idéia que fizesse sentido no papel. Continuava sentada na cadeira giratória de couro preto da sala, na frente do computador.

Brincava em gangorras pretas e brancas conforme o passar dos dias, sentindo o ódio e o amor coexistirem em um gole só de refrigerante. Conseqüentemente odiava e amava meu jeito de ser em uma contradição quase poética. Não poderia ser indiferente diante de mim mesma, indiferença sendo o verdadeiro antônimo do amor. Porque a verdade é que meus sentimentos me excitavam. A intensidade provocava orgasmos e mesmo em estado profundo de tristeza, dormia com a calcinha molhada e deixava manchas no lençol como um menino cheio de hormônios que esconde revistas pornôs debaixo do colchão. Gozava ao pensamento de saber-me viva e viva não poderia significar nada além de sentir à flor da pele. Sentir seja lá o que fosse, mas sentir. À flor da pele. Como o ódio e o amor lado a lado de mãos dadas se estuprando. Usando disfarces para esconder serem os mesmos sentimentos com nomes e reações diferentes.

Eu berrava por uma dor com sobrenome de prazer.

Drama era a essência da minha alma adolescente. Eu sentia tudo de maneira densa demais, pois procurava sentir — inconscientemente. Procurava os extremos e os sentimentos sufocantes nos cantos de mais plena quietude, nos cantos de barulho infernal, em todos eles, um por um, e tentava agarrá-los.

Uma vez encontrei em um panfleto jogado na rua meu Inferninho particular, o Sensation Club.

Uma boate pequena e nada pretensiosa, rodeada por bares boêmios, no underground de Copacabana. Sensation rapidamente se tornou sensação, minha casa às quintas-feiras — as noites de rock. Tinha nome na lista de um DJ, então entrava de graça. Depois de um tempo comecei a colocar pessoas na lista também. Eu usava minha simpatia talvez interesseira para não pagar para beber no bar lotado de pessoas estendendo suas cartelas rosa, impacientemente. Às vezes fingia ser door, promovia a casa, e ouvia gracinhas dos seguranças da porta que mergulhavam de cabeça nos meus decotes que sempre ressaltavam meus seios mais do que fartos. Seios que sempre chegaram em qualquer lugar antes de mim mesma. Incomodava-me com os olhares e com as asneiras, mas me fazia de tola, pois queria sentar no banquinho de metal na porta da boate, escrever os nomes das pessoas nas comandas e dizer "Boa-noite!", de uma maneira completamente frívola.

Era de certa forma uma busca por identidade, por onipresença. Eu era como muitos lá dentro, à procura de mim mesma, à procura de mim mesma em outros, na boca de outros, nos olhos de outros. Mexia meu corpo no ritmo da música, necessitando me sentir alguém debaixo das luzes coloridas, no meio de corpos empalhados. Procurava um reflexo no espelho do banheiro unissex, mas não via nada. Usava a bebida para esquecer que eu era exatamente tudo que eu não queria ser — um corpo sem uma voz, uma pessoa sem um reflexo. Mesmo assim eu era notada, comentada, polêmica, invejada, amada e odiada. E mesmo assim eu não tinha reflexo. Porque eu o havia perdido nas entranhas de um homem insensível que coloquei na vocação de espelho.

Naquele chão de piso quadriculado como tabuleiro de xadrez — preto e branco como minha alma — vivia histórias instantâneas. Tomava porres surreais, fazia sacanagem, arranjava brigas e conhecia caras estranhos. Eu tinha 17 anos e vivia desde os 16 uma vidinha de plástico que não me deixava passar uma semana sem o tun tun tun frenético e infernal daquela boate escura — cheirosa de pó e fedorenta de cigarro — que criava a percepção deformada da diversão extrema. Extrema.

Eram quintas-feiras clonadas, nas quais vivia e assistia a mesma peça de teatro toda semana. Meninas adeptas da cultura alternativa e do look pin up (todas tatuadas com olhos cobertos de delineador, com lacinhos e roupas de bolinhas), homens à procura de uma boca para beijar independente do sexo, senhores vivendo tarde demais ou simplesmente na Terra do Nunca, funcionários energéticos e DJs que repetiam muito do setlist das semanas anteriores enfeitavam o lugar.

Havia dois DJs residentes que embalavam a noite; Kadinho e Black. Kadinho, nomeado rei do rock e referência da noite carioca pelo *Segundo Caderno* do jornal *O Globo*, era mais inovador do que Black, pois gostava de tocar músicas dos anos 70 e 80 que nunca viraram hits. Black de vez em quando fugia do padrão da clientela e tocava nu-metal.

A boate inteira se empolgava toda semana por muitos meses com as mesmas músicas. Franz Ferdinand, The Strokes, The Killers e Placebo comandavam os movimentos robóticos, porém desajeitados dos bêbados presentes no recinto. Eu não entendia e me irritava com os gritinhos histéricos que alguns soltavam ao ouvir uma música de alguma dessas bandas — figurinhas já imprescindíveis e fatigadas na caixa de som do clube.

Os mesmos barmans de costume serviam vodca com Cocacola, vodca com Redbull, chopes, martínis, tequilas e o resto do estoque, que aprendi mais tarde que carregavam escada abaixo até o bar com as próprias mãos. Eles riam de mim pedindo chope com canudinho. Eu insistia que assim a onda batia mais rápido — e batia. Assim como beber cerveja com cinza de cigarro trazia uma onda mais intensa.

Em algum momento da noite, eu debruçava meus seios sobre o balcão de mármore e tinha um papo de bêbado deprimido em fim de noite com o único barman que me dava atenção sem falsidade. Ele tinha uma pele escura e um sorriso branco consolidativo que de alguma forma ilustrava o chão da boate e me dava algum conforto momentâneo. Inúmeras vezes pedi alguma bebida que me derrubasse, me levasse para casa e me fizesse acordar com amnésia. É claro que durante o processo eu provavelmente beijaria um cara esquisito com um papo clichê do qual não me lembraria no dia seguinte, ou algum rolo antigo que me empacava, não me permitindo arrematar o álbum de figurinhas.

— Parabéns, Satine!
— Obrigada — eu disse. *Meu aniversário é só daqui a sete dias, seu idiota.*
— Poxa! Estou te devendo um presente!
— Então compra um copo de vinho barato ali no bar que nos entendemos.
— Pô... É... Tá bom.
Imbecil.

Em dezembro de 2005, dei minha festa de aniversário de 17 anos no Inferninho. Sensation, Saturation, ou como preferir chamar o lugar. Na minha identidade falsa eu me chamava Cristal Lorenson, era paulista, tinha 21 anos e fazia aniversário só em junho. Era do signo de câncer. Todos os funcionários sabiam que eu usava uma identidade falsa, mas nenhum se pronunciava.

Divulguei a festa como profissional e arrecadei um número imenso de pessoas para o lugar com a pobre capacidade de cento e cinqüenta. Kadinho me deu de presente 30 pessoas na lista e algumas músicas no setlist. Tinha tudo para ser uma noite especial.

Vestia meu Dolce & Gabanna peça única, com um decote entrelaçado provocativo e ousado até o umbigo, comprado especificamente para a ocasião, sem calcinha por baixo para não marcar, e uma coroa de drama-queen, comprada em uma loja infantil no Centro da cidade. Na entrada, havia ganhado dois presentes preciosos; a sexta temporada de *Sex and The City* e um DVD do David Bowie, de duas pessoas muito especiais. Eu os guardei com o barman dos dentes brilhantes. Talvez com a moça sem expressão do caixa. Confusão.

Uma caixa de som estourada e a noite prosseguiu mesmo assim. Eu nem sequer percebi depois de muitos truques de "Oi, me dá uma bebida já que é meu aniversário e você não me trouxe presente?" Comprava vestido e sapato de marca, mas não comprava bebida. Para que pagar quando me achavam gostosa? Mais tarde então eu me transfiguraria em uma gostosa deplorável e meu Dolce & Gabanna chiquérrimo viraria trapo de Gata Borralheira. Precisei de muito álcool para sobreviver à noite em que todos estavam prestando atenção em mim, exatamente como eu queria, e acabei pagando o maior mico que uma menina pode pagar.

Caminhei eufórica empurrando todos em volta, tentando chegar ao bar como se fosse fatal. Como se dependesse de mais álcool para viver, sabendo no fundo que iria me matar. Precisava amenizar a neurose crescente, produto do meu dia-a-dia sem-graça. Precisava de uma dose forte antimonotonia, anticrise de indigência existencial. Um copo para tirar meu salto do chão e me levar às estrelas. Talvez ao Céu, mas provavelmente ao Inferno. E que lá eu fosse plebéia e não rainha, pois precisava desesperadamente ocupar minhas mãos com algo útil.

— Majestade! Estou tão doida que não consigo andar!

— Majestade? Vai sentar, vai, Satine! Você está obviamente muito mal...

— Não! Hoje é meu dia! Posso beber o quanto eu quiser! Mais uma tequila para a aniversariante, Sorriso Brilhante! *Mais* uma dose, é claro que estou a fim. A noite nunca tem fim, por que a gente é assim?

É uma história perfeita para a coluna de mico das revistas teens, essa minha. Uma lição para todas as meninas que não gostam de usar calcinha. Simples: Usem calcinha! Se forem beber, usem calcinha!

O chão estava escorregadio e ao abraçar uma amiga com empolgação descomunal me estatelei junto com ela no chão. As pessoas em volta estavam embaçadas e desordenadas. Estava jogada no chão como uma mendiga, mas não queria levantar. Ria que nem uma criança feliz esperando o Papai Noel, e em uma semana cantaria *Seventeen* do Ladytron com gosto. Se encontrasse com meus amigos veados divertidíssimos e exuberantes — que conheci no meio das pistas de dança da vida — dançaria ABBA com coreografia de drag-queen, me achando dancing-queen como mandava a letra. Faltaria só mais um ano para maioridade e isso era motivo para comemoração com certeza. Só mais um ano para virar gente de verdade. Não que fosse fazer tanta diferença assim...

A noite prosseguiu e os "Você está bem?" não me impediam de dançar *Tick* do Yeah Yeah Yeahs como se estivesse sozinha no meu quarto sem ninguém olhando, em cima do palco que honestamente parecia mais um degrau do que um palco.

A lembrança da noite vem em doses homeopáticas e o segundo escorregão que provavelmente resultou no mais uma vez pior-mico-que-se-pode-pagar-em-uma-boate-na-sua-festa-de-aniversário é bastante relapso. Quando percebi, o Sensation já estava mais vazio, e eu estava sentada em um dos sofás da pista com uma long neck de Skol, rindo de minha amiga Fabricia, em seu momento de dúvida cruel sobre beijar ou não beijar o glam de echarpe de oncinha no pescoço e lápis preto nos olhos. Fazia sinais infantis e tinha vontade de gritar "Beija, beija!". Ele era lindo. Era também ex-caso de outra amiga, Isadora. Como vela, eu permanecia perto dos dois, sentada, ou quase grudada no sofá, com o propósito de cobrir minha bunda que estava de fora. Isso. Cobrir-minha-bunda-que-estava-de-fora.

Algum dos meus acidentes, todos, ou algum que não me lembro, resultou no maior rasgo da história. O lindíssimo vestido de seda marrom vinha até a articulação do joelho, e desde tal comprimento até o meio das costas, eu estava exposta. Não me lembro como foi que percebi, só sei que quando o fiz provavelmente já devia ter dado umas trinta voltas pela boate me exibindo. Sorte dos seguranças que gostavam dos meus peitos. Viraram fãs da minha bunda branca também. E como eu não lembrava de ter subido as escadas, espurcícia e deplorável, tive que ouvir um "Você não era a dona da festa de ontem? Poxa, me senti mal por você", de um desconhecido bigodudo, feio pra cacete, na balada do dia seguinte. Minha festa não passou então de uma lembrança relapsa de frenesi, um baile de delírios. Tive que catar e juntar pedacinhos da noite com meus convidados.

As histórias, por serem incríveis, desastrosas, patéticas e vazias se tornam no mínimo um pouco interessantes, eu acho. Porém, se eu continuar vou acabar revelando que me apaixonei por algumas quintas-feiras pelo dono homossexual da boate e pedi um beijo desajeitado afirmando que ele era meu sonho de consumo. Após ter me beijado de qualquer jeito, como quem estava fazendo um favor, ele inventou uma ligação e foi embora me deixando com cara de tacho, encostada na parede da pista. Apertei o botãozinho do foda-se e saí procurando meu amigo bonito com quem eu trocava saliva e afeto. Encontrei-o beijando uma cópia esbugalhada da Amy Lee ruiva. Fracasso. Vomitei a noite inteira em monstruosas doses marrons na calçada.

Os imbecis que bebem para afogar seus problemas deviam ter aprendido na escola que os problemas sabem nadar. Minha mãe me disse uma vez que beber é que nem surfar; se você entra de mau jeito, acaba sendo levado pela correnteza.

No começo de fevereiro, depois de quatro meses freqüentando o local religiosamente toda semana como um antro sagrado, eu viria a protagonizar o maior escândalo da história da boate — o que causou a minha rápida expulsão do previamente tão querido Sensation Club.

— André, me dá um chope de graça?
— Não.

No início das minhas idas ao clube quadriculado, onde todos lá dentro eram desconhecidos e eu podia ser quem quisesse junto com minha fiel escudeira Fabricia, conheci o André. Foi o primeiro beijo que aconteceu dentro das paredes abafadas, porém refrigeradas, do lugar. Nessa época não lotava e ninguém sabia que lugar era aquele que nós tanto elogiávamos e insistíamos em afirmar parecidíssimo com as baladas de São Paulo. Particularmente com a Pacman.

André era barman. Ele parecia ser simpático, tinha tatuagens nos braços, estava fazendo aniversário e me deu um copo de Sex on the Beach. Não faria mal beijá-lo, já que a noite não estava muito interessante. Então o fiz e apesar de rápido não foi ruim. Eu fui para casa logo depois, pois já estava cansada. Nunca entendi o motivo dele não ter mais falado comigo. Quando eu dizia "Oi", ele acenava de longe e dava um sorrisinho falso de boca fechada. Às vezes ele até virava o rosto. Eu não gostava dele por isso, tinha todo direito de não gostar de quem não gostava de mim. Mesmo assim, eu insistia em perguntar ao Sorriso Brilhante o porquê da atitude dele. Ele dizia que André era assim mesmo.

— Como assim, você não vai me dar um chope, André?
— Paga que eu te dou.
— Hã?

Claro que neste ponto da noite eu estava mais do que alcoolizada. À espera do meu casinho bom de cama que costumava chegar nos lugares tarde demais, eu havia me cansado e ficado com um outro qualquer. Um cara que não ingeria álcool, com os dois braços todos fechados de tatuagens oldschool bem coloridas e um sotaque do Sul. Atraente, sexy e um pouco louco. Disse que queria tomar ecstasy comigo, mas tinha medo de me matar. Ele gostava de dar tapas nas pessoas e, naquele grau de bebedeira, pedi uma série de tapas engraçados no rosto que devem ter doído, no mínimo, mas não tive capacidade de sentir.

Entrando no clima do cara, cujo nome seria impossível de me recordar, dei um tapa bem estalado na cara de André. Quem mandou me negar um chope!

— O que você acha que está fazendo? Eu não te dei essa intimidade, garota!
— Porra, André... Eu... Pô! Foi fraquinho, foi sem querer... Fala sério, cara!

Saí do bar percebendo que havia empinado o nariz demais e feito uma grande merda irreversível. Sentei encolhida no sofá-cama preto tentando me esconder atrás de algumas pessoas, com uma expressão hipócrita de quem fingia não ter feito nada. Não haviam se passado nem cinco minutos e o segurança já estava me informando de que eu estava sendo convidada a me retirar da boate.

— Eu não aceito o convite!

— Você vai embora agora, levanta!

Levantei pirracenta com as narinas abertas soltando ar como um touro raivoso e disse que não havia feito "porra nenhuma, caralho". Literalmente marchei de salto agulha preto — como um recruta enfurecido — até o caixa. Paguei o único chope anotado por acidente na minha comanda e subi a escada acompanhada pelo segurança, alegando que André havia me dito muitos desaforos e que ele mereceu um tapa. Mas meus olhos devem ter me denunciado, ou talvez o meu teor alcoólico e minhas pernas trocando conforme eu andava, pois ninguém acreditou em mim. Se já não bastasse a humilhação de ser expulsa do meu próprio antro por bater no rosto do barman, baixou um espírito porradeiro em mim como entidade má em centro de macumba.

— Vocês não têm o direito de me expulsar daqui, eu não fiz nada! O André é um mentiroso, vocês nem sabem o que ele fez! Eu não vou embora, estou falando sério! Ninguém vai me tirar daqui! Isso é muita injustiça, porra!

— Vamos lá, Satine, pra fora! Agora!

— Não, eu não vou sair! Vocês não têm o direito de fazer isso!

Quanto mais eu gritava mais o ambiente em volta de mim ficava amorfo e confuso. Mais e mais as pessoas começavam a rodar e perder a forma. Parecia viagem de ácido, tudo em volta estava colorido e abstrato. Eu não entendia que minhas amigas estavam putas da vida me pedindo pelo amor de Deus para não montar um barraco desnecessário. Era tarde demais, eu já havia incorporado uma mistura de Eminem com Courtney Love e iria levar meu personagem até o final, mesmo que virasse caso de delegacia e eu tivesse que recorrer à minha mãe. Como em uma peça de teatro, eu não sairia do meu papel durante o espetáculo, mesmo que a platéia estivesse me odiando e preparada para jogar agressivamente um enorme balde de tomates em cima de mim. Mesmo que bem do lado, em um boteco sujo, houvesse pelo menos cinco pessoas olhando com desprezo e medo para mim, eu não parava. Saí da boate e fui literalmente arrastada para sentar na sarjeta por Fabricia, que tentava me acalmar e expulsar o drama das minhas veias. Ou o Satã do corpo da Satine. Foram dois minutos, talvez três, e me levantei de novo insistentemente marchando pelas pedrinhas portuguesas da rua.

— Vocês vão ver só! Eu vou matar todo mundo aí dentro, eu vou botar fogo nessa merda! Vou queimar todo mundo vivo! Vou para casa pegar uma arma e já volto! Vão todos tomar no cu! Vão todos se foder!

Lágrimas de crocodilo rolavam pela face do meu ego ferido e minha pele só esquentava mais e mais conforme a fúria ia poluindo minhas veias. Conforme o teatro ia chegando ao terceiro ato, que seria escasso de aplausos.

Olhavam para mim com pena e me mandavam ir para casa dormir. Enquanto isso eu me jogava continuamente de cara na parede do bar do lado afirmando que meu plano de matar todo mundo lá dentro ia ser colocado em prática naquela mesma noite. É lógico, ou talvez não, que nada foi feito apesar da vontade borbulhante que havia no meu corpo enquanto as doses de tequila que algum estranho tinha me pagado dançavam quadrilha dentro de mim. Colocaram-me dentro de um táxi amarelinho e acabei a noite na mesa da cozinha comendo pão com presunto, queijo e ketchup, com um papel e uma caneta na mão, insistindo em arquitetar meu plano de botar fogo no lugar. Paula havia ido para casa comigo, ela era de Minas e estava passando as férias no Rio. Logo em sua primeira night, depois de ter seu pescoço sugado por um vampiro e tirado foto com um global famoso enquanto ele mijava, tinha virado testemunha do que pode acontecer comigo bêbada.

No dia seguinte eu achei graça. Essas coisas acontecem... Não é? A graça rapidamente se transformou em vergonha e tristeza. Foi a saturação máxima do Saturation Club para mim. Talvez eu precisasse ir a um centro espírita ou uma terapia de raiva. Talvez eu devesse admitir meu problema com o álcool e ir ao AA. Talvez tudo passasse correndo se eu não teimasse em querer tudo aos extremos e começasse a deixar o verdadeiro eu sair de dentro armário. Dormi de rímel e acordei de sombra...

Sexta-feira-traga-mais-cerveja e a rotina seria a mesma em alguma outra boate alternativa da cidade. Talvez acabasse em algum lugar aderente à febre de festas anos 80, repleto de homens pançudinhos de meia-idade que não aproveitaram sua juventude devidamente e de jovens tentando pegar emprestado o sentido naquilo tudo que nem sequer haviam vivido. Algum lugar considerado hype, onde meus amigos, inimigos ou conhecidos estariam.

As manhãs seguintes eram sempre iguais; ressaca insuportável de toxicomania. Abria os olhos e levantava da cama ainda tonta, completamente pernoitada. Com o cabelo pra cima, a escova bagunçada, os olhos vermelhos, a maquiagem borrada, as pernas e as costas doloridas e um gosto terrível na boca. Levantava da cama com uma dor de cabeça infernal, bebia muita água, fracassava em mastigar alguma coisa e tentava descobrir o que havia acontecido na noite anterior.

Eu gostava dos extremos porque não eram reais e a vida normal me entediava mais do que minha irmã mais nova assistindo *Malhação* diariamente às cinco e meia da tarde.

Sempre gostei de andar de salto agulha na beira do penhasco, saboreando o perigo e sentindo o vento borrar minha maquiagem e bagunçar meus cabelos. Costumava correr na beirada, sabendo que um passo significaria o fim. Corria com uma garrafa de vodca das mais baratas na mão e um cigarro torto e mal aceso entre os dedos amarelos, cambaleando entre a vida e a morte, achando que ali estava a prova que na vida havia algum sentido. Como cortar para ver o sangue escorrer, como roubar para correr o risco de ser pego, como mentir para driblar os outros, viver à beira do penhasco causava a maior das adrenalinas. Eu fui uma amante fiel do perigo. Nunca escondi os gemidos de prazer que me proporcionava nas profundezas dos meus lençóis. Era tudo tão excitante, era tudo tão ilusório... Minhas baladas forjavam sentido, eram uma máscara escapatória da realidade ociosa que eu vivia desde que larguei a escola aos 15 anos contra a vontade da minha mãe.

— Você é louca, Satine! O que você vai fazer da vida agora? Você acha que eu vou deixar você virar uma vagabunda? Você precisa de cultura, de base, dos dias importantes da adolescência que se vive na escola! Você tem noção de quanto eu e seu pai investimos nisso? O quanto você está jogando fora? Meu Deus, como fui deixar isso acontecer? Como não fiquei sabendo que você não estava freqüentando as aulas? Que escola escrota é essa que deixa algo assim passar despercebido? Satine, o que você vai fazer da vida?

— Eu vou escrever mãe, eu vou escrever...

As pessoas em volta de mim sempre estavam armadas de questionamentos. Todas queriam saber dos meus planos, das minhas idéias, das minhas ideologias e de onde surgia tanta rebeldia. Eu respondia a todos com segurança, quando, como eles, estava perdida diante da idéia do meu futuro, perdida entre o que eu queria e o que eu não queria. Era sujeita à preguiça e à volubilidade. As pessoas em volta temiam o que seria de mim, e eu também.

— Como você consegue beber tanto?
— Ai, Tamara... I don't like the drugs but the drugs like me...
— Mas não é sempre assim, amiga?
— É, tem razão... É como tudo na vida...

2

Ovelhas, cachorros e cobras —
O fantástico mundo da Lions

Lions, um dos colégios americanos mais consagrados do país, uma das melhores educações que se pode receber no Rio de Janeiro. Passe fácil para o exterior e para as melhores faculdades do mundo inteiro.

Oito torres enormes, divididas em três, cada uma com oitenta salas de aula. Oito laboratórios de ciência, duas bibliotecas, três ginásios, um refeitório, uma enfermaria, duas lanchonetes, uma loja, psicólogos disponíveis, três laboratórios de informática conectados à Internet, um campo para futebol e softball, duas quadras de basquete, vôlei e futebol e um auditório de trezentos e cinqüenta lugares. Sem contar com o irreparável sistema de seguranças e as inúmeras câmeras espalhadas pelo campus à procura de anormalidades nas regras da escola. Elite carioca, dividida em grupos como produtos em prateleiras de supermercado.

O grupo do suposto poder constava de patricinhas e mauricinhos com muito dinheiro ou muita fachada, vestindo como uniforme as coleções da moda que as vitrines do Fashion-ou-Ovelha-Mall ostentavam. Desfilando pela escola com suas Jansports coloridas ou mochilas Osklen da última coleção. As meninas de Birkenstock, a sandália mais feia que eu já vi na vida, com seus refrigerantes lights nas mãos de unhas branquinhas. Os meninos de Nike ou um tênis cor de lama chamado Reef. Pareciam não entender que esses, por serem superlargos, deixavam seus pés parecendo pés de obesos. Andavam como se estivessem mancando, com olhares e sorrisos marrentos no rosto. Eram a maioria e sentiam-se no direito de colar etiquetas na testa de todos que não seguissem sua moda.

Por ser uma escola de ensino americano, recebia alunos de todas as esquinas do mundo. A grande maioria estava ali sem escolha, haviam sido obrigados a mudar de país por causa do trabalho dos pais; donos e presidentes de grandes empresas, cônsules e deputados. As nacionalidades se misturavam na hora do almoço nos cantinhos do labirinto da escola. Sofriam discriminação e na maioria das vezes eram introvertidos, quietos e não se misturavam muito com os brasileiros. Uma vez por século, uma americana loura e articulada com seios grandes conseguia ultrapassar a linha entre os mundos para se envolver com um carioca desejado do time de futebol. A maioria dos gringos era inteligente, estudiosa e corajosa o suficiente para começar do zero e enfrentar uma escola nova no meio do semestre muitas vezes durante a conturbada juventude.

Havia também o grupo dos "americanos malucos", que era o único de que me interessava fazer parte. Aqueles que saíam da escola na hora do almoço para fumar um cigarro ou o faziam escondido em algum banheiro que não tivesse seguranças por perto. Os únicos que se vestiam do jeito que eu gostava. Os branquinhos de olhos claros que ficavam com as bochechas vermelhinhas quando suavam e que gostavam de futebol americano e não de soccer. Eu sabia de longe que dentro de seus discmans estava tocando algum CD que estava também presente dentro da minha mochila. Sabia que seus fins de semana eram mais do que festas paparicadas e arrumadinhas. Eram drogas, sexo e rock'n'roll e tudo que eu precisava para me libertar e ser mais um pouco que nem os ídolos que berravam no meu ouvido o dia inteiro.

Esses americanos eram mais velhos e pareciam inalcançáveis. Falar "Oi" era uma tarefa que precisava de muito back up psicológico e eu não fui bem-sucedida nela. Conhecia um ou outro, mas me colocava em uma classificação ínfima — o que fazia com que eu achasse que não era boa o suficiente para ser amiga deles, apesar de saber que era àquele grupo que eu pertencia. Culpa do Larry; texano revoltado de Austin, que quando eu estava na sétima série disse que não iria me beijar porque eu era feia demais. Baranga, barro. Ele me via como uma psicopata, ele mesmo disse. Eu perdia meus almoços para observá-lo do andar de cima enquanto ele comia, mas não chegava perto. Depois do que ele disse, eu passei a me cuidar mais. Fazia escova todos os dias, ia para a escola com roupas de sair à noite, usava maquiagem — rímel, lápis e blush — e aproveitava os fins de semana para me bronzear.

Larry era amigo da Karen Bolani, que eu achava a mulher mais linda do mundo. Ela era uma morena de cabelos longos, que tinha algumas tatuagens e que apesar de ser do Middle School, como eu, transitava como abelha-rainha entre os americanos da High School. Ela fumava Marlboro vermelho e maconha, bebia até cair e tomava ecstasy e ácido de vez em quando. Eu a idolatrava, queria ser que nem ela. Na sétima série éramos amiguinhas de corredor e eu arregalava os olhos e os ouvidos para ouvi-la contar que estava com ressaca porque havia bebido em demasia na noite anterior. Eu não tinha muito estilo próprio, então reparava atentamente em suas roupas e acessórios que pareciam ser perfeitos.

    Uma vez fui convidada para uma de suas famosas festinhas, que pessoas da minha série haviam me avisado para não ir porque seria barra pesada demais, só gente maluca. Mas era exatamente aquilo que eu queria. Gastei minha mesada inteira em um sapato e um vestido para poder ir. Chorei por dois dias seguidos quando depois de horas argumentando e tentando convencer minha mãe a não só me deixar ir, mas me deixar ir depois da meia-noite, não encontrei a casa de Karen e dei meia-volta. *FUCKING LOSER!* Ela saiu da escola para morar e estudar em São Francisco e me deixou sem fonte de inspiração, tendo que tecer minha própria imagem sem o auxílio de ninguém. Eu olho para trás e só consigo dizer "Ainda bem".

    Diga-me agora, como sobreviveria uma adolescente rebelde de unhas pretas descascadas e mochila garatujada com nomes de bandas raivosas em um mundo onde o diferente não poderia ser nada além de errado e o parecido era simplesmente intocável? A única maneira era me isolar nas profundezas do fone do meu discman. Ouvir Papa Roach, Eminem, Marilyn Manson e Nirvana no volume máximo, sentindo um pouco de aconchego nas palavras de suas mentes revoltadas. Eu me sentia sozinha — completamente sozinha — no meio de tanta gente. Até tinha algumas amigas, mas só Tamara me entendia inteiramente.

    Eu colocava o fone no ouvido e andava ao lado dela, com minhas plataformas de oito centímetros, respirando um ar blasé. Fingia não me importar com o fato de que os meninos bonitos da escola, assim como nos filmes, só se interessavam pelas meninas consideradas populares. Fingia que a beleza de alguns não atiçava meus pensamentos e erguia a cabeça.

As filhas perdulárias e impecáveis de gente rica e importante freqüentavam o dermatologista, o dentista, o salão, o nutricionista, a academia e o shopping uma vez por semana no mínimo. Compravam a coleção inteira da Abercrombie and Fitch nas férias e andavam uniformizadas de braços dados com suas idênticas na hora do lunch. Falavam mal de todo mundo que não pertencesse ao ridículo ninho de cobras em que viviam.

O grupo dos influentes de sobrenome importante da elite carioca teen de dentro e de fora de escola se chamava "soci". Eles tinham horror a pessoas como eu, que consideravam "grunges" ou "drogadas" por vestir preto e gostar de rock.

— Só porque eu escuto Nirvana, não significa que eu seja grunge.

— O que tem Nirvana a ver com ser grunge?

— Fuck off, impossível discutir com a ignorância!

Era uma etiqueta persistente nesse mundinho quadrado, de visão limitada e mesquinha do mundo fora de suas bolhas de sabão e caixinhas com buracos de ventilação. Despertavam constantemente em mim uma vontade de fugir para onde não houvesse tanto julgamento. Um lugar onde eu não precisasse andar armada de palavras e olhares para conseguir sobreviver às bombas. Um lugar onde houvesse seres humanos e não rebanhos de ovelhas. Um lugar onde houvesse privacidade, onde se você transasse com um cara, milhares de pessoas não ficariam sabendo no dia seguinte, se quando você depila a virilha deixa um bigode, um gramadinho, um moicano, ou somente pele.

Na sétima série beijei na boca pela primeira vez, acompanhada da minha primeira experiência com a maconha. A realidade sempre me pareceu tão... cruel? Não simpatizava muito.

Sentadas na escada do jardim da casa de Tamara, eu e ela apertamos um beck horroroso e fumamos sem tragar direito junto com alguns amigos. A vida parecia estar começando e aquele americano de Kentucky sentado do meu lado direito não escaparia do meu necessário primeiro beijo. Ele era tímido, bonitinho, estava na mesma série que eu e ouvia Korn. Foi ele quem desvirginou meus lábios, coisa que supostamente nos olhos alheios já havia acontecido anos e anos atrás.

Todos achavam tantas coisas que não chegavam nem perto de ser verdade — provavelmente porque eu queria que achassem. Sempre chamei a atenção, sempre atraí rótulos e olhares de juízes para cima de mim. E ainda existia o fato perturbador de que a maioria dos pertencentes ao lugar eram que nem velhas fofoqueiras de cidade pequena. Aquele lugar era um tribunal onde a sentença final nunca era decidida, pois seus jurados estavam ocupados demais pintando as unhas e comprando a bolsa nova da Louis Vuitton. Um tribunal onde eu tentava me provar inocente para me ver isenta do julgamento e da prisão.

Quando cheguei ao segundo grau estava explodindo por dentro, precisando de liberdade completa e não de condicional. Comecei a ir à escola, mas não ia à aula. Dormia na enfermaria ou passava o dia no laboratório de computador. Fugia dos professores como criminosa, ganhava detenções depois do horário escolar, e esporadicamente detenções escolares, presa dentro de uma salinha super-refrigerada na biblioteca. Via a psicóloga uma vez por semana para ter licença de aulas de professores que estavam loucos para me foder, me reprovar. Não tinha nada contra eles, adorava alguns, tinha umas aulas muito interessantes no programa, mas estava transbordando desgosto pelo ambiente. Não conseguia me concentrar no quadro-negro, havia sempre milhares de problemas pairando em meus pensamentos. Disciplina não fazia parte da minha agenda, e conseqüentemente, como queria, desistiram de mim. Um ou outro chegou a tentar um approach diferente, mas nenhum conseguiu obter resultado. Se o Eminem não tinha terminado a escola, por que eu precisava terminar?

— Satine, eu gostaria muito que você aparecesse na minha aula de História hoje. Vamos ter uma prova na semana que vem e hoje é dia de revisão.

— Tá bom, Mrs. Gillian, eu vou. — *Até parece.*

Então passaram a me ignorar nos corredores. Nunca chegaram a ligar para minha mãe e me expulsaram da escola depois de anos sustentando seus salários. Quando era para mudar de vida, eu mudava mesmo. Irritava a ponto de ser arremessada pra fora. Na escola e na balada, o que não fazia muita diferença...

A Lions é a balada matinal dos endinheirados.

Foi o chão de batalha onde minhas decepções amorosas nasceram e cresceram. Onde comecei a me envolver com a autodestruição, a falta de amor próprio e o abuso de mim mesma. O lugar onde me convenceram de que o reflexo que eu via no espelho era a imagem cuspida de um monstro feioso. Onde conheci o homem narigudo, baixinho e espinhento com olhos de raio X que me despia com um simples olhar, e por acaso tinha aula de educação física na mesma turma que eu. O homem que estuporou as paredes baixas dos meus pensamentos por meses e meses e me deu de presente meu primeiro grande trauma — "a arte do sexo que você não quer", como chamo. Um homem sem caráter algum, que refletia as ações infiéis do pai em cada movimento. Comprometido com uma das maiores socialites da escola — filha de um homem importante no rumo das grandes marcas — que me ligava de madrugada, interrompia meu sono e sussurrava com uma hipocrisia sedutora:

— Eu preciso te ver, fiquei com muito tesão pensando em você. Eu tinha 15 anos, fazia reflexos louros no cabelo e ainda possuía um hímen intacto quando ele entrou na minha vida para me estraçalhar como um cachorro raivoso. Porque era isso que ele era e mais nada — um animal com raiva.

Bolo após bolo amedrontado, meu telefone voltava a tocar, me convidando para o que eu mais queria e ao mesmo tempo para o que mais temia. Eu não me fazia de difícil, era praticamente uma criança — inexperiente e ingênua, sonhando com o perigo e com a sensação adictiva de fazer algo ilícito.

— Não posso sair, está tarde e já estou dormindo.
— Eu passo aí de carro pra gente fazer uma parada.

Minhas mãos suavam e meu coração acelerava. Em um rápido segundo conseguia imaginar a cena inteira do encontro e desejá-la. Mas tudo que eu conseguia responder era:

— Nem rola, cara.

Bip-bip. Bip-bip. Meu celular apitava com mensagens o tempo inteiro. Ele nunca desistia, parecia se sentir invencível e obviamente não aceitava não como resposta. Deve ter sido mimado, comido todos os doces que queria quando era criança. Eu seria só mais um, e eu era tão doce que dava dor de dente.

"Me encontra no bebedouro no final do field, quando as aulas acabarem." E ninguém podia descobrir. Eu me sentia a atriz principal de uma trama. *Babaca sedutor! Mal te conheço e já amo te odiar.*

Caminhei tensa, com a mochila nas costas e o celular na mão. Atrás de mim estava uma colega de classe, rindo como uma hiena, acompanhada de seu melhor amigo, um riquíssimo fashionista assumido que carregava a clássica pasta marrom da Louis Vuitton pra cima e pra baixo e vestia todos os grandes estilistas de alta costura. Eu gostava deles e eles sabiam o que estava preste a acontecer, então pedi com um gesto desesperado que eles andassem mais rápido.

Logo atrás pavoneava a personificação do meu desejo e do meu medo. Estava uniformizado de Nike como sempre, achando que era alguém porque fazia muitos gols no futebol. Vinha caminhando em passos miúdos, causando em mim ainda mais tensão, aparentemente ansioso, porém despreocupado. O sol refletia em seus cabelos claros...

Nosso primeiro beijo aconteceu antes de qualquer palavra ser pronunciada por nossas bocas, e as mãos nos meus seios voluptuosos vieram antes da língua na língua. Foi terrível e agressivo, mas me senti desejada. Ele era mais velho, cobiçava meu corpo e fazia com que eu me sentisse no mínimo bonita quando havia crescido com o apelido de "besouro" no prédio onde morava. Eu nunca entendi o porquê.

Naquele momento eu descobri que um beijo não iria pará-lo, que ele não iria desistir enquanto não metesse em mim barbaramente e por fim conseguisse dilapidar toda pureza que ainda restava. Ele tinha — ou tem — o que eu chamo de síndrome de rei.

Passei a encontrá-lo às escondidas em horários escolares, obedecendo aos lugares combinados em suas mensagens de texto pretensiosas e previsíveis. Não havia conversação, era só sacanagem. Tudo que eu sabia sobre sua pessoa era produto de fofoca e falatório. Ele reduzia a garota dentro de mim a peitos, bunda, coxa e boceta. Como se quisesse me comer com um saco de papel marrom enfiado na cabeça para não precisar enxergar meu rosto.

O beijo agressivo com direito a um chupão de longa duração que mordeu meu lábio parecendo querer arrancá-lo aconteceu atrás dos armários do terceiro andar, e é o mais memorável. Ele estava com um gosto repugnante de folhado de pizza na boca e o vômito chegou a subir minha garganta. Eu queria vomitar aquele gosto e o arrependimento irredutível que havia dentro de mim. Suas mãos dentro da minha calça me machucavam, não me davam prazer. Ele não era porra nenhuma, mas eu continuava me autodestruindo, pois era uma história para o "besouro" contar. Eu não tinha nada para fazer.

Foi em uma madrugada tácita, ensurdecedora e inquieta, revirando sem parar na minha cama de solteiro que, influenciada por completo pelo jeito que ele me olhava, resolvi enviar a seguinte mensagem:

Bip-bip. Bip-bip. "Eu decidi que eu quero transar com você... Mas estou com medo..."

"Você não é virgem, é?"

"Sou..."

"Relaxa, vai dar tudo certo..."

Devo ter me tornado troféu de ouro em sua prateleira — em sua coleção de corações despedaçados. Devo ter arrancado de seus lábios um riso sarcástico de vitória, jogado fora qualquer rastro de respeito que ainda me restava, quando resolvi por algum motivo mal esclarecido me entregar para ele. Ele não seria o primeiro, eu já havia tentado perder minha virgindade, mas a dor que me queimava por dentro e me rasgava me fez parar pela metade — o hímen persistente continuava lá. Eu achava que nunca teria a capacidade de fazer sexo propriamente.

Forçava-me a não sentir algo além do carnal, forçava-me a não deixar os olhos marejarem ao vê-lo desfilando de mãos dadas com sua namorada anoréxica e cheia de plásticas. Mas não tinha mais volta, eu havia me transformado indiretamente em um objeto de luxúria que não podia demonstrar sentimento ou mudança de expressão. Cruzava com ele nos corredores entre um intervalo e outro e olhava perdida para seus olhos. Assistia seu ar de superior intoxicar o ambiente e notava os olhares alheios desconfiados, temendo ter de um dia enfrentar a namorada freqüentadora de clínica psiquiátrica. Aceitava tudo de boca calada e viajava naqueles olhos azuis que me levaram a uma breve e intensa loucura.

A manhã chegou e logo percebi que minha decisão havia sido fruto do breu impulsivo da noite. Que na luz do sol as coisas não eram tão simples. Mesmo assim, combinamos de nos encontrar em uma terça-feira cinzenta para ir para um motel. Eu tinha nojo de motéis.

Naquela manhã eu tinha aula de educação física e como era prova escrita, não podia faltar como de costume faltava, pois valia metade da minha nota. A prova aconteceu na salinha acima do ginásio, onde todos os troféus de esportes ficavam. Propositalmente ele se sentou atrás de mim e ficou assoprando no meu pescoço, arrepiando meus pêlos louros. Não conseguia olhar nos olhos dele, estava petrificada diante da minha decisão e de seu olhar sedutor que me veria nua por inteiro, desta vez de verdade, naquela mesma noite. Com o passar do dia, fui analisando minha decisão impulsiva feita no escuro da noite e após a **desaprovação** brutal de duas amigas, Marianne e Tamara, enviei outra mensagem.

Bip-bip. "Eu mudei de idéia, não vou mais."

"Porra! Que isso Satine, por que não? Fiquei bolado agora!"

"Não dá, eu sei que tudo vai mudar depois."

"Claro que não vai. Não vai ser uma parada que vai acontecer uma vez só e pronto."

Fiel a minha resposta, resolvi não ir. Ele viajou para um campeonato de futebol em Brasília e eu pude andar pela escola sem medo por alguns dias.

Minha mãe viajou algumas semanas depois e eu ganhei três vidrinhos irrecusáveis de loló de presente — droga cheirosa com a qual me identificava demais, pois me transportava para outra dimensão depois de duas ou três baforadas. Daniela, minha amiga de infância da Lions com quem cresci junto entre supostas mordidas e puxões de cabelo, me acompanhava. Fazíamos tudo juntas e estávamos no auge da experimentação. Ligamos para um número estimado de quinze pessoas e providenciamos bebidas. Meu quarto espaçoso me deixava livre para dar minifestinhas. Minha mãe não podia nem sonhar que aconteciam, pois confiava em mim.

Tudo corria relativamente bem. As pessoas presentes estavam comportadas bebendo pequenas doses de vodca com Coca-cola e fumando maconha na minha varanda. Eu estava distraída mexendo no som quando o telefone tocou transmitindo a voz com qual já havia me acostumado. Surpreendentemente as fofocas de cidade pequena que poderiam rolar dentro do meu aposento não o impediram de entrar no seu Audi azul-marinho e dar as caras na minha humilde festinha. Algumas pessoas lá dentro estavam informadas da minha situação crítica com ele, que apelidamos mais tarde de "Assassino" — ele assassinava a minha inocência. Essas pessoas eram vítimas da minha necessidade de falar o tempo inteiro. A presença dele seria um grande impacto para eles e para mim.

Ele chegou embalsamado e eu reconheci seu cheiro de longe. Ele usava um perfume caro que me irritava e me deixava tonta, chegava a feder de tão forte. Um cheiro remoto e distinto e de repente eu estava estarrecida, fedendo a medo, fedendo a sangue, nadando em um mar profundo onde o dono era um tubarão faminto de dentes muito afiados.

    Ele pegou uma latinha de Skol quente que estava em cima da escrivaninha e passeou pela casa fazendo gracinha com todas as meninas que via. Elas o achavam patético e espinhento, mas ele continuava com seu ar blasé e debochado, caminhando com seu nariz gigante empinado. Deparou-se com Daniela e a olhou dos pés à cabeça, assim como fazia comigo. Eu sabia que eu não era especial, que não passava de biscoito Passatempo sem recheio no fundo da despensa, mas estava imobilizada demais para mandar ele ir embora. Sentiria falta das ligações, da angústia e da máscara que cobria meu rosto manchado de lágrimas. Sentiria falta de uma sensação que me fizesse levantar de manhã, mesmo que viesse de um cara baixinho, feio e metido e arrancasse todos os meus interiores.

    Ele precisou ir ao banheiro então o levei ao do quarto da minha irmã, pois o meu estava ocupado. Ele mijou de porta aberta e me deixou enjoada ouvindo aquele barulhinho irritante de xixi caindo dentro do vaso sanitário. Eu estava bêbada e tonta, só queria dizer que era o fim da festa e afundar na minha cama para dormir profundamente. Mordia os lábios inferiores com arrependimento e sentia uma vontade imensa de mandá-lo para fora da minha casa com vassouradas no cu. Na semana anterior havia ouvido um boato de que ele tinha se envolvido com um estudante homossexual assumido nos banheiros fedidos da Lions. Não duvidava, encaixaria direitinho no seu profile.

    Sentei na escrivaninha do quarto procurando me controlar, procurando amenizar minha tontura, quando ele veio em minha direção. Eu estava consciente, porém molenga e nauseada. Seus lábios finos se aproximaram e me arrancaram um beijo indesejado. Olhei para ele como se não estivesse lá, através de seu corpo, procurando bloquear sua imagem, procurando expulsar sua presença com telepatia. Eu não conseguia dizer nada, no fundo eu achava que devia alguma coisa para ele. Ele me pegou com vigor pelos braços e me jogou na cama. Eu tentei me levantar mas ele me empurrou novamente, colocando a mão nos meus seios. Olhei pro teto e vi as estrelinhas que brilham no escuro grudadas. Eu costumava fazer pedidos a elas com espírito de criança intocada que não conhece o mundo. Ele estava em cima mim e eu queria que ele saísse. Tentei empurrá-lo, mas não consegui, não tinha forças e ele segurava meus braços com uma única mão. Parei de reagir e olhei nos seus olhos.

— Pára, eu não quero, pára! — eu disse determinadamente.
— Shhh! — Ele levou o dedo indicador aos lábios. — Não vai doer, relaxa.
— Não, por favor, eu não quero, tô falando sério!

Naquele momento eu faria qualquer coisa, menos relaxar. Via seus poros oleosos de perto demais e suas espinhas pareciam ter se multiplicado. Pareciam estar prontas para explodir e jogar pus nos meus olhos. Tentava afastá-lo do meu corpo, mas não conseguia. Mexia-me de um lado pro outro neuroticamente pedindo para ele parar. Gritando que o odiava. Mexia-me de maneira tão brusca que acabei batendo com a cabeça na mesinha-de-cabeceira. Machucou e eu fiquei mais tonta. Olhei para frente e em cima da escrivaninha vi uma foto embaçada de quando eu era criança. Estava sorrindo e abraçava minha irmã. Sentia nojo de mim mesma deitada em sua cama, em seu cobertor de flores rosa, no seu quarto de paredes mais rosa ainda. Ele ainda era capaz de segurar minhas duas mãos, como se estivessem amarradas, com uma só mão. Com a outra ele tirou do bolso uma camisinha, abriu a bermuda, colocou o pau para fora, rasgou o pacote com o dente, colocou a proteção e riu de maneira debochada. Fechei os olhos e o deixei me conduzir freneticamente durante vários minutos de dor insuportável. Quando ele gozou e parou de soltar seu gemido repugnante, se jogou em cima de mim. Então finalmente consegui empurrá-lo. Ele ficou deitado ao meu lado com a respiração ofegante.

— Agora você vai embora, não é? — perguntei com lágrimas nos olhos.

— Ih, que isso, quer que eu vá embora, eu vou...

— Não estou te mandando ir embora, apenas sei que vai. É o que sempre faz. Consegue o que quer e vai embora.

Ele levantou, vestiu sua bermuda azul e olhou para minha figura estilhaçada com um olhar zombeteiro. Deu uma risadinha sarcástica, deixou a camisinha cheia de porra largada em cima da mesa e saiu do quarto arranhando o tênis no chão sem dizer mais nada.

Vesti-me rapidamente, arrumei a cama, joguei a camisinha Jontex no lixo e fui ao banheiro. Eu sentia tanta dor! Não acreditava no que o espelho mostrava, aquela não era eu! E eu sabia que eram momentos como aquele que me fariam quem eu ia ser. Lavei o rosto e voltei para o quarto. Foi pouco surpreendente encontrá-lo dando em cima de minhas amigas. Pedi para Daniela, que permanecia sóbria, mandá-lo embora e me escondi no meu banheiro. Ele tentou agarrá-la na porta do elevador de serviço, ela me disse mais tarde.

Pouco depois informei aos convidados que minha cozinheira Sarah estava brava com a ligação que recebeu dos vizinhos enfurecidos com o som alto demais, que no meu desaparecimento estava reproduzindo um hip hop infeliz que passava vinte e quatro horas nas rádios.

A noite estava perdida para sempre, para afogar minha alma em limitações de prazer.

No dia seguinte acordei e fui direto ao banheiro, onde percebi que minha calcinha branca de moranguinhos estava coberta de sangue. Era sábado e chovia forte, parecia que os anjos estavam chorando em lamento. Passei a tarde inteira de molho em uma banheira de água fria. Lavando minha pele com sabonete, esperando que expulsasse o pecado latejante de dentro de mim. *Rogai por nós pecadores agora e na hora de nossa morte.* Esperando que minha vergonha fosse carregada ralo abaixo e se juntasse à podridão dos esgotos. *Rogai por nós pecadores agora e na hora de nossa morte.* Parecia estar ardendo de febre, deitada imóvel em uma banheira de água congelada, desejando não estar viva. *Rogai por nós pecadores agora e na hora de nossa morte.*

Sentia-me suja e violada e não importava quantas vezes tomava banho, ainda conseguia sentir o cheiro dele em mim. Tive flashes dolorosos durante uma semana e sabia que ele não estava nem aí. Por uma semana inteira fiquei hibernada dentro de casa com uma vontade débil de levantar da cama, rezando para que fosse o ponto de desfecho daquela história ridícula. Qualquer coisa virava motivo de choro, de crise, de pensamentos suicidas bastante detalhados. Depois que você contempla o suicídio pela primeira vez, qualquer coisa é motivo para se matar. Se eu não tivesse um maço de cigarros do lado do meu travesseiro, parecia que o mundo ia acabar. Ou se eu não encontrasse uma roupa, ou se não soubesse onde estava o controle remoto da televisão. Eu estava aluindo, perdendo a esperança de um dia conseguir ser feliz.

Contei para minha mãe o que tinha acontecido em sua ausência, e tudo que ela queria fazer era dar um tiro na genitália dele, com o propósito sólido de capá-lo. Ela disse que se o encontrasse na rua não ia ter pena de arrebentá-lo de porrada e que se meu pai estivesse vivo já o teria feito sem dó. Chamava-me de burra também por me envolver tão intensamente com um monstro de tamanho porte. Eu era burra realmente e provavelmente todos culpariam a mim. Diriam que eu procurei aquele abuso sexual que eu preferia chamar de sedução sexual, considerando o fato de que havia me aliciado para aquela situação.

Minha mãe obrigou-me a voltar para a escola. Eu tinha medo de ir e ter que enfrentá-lo nos corredores e na aula de educação física. O professor estava louco atrás de mim. Mas o encontro foi inevitável e mesmo depois de tudo, mesmo sabendo que um número relativamente grande de pessoas sabia do acontecido cem por cento distorcido por ele, não conseguia sentir raiva. Sentia raiva de mim, de minhas atitudes e do ponto em que havia deixado as coisas chegarem. Eu era a vítima e o opressor em um corpo só. O médico e o monstro — Dr. Jekyll and Mr. Hyde. Culpava-me por tudo e me embalava em um berço de ódio e complexo.

Dificílimo explicar por que saí com ele mais uma vez. Acho que ninguém entenderia, foi o meu segredo. Por alguma razão eu me forçava a ser a atração principal do picadeiro estercoroso do circo humano de sadismo. Era irresistível demais assobiar canções dolorosas na esquina dos suicidas. Era irresistível demais me mutilar para me vingar de tudo que havia feito comigo mesma ao me mutilar.

Ele veio me buscar de carro e me beijou quando sentei no banco de passageiro. O carro estava parado na frente do meu prédio, quando ao olhar para o vidro da frente, depois de nossas bocas desgrudarem, me deparei com uma luz de razão.

— Estou muito feliz, Antonio Almeida.
— É? Por quê? — *Tira esse sorrisinho convencido da cara, seu retardado!*
— Porque essa é a primeira vez que eu te beijo e não sinto porra nenhuma. Você é um merda, cara.

Paralisado com uma expressão de "quem-você-acha-que-é-para-me-esculachar-pirralha", ele simplesmente mudou a estação de rádio e riu de maneira forçada. Abri a porta do carro com um ar de vitória e fui andando lentamente de volta para minha casa. Como um soldado sobrevivente retornando ao seu lar após uma guerra fria. Ele gritou meu nome, mas eu não me virei. Ele se formou pouco depois desse dia.

Apesar da vontade que às vezes surgia inexplicavelmente, nunca mais atendi a seus telefonemas, que continuaram acontecendo com menos freqüência até desaparecerem.

Ironicamente seu apelido foi honrado, e no final eu aprendi que os monstros que mais odiamos são os que ajudamos a criar. O Assassino arrebatou minha inocência para sempre, mas não a minha força. Segui em frente além dos muros da escola, enquanto ele está atolado no mesmo lugar com um cenário diferente. Sugeriria uma psicóloga, mas não acredito que ele esteja à procura de cura. O que resta é pena e mais nada. Ele ainda vai comer muitas menininhas à força nesta vida e um dia a vida vai comer ele por trás. Seja em algum banheiro qualquer, ou não.

3

"Pseudologia Phantastica"

Admito que entre um sentimento de solidão e outro de insuficiência, aprendi a inventar histórias. Aprendi a contar mentiras com a empolgação de fatos reais. Virei expert em mascarar a verdade, em criar personagens fictícios para fugir de olhares alheios e algumas vezes os despertar. Uma vez ou outra para escapar de situações que me pareciam enrascadas sem saída, armadilhas de mim mesma. Culpava muitas vezes o tédio ou tentava persuadir-me de que a mente dos gênios é assim mesmo. Às vezes me assegurava de que atuar estava no meu sangue, mas no fundo tinha plena e total consciência de que meu reflexo no espelho não era real e que eu sofria de complexo de inferioridade e ódio de mim mesma.

Foi mais ou menos por aí, pouco antes da minha entrada no High School e da "arte do sexo que você não quer", que comecei a entender de verdade que precisava escrever, colocar tudo para fora, de algum jeito. Precisava vomitar pelos olhos, pelas narinas, pelos poros, pela boca e pela boceta toda a criatividade que me tornou uma grande mentirosa patológica por alguns anos da minha vida. Foi mais ou menos por aí também que me apaixonei perdidamente pelo gostinho do drama e pelo sabor da intensidade. Percebi então o número de garrafas de emoção que eu precisava engolir. Tudo de uma vez só. Era uma adrenalina de onda perfeita, o orgulho de ter conseguido ser convincente o suficiente para driblar todos com minhas palavras. Não havia bad trips, eu nunca apertei as mãos da culpa. O SBT não sabia a atriz que estava perdendo em suas novelas mexicanas.

Queria sentir na pele a inconseqüência das minhas histórias, queria dar vida a cada um dos personagens malucos que eu inventava para me destacar ou para enganar a mesmice e a monotonia. Queria tanto que acreditava no meu próprio embuste e passava a vivê-lo fora da minha cabeça, no mundo real onde eu carregava fotos fictícias para exibir meus personagens fantásticos com orgulho. A adrenalina de criar uma mentira perfeita sem deixar suas raízes virem à tona era sensacional. Colocava-me em um pedestal de tensão incrível.

Lá em cima ventava mais forte e até as folhas se tornavam interessantes, se arrastando para cair de tamanha altura. O vento, como a noite, me seduzia e me instigava. Dançava uma valsa moderna de coreografia impecável com cada um dos pêlos do meu corpo. Tinha vida própria e penetrava meus ouvidos com sua canção indagativa, que me chamava para brincar sobre uma estrada que não poderia sequer imaginar onde ia parar.

Eu queria brilhar no escuro, ser preta entre um milhão de brancos, ser luz quando só houvesse escuridão, ter glória. O velho clichê de transparecer na multidão, qualquer coisa que me impedisse de ser ordinária. Pelo amor de Deus, anything but ordinary. Eu queria mudar o mundo, mas acabava mudando a cor do cabelo com tinta temporária. Rosa, azul, roxo, verde, laranja. Transparecia então perdendo minha identidade e me afogando em um relacionamento imprudente de falsidade destrutiva e irracional contra mim mesma. Transparecia então com uma vida desejada e idealizada, mas não concretizada. Transparecia com contos que se tornavam gradualmente maiores do que eu mesma. Estava paralisada para admirar minhas criações, resultados de uma fé cega. Uma fé que havia desistido do real e mergulhado de cabeça no que a fazia sorrir. Um sorriso fabricado, preconcebido. Amarelo. Tentava me agarrar em algo que me desse segurança, mesmo que não conseguisse enxergar. Havia segurança e aconchego de sobra em meus personagens; podia escrever seus roteiros, controlando suas falas e ações. Podia dirigir, produzir, sonorizar e editar o grande filme. Podia escolher em que parte do script eles viriam a cruzar com o meu personagem e quais seriam as conseqüências. Podia escolher o melhor de tudo, o *gran finale*.

Eu tinha uma suposta cúmplice nas minhas aventuras: Tati. Ela era filha de uma amiga da minha mãe que eu nunca conseguia decidir que emprego devia ter. Ela era influente no mundo da moda e com ela eu freqüentava e conhecia estilistas de alto porte. Divertia-me em boates cujo nome era sempre difícil me recordar, acompanhada de grandes nomes da passarela. Era uma pena que nesses dias minha máquina digital sempre estivesse sem bateria. *Boo-hoo.* Esporadicamente surgiam umas fotos de baixa qualidade para o povo da escola ver. Eram retiradas com cara-de-pau de resultados de pesquisas de imagem no Google.

Nesse mundo eu era diferente, dotada de seios e coxas grandes, entre caricaturas da Bulimia e da Anorexia. E algumas eram de fato tão caricaturais que se apelidavam de Mia e de Ana. Gabava-me de minhas amizades toxicomaníacas e hipocondríacas, que volta e meia me ofereciam uma droga diferente. Alguma droga cujo nome atiçava minha curiosidade e não existia no país.

Peyote, "planta divina" em sua origem asteca, é o cacto mexicano que produz a substância alucinógena mescalina. É uma droga inexistente no Brasil. Um modelo mexicano chamado Carlito, nascido em Punta De Mi Mente, foi meu mentor, me oferecendo minha primeira viagem com o suposto protetor espiritual que acreditam aconselhar e responder a todas as perguntas que você fizer.

Depois de uma festa conturbada no apartamento de um produtor de moda milionário, onde gêmeas haviam sido carregadas para o hospital em coma alcoólico, pegamos o carro da Tati emprestado e fomos para a praia de Copacabana. Nos sentamos na areia.

— Tô com medo...

— Calma, *chica*, nada de bad trip! Agora você vai ver toda *la verdad*! Respira!

Dentro de uma hora minhas pupilas estavam dilatadas e meu corpo, coberto de suor. Olhei em volta e não vi mais nada. O barulho do mar parecia estar corroendo o interior de meu ouvido. Eu estava dentro de uma caixinha e sete vozes distintas cantavam junto com o oceano uma melodia macabra. Eram os sete pecados capitais e eu estava na pele de Pandora. Minha curiosidade aguda havia me trancado dentro da caixa com todos os males. Gritava por ajuda, mas ninguém parecia me ouvir. Minhas mãos pareciam estar se dissolvendo e eu precisava sair daquela caixa. Precisava sair daquela caixa, precisava.

— ALGUÉM ME TIRA DAQUI!

Minha cabeça rodava sem parar. Sentia vontade de vomitar, mas não conseguia. Tirei de dentro da minha bolsa transpassada o maço de cigarros e comecei a fumar neuroticamente. A chama do isqueiro verde crescia continuamente e desenhava palavras na escuridão. Desenhava rostos desfigurados e olhos penetrantes e hipnotizadores cheios de fogo. Sentia que estava no Inferno e não ia mais voltar. EU PRECISAVA SAIR DAQUELA CAIXA, EU PRECISAVA IR PARA CASA.

As vozes sussurravam no meu ouvido em alguma língua que eu não conseguia entender. Um barulho irritante e frenético de electroclash repetitivo poluía minha mente. Eu não conseguia controlar o pânico. O mundo estava girando rápido demais! Onde estava Carlito para abrir a fechadura da caixa?

Uma voz feminina — a mais doce — ria descontrolada em um tom sombrio de desprezo. Sua risada me tirava o ar, eu estava literalmente me mijando de medo. Por um instante reconheci algumas palavras. No meio das falas incoerentes, a palavra "morte" e o nome "Helena" sobressaíram como partes da mesma frase.

Fechei os olhos e contei até três, lembrei da cena de *O iluminado* em que Danny fazia as menininhas ensangüentadas desaparecerem do corredor do hotel. *"Remember what Mr. Hallorann said. It's just like pictures in a book, Danny. It isn't real."*

— *Chica, estás bien?*

— Onde você tava, porra?

— *Estoy aqui,* cuidando de *usted*!

— Cuidando de mim? Eu tava presa dentro de uma caixa com os sete pecados capitais! Eu tava com falta de ar, cara! Tava com muito medo! Acho que disseram que a Helena vai morrer! Porra, Carlito, que bad.

— Disse que veria a *verdad...*

— A verdade? Porra! O que isso quer dizer? Que eu me prendo dentro de uma caixa com todos os males? Quando ele se calou diante de meu questionamento percebi o que toda aquela viagem representava. Eu criava sim os meus demônios e me trancava com eles dentro de uma caixa, sufocando-me, propositalmente. Eu sabia onde ficava a saída, mas não a procurava. Mas... E Helena? O que ela tinha a ver?

Black out. Estava na hora de parar de pesquisar sobre drogas na Internet e ir dormir.

Cheguei na escola no dia seguinte cheia de olheiras de sono, aflita para contar sobre minha experiência mística. Na hora do almoço reuni as amigas mais íntimas em uma mesinha na frente da lanchonete e contei sobre os acontecimentos da noite anterior com convicção. Ninguém sabia sequer o que era *peyote*, então ninguém poderia duvidar. Mas mesmo assim duvidavam. Por mais que eu cuspisse palavras, enxergando claramente os olhares desconfiados, não deixava uma linha do meu rosto se mexer que não fosse para provar minha experiência junkie, verdadeira.

— Helena! Preciso falar com você em particular...

Não sabia por que estava fazendo aquilo, por que estava dizendo que achava que ela ia morrer. Helena era alvar, querida, prestativa e tinha um grande coração. Era ingênua a ponto de acreditar em qualquer coisa que falassem, por mais absurda que fosse. Foi cruel da minha parte assustá-la daquele jeito irresponsável, sem nexo algum. Arranquei algumas lágrimas medrosas de seus lindíssimos olhos esverdeados. Ela acreditou em mim, mesmo sem entender o que era uma viagem de alucinógeno. Por semanas e semanas ela me contou

como vinha para a escola atenta, achando que seria atropelada, morreria de uma bala perdida ou sofreria um acidente de carro. Eu precisei machucá-la para arrancar de mim a raiva pelos que não caíam em meus truques babacas. Descontei em uma das minhas amigas mais dóceis o resultado de um pensamento longo que tive em uma noite quente e vazia. Ela acreditava, então eu acreditava também. Esse é o truque de ser convincente, acreditar nas suas próprias mentiras...
— Por que você disse aquilo pra Helena, Satine?
— Eu só estava falando... Não sabia que ela ia levar tão a sério, não foi de propósito.
— Claro que foi, você sabia muito bem! Foi exatamente por isso que disse aquilo para ela... Você tava usando loló no banheiro de novo ou foi alguma nova droga que você descobriu para ficar milionária? Porra!
— Relaxa aí, Duda. Eu não quis machucá-la!
— Você não a machucou! A deixou paranóica e neurótica achando que vai morrer a qualquer segundo! Pra que isso?, você sabe como a Helena é, porra! Eu estou exausta das suas ceninhas! Exausta! Você acha que pode enganar a todos, mas a mim você não engana! A mim você não engana nem por um mísero segundo, Satine! Eu sei que seus olhos são de vidro, e sua pele de plástico. Eu sei que suas histórias são criações, sonhos e desejos que você não consegue realizar! E sinceramente? Desse jeito você realmente não vai conseguir! Essa é a parte que esquecem de nos dizer quando dizem que se sonharmos e acreditarmos, faremos virar realidade. Não basta sonhar, não basta acreditar! O mendigo ali da esquina sabe sonhar, e se você não tomar vergonha na cara, vai acabar que nem ele... Sozinha!
— Quer saber, garota? Vai se foder! Tenho que ir, não tenho tempo pra isso.

Ela estava certíssima, mas eu nunca admitiria. Eu nunca revelaria o poço podre de mentiras em que eu morava, mesmo que todos em volta já soubessem. Poderiam achar que sabiam, mas não tinham provas. Se eu admitisse perderia a identidade, perderia a identidade pérfida de que eu tanto gostava. Cairia em contradição interna e ficaria sozinha no corpo de uma desconhecida. Eu temia demais a solidão, preferia ficar sozinha dentro do mundo do que ficar sozinha dentro de mim mesma. Duda não iria arrancar nada de mim. Eu detestava seu jeitinho superprotetor dos fracos, seus discursos antidrogas, seu cabelo castanho mal alisado, suas notas irreparáveis e sua mãe que era membro do comitê de pais e mestres. Não daria a ela e nem a ninguém o gostinho de vitória.

— Sabe, Satine, no fundo você me instiga... — ela continuou. — Eu sempre me pego imaginando como deve ser incrivelmente doloroso ser você.

Você nem imagina.

Cada história fabricada fazia parte de mim. As personalidades que eu dava para cada personagem eram partes fragmentadas da minha ou da que queria ter. Eram as descrições do romance dicéfalo de minhas facetas. Assim era mais fácil conviver com sentimentos que eu não queria ter. Impotência diante do mundo, do infinito, da eternidade. Diante de saber-me mais uma no formigueiro do universo. Eu era só mais uma menina no reino desesperado do amor...

4

O fim é para sempre

Quando eu tinha onze anos, as Spice Girls estavam no auge. Eu e minhas amiguinhas andávamos de plataformas gigantescas e fazíamos covers com coreografias idênticas às delas. Nós éramos felizes.

Mas aí meu pai morreu em um acidente de carro...

Ele morreu e levou com ele toda a inocência e a empolgação que eu tinha por ser uma criança. Ele era ídolo e herói nacional, caricatura e personagem da televisão e do cinema brasileiro.

Em uma manhã ensolarada, depois de não ter sido acordada por minha tia às sete e meia da manhã e supostamente ter perdido o ônibus escolar, tive meu primeiro encontro cara a cara com a raiva e a plangência profunda. Eram oito e meia da manhã de um dia quente e ameno. Eu comia um misto-quente e bebia um copo de Nescau frio, sentada na frente do computador. Havia sido informada pela minha tia Lua que meus pais estavam em um hospital depois de terem sofrido um acidente de carro em São Paulo. Havia sido informada pelos seus olhos verde-claros que nitidamente entregavam que alguma coisa estava sendo escondida de mim e da minha irmã mais nova. Hesitante, porém incontrolavelmente curiosa, entrei na Internet para procurar por notícias.

Foi súbito e de impacto que a página inicial de notícias do Explorer no meu PC me informou com frieza que meu pai e minha mãe haviam sofrido um acidente de carro e que meu pai nunca mais iria voltar. Nunca mais. As palavras eram grandes, pretas e nítidas. Ele estava morto. Morto.

Minha tia havia dito que eles estavam bem, ela havia dito que estavam no hospital, mas nem ela nem ninguém naquele apartamento conseguia omitir nos olhos foscos a angústia que os penetrava. Até Biba, a filha recém-nascida da minha cozinheira, estava chorando no berço. Ninguém conseguia esconder de mim que o mundo estava desabando debaixo do meu próprio nariz, apesar do quanto suavam as estopinhas para mostrar o contrário. A psicóloga da Rede Globo havia passado instruções para nos preparar gradualmente para receber a notícia, pois éramos muito crianças e não estávamos preparadas para engolir uma notícia tão definitiva e dolorosa sem mais nem menos. *Sinto lhe informar, psicóloga, a notícia bateu rapidamente.* É difícil entender o que a fez agir assim. Meu pai não estava com câncer ou com Aids, ou com qualquer outra doença que o colocava no leito da morte até que ela o viesse pegar. Ele havia morrido em um acidente e aquilo era definitivo, não gradual, aconteceu sem mais nem menos. Eu tinha o direito de saber como qualquer outra pessoa.

Era um dia como qualquer outro, um dia em que eu iria contente para escola estudar, voltaria para casa e dançaria minhas coreografias, vestida de Baby Spice. Como poderia imaginar que minha vida mudaria para sempre? Como poderia imaginar que, ao dormir, eu acordaria com a pior notícia que poderia receber? Que o telefone que tocou de madrugada vinha do hospital, avisando que uma parte de mim estava preste a ser enterrada seis pés abaixo do chão? Como poderia passar pela minha cabeça que ao comprar o ingresso para um remake do Fantasma da Ópera, meu pai estaria comprando o ingresso para o fim? Como poderia pensar que ao viajar para São Paulo elegantemente com seu terno preto, meu pai não pegaria o avião de volta para casa e viraria cinzas?

Li o artigo com cuidado, com as mãos trêmulas e o rosto já encharcado. Meus olhos molhavam o teclado e minha camisola cor-de-rosa. Cada palavra parecia dar uma facada no meu coração. Eu estava morrendo lentamente, tendo uma convulsão interna a cada palavra daquele artigo. Estava afundando mais e mais na cadeira. *Parabéns, jornalistas, sua narrativa simples e detalhada sucessivamente esquartejou minha paz para sempre.*

Joguei o prato do misto-quente contra um quadro na parede da sala e berrei para estourar minhas cordas vocais da maneira que cordas de guitarra arrebentam. Para estourar os tímpanos alheios, para ilustrar a minha raiva contra o motorista do carro que esmagou a cabeça do meu querido papai coruja contra um poste quando bateu de frente com um táxi cheio de madames.

Minha alma gêmea estava morta antes de chegar minha adolescência, quando eu mais precisaria de sua presença e desfrutaria seu conhecimento. Quando eu nunca teria me envolvido em relacionamentos autodestrutivos, largado os estudos e me tornado uma vítima da noite. O melhor amigo que eu poderia ter tido iria para o Juízo Final encontrar com Deus — se ele existisse — e eu queria poder pedir para ele informar a Deus que eu estava com muita raiva. Ódio, cólera. Foi o fim da minha família perfeita, uma rocha na minha yellow brick road. Um aviso de que daquele dia em diante nada JAMAIS seria igual. Quando usamos a palavra jamais anteriormente a uma grande perda, não digerimos seu significado por completo. São as folhas verdes caindo das árvores, as lindas rosas mais perfumadas murchando e perdendo o cheiro, os oceanos secando, as melodias mais bonitas evaporando e as estrelas ofuscando. É a imagem perpétua e irredutível do céu negro. A desmaterialização do toque, do abraço, do beijo, do olhar, da palavra. É como ter suas duas pernas amputadas e viver em uma cadeira de rodas. É definitivo e doloroso e não há nada que possa curar, só o esquecimento. É um sentimento aidético e heroinómano injetado à força no coração.

Um réquiem eterno tocava persistentemente no fundo de meus ouvidos. Um réquiem que não poderia dar fim à sua vida e sim continuidade à sua morte, no paraíso que ele viesse a idealizar. Imaginei um pianista acariciando as teclas de um velho piano, tocando graciosamente a harmonia da desilusão. O réquiem reproduzido nas entrelinhas de cada nota enchia meus ouvidos de beleza, rapidamente transformada em dor. Um homem charmoso nos seus trinta e poucos anos, vestindo um terno preto e uma gravata-borboleta, arrepiava meus pêlos um por um a cada segundo de música. Ele se chamava Morte e sua gentileza com as teclas pesadas anunciava o fim...

O Fim.

Ao longo do dia, enquanto esperava minha mãe se recuperar para que pudéssemos buscá-la, chorei um pranto silencioso de raiva e assisti de perto à dor consumir minha família. Minha tia atenciosa e dedicada, minha irmã nova demais para segurar tamanha bomba, minhas duas empregadas que eram como segundas mães para mim e meu motorista pançudo, fiel ao meu pai por trinta anos.

O encontro com minha mãe viúva, com os dois braços quebrados, o corpo dolorido, o lábio costurado e o olho roxo, sendo empurrada em uma cadeira de rodas, foi doloroso, ácido. Olhar para ela tinha se tornado difícil, pois eu sabia que uma parte dela havia se destruído e que ela talvez nunca fosse a mesma. Ela contaria então, em fase de recuperação, como meu pai estava vago e distante em sua última noite juntos. Como ao ver a cara do motorista que o dono do teatro enviou, tentou convencer meu pai de não entrar no veículo, julgando que o homem estava bêbado ou drogado, ou que simplesmente tinha cara de mau. Minha mãe sempre foi assim, se seu santo não cruzasse de cara, nunca mais iria cruzar. Meu pai, teimoso como era, entrou assim mesmo. Penso hoje que este carro devia estar predestinado para assassiná-lo. E que este homem tinha sido posto no mundo com a difícil tarefa de se tornar o culpado da morte de um homem brilhante e talentoso, de um ídolo do povo.

Entramos em uma ambulância e prosseguimos para o cemitério. O choro da minha irmã foi trilha sonora de toda a viagem. Milhares de brasileiros de luto e imobilizados jogavam rosas brancas pela janela de seus prédios enquanto atravessávamos a cidade. Um carro de bombeiros carregava o corpo do meu pai dentro de um caixão. Passávamos lentamente, sendo homenageadas por cartazes de adeus solidários e humildes, que pessoas seguravam nas ruas ou haviam estendido em suas janelas. Adeus ao mais amado, adeus ao meu amado. Adeus a um lutador, a um herói.

Questionava seu estado pós-morte e tentava me conter para não imaginar o pior. Mas no fundo, no fundo, sabia que ele estava nos olhando de algum lugar, debochando da rotina da vida e honrado pelo seu funeral de deuses. Por mais que a dor arranhasse meus ossos, já me faltavam lágrimas. Armazenava os sentimentos engarrafados dentro de mim a sete chaves. Abafava a angústia e o lamento e contaminava meu corpo de raiva. É mais fácil não sentir saudades quando se está com raiva...

A tristeza paralisa a gente, a raiva nos conduz.

O enterro combinava cromaticamente pessoas de todas as raças e classes sociais. Atores, atrizes, diretores, escritores, pedreiros, advogados, lixeiros, meus professores... Os óculos escuros que cobriam os rostos ilustravam o inchaço em todas as faces. A maldita televisão gravava tudo sem piedade ou respeito. Sem se importar que estávamos de luto e não queríamos assistir nossos rostos abatidos, chorando em rede nacional toda vez que ligássemos o aparelho de televisão. O que, na verdade, era impossível não acontecer. Foi notícia por dias, em todo o noticiário. Flashes desrespeitosos marcavam cada movimento, cada momento, cada lágrima e principalmente cada celebridade em seu momento de lágrima. A morte das celebridades sempre dá uma bela primeira página de jornal, é simples assim. Talvez devesse lhes agradecer de certa forma, as fotos me marcaram. Sem elas talvez os detalhes estivessem apagados.

Essa é provavelmente a única lembrança nítida que eu tenho.

Na semana anterior à sua catastrófica morte, estava vendo a psicóloga da Lions uma vez por semana. A escola havia decidido que queria me avançar uma série, queria me levar direto da quarta para a sexta, pois eu era inteligente e madura demais para continuar onde estava. Minha dúvida atroz permanecia enquanto analisava os prós e contras da possibilidade. Analisava como seria deixar para trás meus colegas e mudar para um prédio completamente novo com estranhos e pessoas um pouco mais velhas. Mantinha um diário sobre meus pensamentos em relação à mudança, que deveria entregar para a psicóloga no final da semana. Não conseguia me decidir se seria melhor me sentir honrada e concordar com a escola, ou se estaria me envolvendo em uma mudança tenebrosa sem retorno. Três dias depois do enterro, concluí o diário. Nada poderia ser pior do que a morte e meu pai com certeza se orgulharia de mim. Ergueria um copo de cristal de seu vinho branco preferido e celebraria minha bravura, minha inteligência.

— Está decidido, Mrs. Claudia. Farei a vontade da escola, vou pular uma série.

— Como surgiu esta decisão?

— Nada pode ser mais assustador do que a morte. Eu enfrento qualquer coisa agora.

Costumo chamar o período posterior a esta decisão de sonho. Um sonho interrompido por um despertador, esquecido no minuto em que coloquei os pés para fora da cama, no chão gelado.

Sou um prato cheio para qualquer psicólogo e não consigo digerir o fato de que bloqueei grande parte da minha vida. Tenho uma maçã engasgada na garganta, pois sei que dei blackout em todos os acontecimentos anteriores ao do dia do acidente e aos de alguns meses seguintes, transformando todas as lembranças da minha infância e do meu pai em uma grande névoa. Inconscientemente apertei *delete*. Tão novinha e já sabia qual era a única forma de evitar o sofrimento futuro.

Quando voltei do enterro, joguei fora a fantasia de Baby Spice e passei a usar preto.

Luto...

Não sei ao certo quem eu fui em determinados pontos da minha estrada. É como se a vida tivesse me poupado das lembranças bonitas que me fariam viver com um grande vazio, esquecendo que mesmo assim haveria o vazio de não saber ao certo quem sou. Minha vida se dividiu em duas partes — antes e depois da morte do papai. Eu nunca vou me perdoar por ter deixado minhas lembranças se apagarem. Por ter deixado as imagens, os cheiros, a sensação dos toques, o som das risadas e as conversas se evaporarem... Nunca. Minha mãe diz que sofro do mesmo problema de memória seletiva que ele.

As lembranças que tenho pouco me parecem reais, parece que vivi um filme. Criada em um lar de fantasias — peças, novelas e filmes —, tendo um pai que era ídolo nacional, sendo recepcionada em um enterro surreal e hollywoodiano e sendo vista como gênio na escola.

Não sei o que sonhei, não sei o que imaginei e não sei o que realmente aconteceu. Quando olho para trás, os acontecimentos fogem de cronologia. Não confio na minha própria mente, fruto de tantos contos de ficção. Recorro às palavras de minha mãe, fotos velhas e fitas que guardo em uma enorme gaveta para visualizar minha infância. Aquela menininha de cabelos dourados com o sorriso mais sapeca que já vi parece mais uma personagem, mas sou eu. Uma infância tão bem vivida, tão bem desfrutada, esmagada em pedaços por um teto gelado e repentino que caiu sobre minha cabeça. Um teto que colocou meu cérebro do lado avesso; confundiu o real com o irreal e apagou e mudou acontecimentos dos seus devidos lugares. Mecanismo de defesa, escudo — desde cedo uma arma ao alcance, debaixo do travesseiro na hora de me deitar.

As cortinas que fecharam no meio da minha infância sempre me confundiram. Me tiraram o sono, me proporcionaram horas de filosofia e consultas atrás de consultas no consultório da minha terapeuta. Passei a visitá-la logo depois de ter conseguido me livrar do "Assassino".

Eu sinto que não existi, que nasci da lama como uma flor de lótus e tomei o corpo daquela criança feliz que teve seu espírito levado embora quando seu pai morreu. Alimento o pensamento e tenho medo de ser uma ilusão, de não ter tido passado, de ser o personagem principal de um complô que passa de madrugada em um canal multimilionário à custa do meu reality-show. Um canal que minha TV obviamente não tem. Tenho medo de ser uma criação de laboratório sem capacidade para digerir as informações falsas do passado. Não sei se existo ou se sou uma mera lembrança de uma juventude. Sinto-me fora do meu corpo diversas vezes, vendo tudo de fora, de cima, como um mero telespectador da minha própria vida. Desconfio dos ponteiros e me transporto constantemente através de músicas, cheiros e fotos para outras frações de tempo e galáxias.

O tempo se move para trás e para frente como uma cadeira de balanço. Olho para os lados e me sinto perdida. Nunca sei onde estou. Sou um ser bizarro, porém compreensível aos pacientes — os que acreditam no maldito tempo que não vende na farmácia. Os que acreditam que a convivência com meus pensamentos me explicaria por completo. Um ser que vive hoje como se não houvesse amanhã. O amanhã que meu pai não terá.

A verdade é que cada dia que acordamos podemos estar caminhando alheados para o fim da estrada. Cada vez que damos "tchau", podemos estar dizendo "adeus". A verdade é que quando acordamos não estamos acordando para mais um dia, e sim acordando de um dia em que sobrevivemos à morte.

Eu ainda vivo a morte do meu pai. Todas as vezes que alguém vai embora. Eu não consigo entender que o fim já aconteceu e o fim é para sempre...

5

A Casa Verde

Após a saturação do cotidiano escolar e do mundo perigoso dos contos de fada, resolvi comprar calçados novos e ir atrás de um mundo que me coubesse. Um mundo de calças jeans número quarenta e dois e sapatos número trinta e oito. Resolvi lutar por um espaço onde fosse compreendida, onde pessoas como eu usassem o rock como *escape* dos problemas. Não sabia onde encontrá-lo, estava ciente de que quanto mais procurasse menos encontraria. Havia aprendido que na hora certa as coisas certas tocariam minha campainha. Por isso não me surpreendi quando, ao navegar desatenta no laboratório de informática, pelo vasto mundo da Internet, dei de cara com o panfleto de um lugar de shows undergrounds em Copacabana. Tinha crescido em um mundo de riqueza, ignorância e futilidades, não poderia sequer imaginar como seria este novo mundo. Não fazia idéia de como seria, que tipo de bandas se apresentavam lá e como o público se vestia e se comportava. Porém, isso era um mero detalhe ignorável diante do fato de que havia achado uma casa de shows underground: A Casa Verde.

Encontrei o website das bandas que estariam se apresentando no dia em que indicava o panfleto e fiz download de suas músicas. Leiga nos diferentes estilos de rock, não sabia descrever bem o que era, somente que tinha gostado. Principalmente de uma banda de letras extremamente emotivas chamada Escória. O vocalista, porém, tornava difícil entendê-las claramente com sua língua presa. As guitarras, de qualquer forma, eram bem tocadas e me atiçaram a curiosidade. Pelo que vi nas fotos, os integrantes não tinham nenhuma beleza fora do normal, mas se vestiam bem e até que eram atraentes se comparados com os clichês ambulantes da moda do shopping de São Conrado que caminhavam no meu cotidiano. Enviei um e-mail ao vocalista, afirmando ter gostado muito da banda e garantindo minha presença no show. Fiquei feliz com sua resposta instantânea e curiosidade sobre como os havia conhecido. Menti que já havia ido a um show deles. *Riiiight*.

A tarefa difícil era arranjar uma companhia que quisesse se aventurar fora da rotina das festas de socialite no dia em que eu sairia do meu castelinho colorido de princesa e me vestiria de plebéia para conhecer o submundo. Convenci então Tamara e Marianne. Tamara era relaxada em relação a lugares novos e havia escolhido uma roupa para usar que não deixava claro quais eram as nossas origens. Já Marianne estava nos acompanhando por pura influência e insistência da minha parte, com uma festa badaladíssima para ir mais tarde, onde encontraria o menino de quem estava a fim. Ela estava de salto agulha, colar de brilhantes, calça jeans da Diesel e blusa rosa-bebê.

— Toma, Má! Trouxe alguns acessórios para você usar. Não me leva a mal...
— Que isso, Satine! Não quero usar essas coisas de roqueiro...
— Posso te lembrar que estamos indo a um show de rock?
— Vão ter milhares de pessoas lá! É um show! Você acha que alguém vai ficar olhando pra mim?

Marianne estava assustadoramente errada em sua afirmação conseqüente do desprezo pelos meus acessórios de "roqueiro" que a insegurança havia me feito levar. Chegamos lá meio perdidas e introvertidas e nos deparamos com uma casa meio abandonada, caindo aos pedaços, com inúmeros cartazes de shows grudados nas paredes. Não tinha quase ninguém na porta, mas mesmo assim entramos. Deduzimos que estavam todos lá dentro, afinal havíamos chegado pontualmente na hora que o panfleto indicava: seis da tarde. Subimos uma escadaria e pagamos cinco míseros reais para um gordinho de boné vermelho em troca de um papelzinho rosa com o carimbo "Casa Verde". De fato foi um choque social me deparar com um casarão abandonado e insuportavelmente quente quando eu esperava drogas, sexo, rock'n'roll e glamour. E o pior de tudo — estava ridiculamente vazio.

Envergonhei-me ao perceber que a banda estava em cima do pseudopalco passando o som e que ninguém havia chegado. Era um palco baixo e pequeno e em cima dele havia stand-ups de muito mau gosto de popozudas da revista *Sexy*.

— Socorro, Tamara! Acho que isso não foi uma boa idéia.
— Relaxa, amiga. As pessoas devem chegar daqui a pouco e quando acabar o show nós vamos falar com eles. Vai ser legal! Experiência!

Algo em sua voz não era nada legal, ela estava tão constrangida quanto eu. Porém, claramente tão ansiosa quanto eu também. Precisávamos conhecer pessoas diferentes das do meio em que vivíamos. Marianne não se importava. Por mais que eu a amasse do fundo do meu coração, ela era fresca e fechada demais para aquele lugar. Nada satisfeita com o buraco em que havia se metido em plena sexta-feira, ela pegou um táxi e foi embora de volta para casa. Previsível e justo, não me incomodei.

Compramos duas latinhas de cerveja de uma senhora loura no bar que estranhamente nos ofereceu pipoca e nos sentamos encolhidas em um sofá meio rasgado no cantinho. Sondamos de leve a casa de paredes verdes que possuía aquele pobre andar com o quero-ser-um-palco e o quero-ser-um-barzinho, e um outro em cima com dois banheiros quebrados. Olhávamos uma para a outra esperando uma reação. Estávamos as duas paralisadas diante de nossa pontualidade patética que havia nos transformado em alienígenas estúpidas para os caras da banda, que se viravam constantemente para nos atentar. Uma lerda hora se arrastou até o lugar começar a "encher". Encher parecia significar ter a presença máxima de trinta pessoas, se isso. O que eu estava pensando? Chamava-se underground por algum motivo, não é?

Era impressionante perceber que, afinal, na adolescência a vida é dividida em grupos, e que, assim como na escola, as pessoas ali presentes se vestiam iguaizinhas. Os tênis eram sempre All Star, na maioria das vezes preto, com alguns rabiscos, tanto nos meninos quanto nas meninas. Uma grande parte parecia não alisar seus cabelos ou fazer escova, pois os prendiam em rabos-de-cavalo ou coques largados. Estrelas pareciam ser um padrão superpopular entre aquelas pessoas.

Estavam presentes em tudo: blusas, tênis, broches, tic-tacs, brincos, pulseiras, adesivos e tatuagens. As blusas que usavam eram quase todas de algodão, e noventa por cento das pessoas usavam blusas de bandas, que achei engraçado estarem à venda em uma barraquinha montada ali mesmo com blusas, CDs e munhequeiras por um cara com uma blusa de uma banda chamada Thrice. A maioria, se não quase todas as meninas, prendia o cabelo com presilhas coloridas, tinha franjinha e usava saia preta de prega. Aparentavam ser fofas e carinhosas, vestidinhas como crianças. Não havia um menino presente que não estivesse usando munhequeira. Para que elas serviam, anyway? Todos assistiam aos shows estáticos, mexendo somente os lábios ocasionalmente. Os casais presentes pareciam todos estar completamente apaixonados, assistindo aos shows abraçadinhos. Se não estavam, fingiam bem demais, pois nunca tinha visto tanta demonstração de afeto em público. Nós assistimos ao show meio de longe, bebendo cerveja e analisando a tribo em que havíamos penetrado sem pedir licença. Éramos as únicas bebendo ali e isso era ainda mais esquisito.

   O show foi de bastante entretenimento para duas novatas pisando em um chão distinto de todos que conheciam. Todas as músicas transbordavam emoção, mas usavam frases clichês para o fazer. Isso os tornava menos convincentes do que deveriam ser sobre a saudade que sentiam de mulheres que obviamente haviam lhes partido o coraçãozinho. Admirada, olhava em volta e imaginava quantos mundinhos escondidos existiam na minha cidade dos quais eu nunca tinha ouvido falar. Comprei o CD do Escória quase de graça e perguntei para Tamara se ela não queria ir embora.

   — Você não vai falar com os caras da banda?

   — Falar o quê, Tamara? Eu não os conheço! Isso foi uma má idéia, eu não consigo ser tão cara-de-pau assim.

— Porra, Satine! Vai lá falar com o vocalista que você mandou o e-mail! Para que viemos até aqui?

— Para assistir a um show, Tamara! Eu não vou falar com eles, não tenho coragem, vou parecer uma fã e obviamente esses caras são pés-rapados sem fã nenhuma! Olha em volta! Desculpa, mas não dá.

— Você quem sabe, depois não reclama que se arrependeu!

Admito que ela estava certíssima, pois ao entrar às escondidas na minha BMW preta que estava estacionada na esquina da Casa Verde e sentar no banco de passageiro do lado do meu motorista Pierre, percebi que eu realmente devia ter dito ou feito alguma coisa. Ouvimos o CD até chegar em casa, entre um comentário e outro do Pierre, que pedia, por favor, para que colocássemos um CD que não tivesse um vocalista tão ruim.

— Pára, Pierre, eu gostei! Essa música "Ana" é muito legal!

— Seria aceitável se o vocalista não tivesse língua presa e não desafinasse em todas as notas! Deus me livre, Satine, que coisa horrível!

Aprendi mais tarde que este estilo de música se chamava "Emo"; rock emotivo. Pra mim o título não fazia sentido algum, pois qualquer sentimento podia conter emoção, não somente o de dor-de-cotovelo. Existia raiva, decepção, paixão, humilhação, medo... Este foi provavelmente um título que algum corno inventou para forçar seus chifres a ser algo meramente poético.

Eu estava mais do que familiarizada com etiquetas, e ser "emo" era só mais uma. Não era o que eu queria, mas pelo menos naquela "cena" eu me sentia em paz, me sentia parte de algo. Minha cabeça já estava fraca depois de tantas porradas e cicatrizes que a vida tinha me dado com tão pouca idade. Tudo que eu precisava era encontrar um lugarzinho para chamar de meu. E foi assim que aconteceu meu caso de amor com a Casa Verde.

Lentamente fui aderindo ao estilo "menininha" e mudando as peças de roupa no meu armário. Havia trocado as sandálias pelo tênis e o carro pelo ônibus. Não admitia que meu pensamento caísse na real e me mostrasse que estava virando uma ovelha. Tentando prová-las erradas, eu havia tropeçado na contradição e me transformado em uma delas. Mas elas nunca iriam saber, pois a Casa Verde era abandonada, calorenta, suja e não era lugar para meninas de família e dinheiro. Copacabana acima de tudo era um bairro de drogas e prostituição e nenhuma boate que tocava hip hop e recebia pessoas com roupas de marca era localizada lá.

Ironicamente esqueci da existência das drogas e da bebida e me tornei uma típica e clássica "menininha de show", daquelas que se vestem todas, assistem aos shows, fazem uma minissocial e voltam para casa cedo como boas meninas. Pintei o cabelo de preto e coloquei um piercing no canto esquerdo do lábio. "Pronto, agora eu pertenço", e que não ousasse passar pela minha cabeça o pensamento de "Pronto, virei um robô".

Lentamente fui criando laços com os caras das bandas e com suas namoradas. A maioria deles era de fato comprometida e os relacionamentos abertos e traições estavam fora de suas rotinas, fazendo-me achar que tudo ali dentro era utópico e que só faltava um parceiro para eu ser finalmente feliz. Tornava-se muito mais fácil enfrentar os cinco longos dias de semana na Prisão Lions, sabendo que no fim de semana eu iria me juntar aos meus iguais, desta vez em um lugar real. Talvez no fundo eu só buscasse paradigmas. Talvez no fundo eu só precisasse pertencer.

Body and soul, I'm a freak.

Por mais que tivesse adquirido gosto por algumas bandas choronas e gastado dinheiro com novos CDs, não deixava de lado minhas raízes de revolta, apesar de ter abandonado este mesmo sentimento no percorrer da minha busca incansável por identidade. Tornei-me figurinha fácil na Casa Verde e, de pouquinho em pouquinho, consegui chegar ao dia em que podia cumprimentar todos lá dentro. Minha popularidade cresceu de forma irredutível após ter se espalhado a notícia de que eu havia ido para São Francisco com minha família e não só assistido ao cobiçado Warped Tour, mas tirado foto com suas grandes atrações, os ídolos da galera.

Entre "Oi, tudo bem?" insignificantes e interesseiros, reconheço a importância de alguns poucos que conheci. A mais memorável é a Ruiva, uma popozuda de cabelos de fogo, escandalosa e desenfreada que virou VIP no meu caderninho de telefones. Uma ruiva que fala de sexo como se estivesse falando sobre o tempo lá fora e que vomita sinceridade em todos os seus comentários. É direta demais e às vezes inconveniente em situações em que chega na cara de alguém e diz, "Você é muito gostoso, quanto mede seu pau?" É louca e desvairada, mas é minha amiga. E agradeço à Casa Verde por ter nos apresentado.

Fiz daquele lugar uma rotina, trazendo aventureiros endinheirados semanalmente para analisar minha suposta conquista. Mas a pessoa que eu mais queria levar lá se recusava a ir.

— Amora, vamos, por favor, eu prometo que você vai gostar!

— Satine, olha só! Eu não vou sair de casa até conseguir emagrecer os dez quilos que eu quero! Eu já te disse, estou tomando uns remédios que vão me ajudar.

— Que remédios?

— Sinceramente, não sei os nomes. Mas vão me ajudar! Eles me dão energia e tiram a fome. São legais! O Júlio conseguiu pra mim com a mãe dele.

— Calma aí! Maria Clara, o que você tá me dizendo? Os remédios no plural? Quantos remédios você tá tomando?

— São vários comprimidos. Ah, Satine, não se faz de idiota, você sabe do que eu tô falando!

— Quem é esse Júlio, Amora? Você nunca me falou sobre ele! Você não me conta mais nada, desapareceu do mapa! Não te vejo há muito tempo!

— Em primeiro lugar, eu já te contei sim! Você é que não se lembra. É aquele cara que eu conheci naquela boate de eletrônico que fui na Lapa. Você não quis ir, lembra? Foi numa sexta-feira em que você foi para uma daquelas festinhas dos surfistinhas da sua escola. A mãe dele é psiquiatra, lembra? Eu tô com ele há dois meses já.

— Ah! Acho que me lembro, sim.

— E eu não desapareci não... Você vai ver, a gente ainda vai fazer um monte de merda juntas! Deixa eu só tirar esse apelido de Amora das minhas costas, amiga! Já tirei a tinta vermelha do cabelo e agora vou ficar magra e gostosa, você vai ver!

— Eu gosto do seu apelido, é carinhoso! E poxa, eu nem tenho bebido mais, nem tenho usado mais nada. Mudei de vida depois que descobri essa Casa Verde. Tenho tanta coisa para te contar!

— Virou careta, amiga?

— É... Agora só falta arranjar um namorado.

— Nossa, mudanças fortes! Boa sorte! Vou ter que desligar o telefone! A gente se fala, vou passar na casa do Thiaguinho para emprestar pra ele uma grana e depois vou pra casa do Júlio. Ele conseguiu ketamina, aquele tranqüilizante de cavalo. Falaram que tira o apetite também!

— Vai com calma, porra! Assim eu fico preocupada! — *Assim eu fico é com vontade, droga.* — E manda um beijo pro Thiaguinho! Tanto tempo que não vejo ele!

E enfim chegou o dia em que arranjei um namorado. Um namorado com uma banda no underground que não era emo. Um namorado baixista, que morava na Taquara, tinha uma banda gritante e ouvia as mesmas coisas que haviam ilustrado a minha estrada esburacada. Nosso envolvimento aconteceu diante de olhares impressentidos, foi quase instantâneo. Demoramos três dias nos beijando e olhando nos olhos um do outro para permutarmos alianças e virarmos pombinhos apaixonados. Nossas imagens agradavam à idealização um do outro. Eram fins de semana calmos, porém exultantes, indo ao cinema, freqüentando shows, fazendo sexo inexperiente, comendo no McDonalds, recebendo mensagens de texto que me deixavam boba e até conhecendo a sogra simpática. Parecia ter finalmente chegado ao ponto "hippie" que eu queria de paz e amor. Eu finalmente parecia estar sendo amada pelo que era. Nossas discussões não se estendiam a nada além do fato de que eu fumava como uma chaminé e que ele odiava o cheiro de cigarro. E eu achava que isso não seria um problema...

Existe o período em que o casal está se conhecendo e o período onde a intimidade arromba a janela a ponto de ir ao banheiro de porta aberta e beijar de manhã com mau hálito. A intimidade não impede um ou outro de falar o que vaga por suas cabeças — entre os dois períodos, há uma linha bem definida.

A minha falta de perseverança, que se refletia na insatisfação diante da vida, me levou a querer beber e usar drogas de novo. Como de costume, eu havia enchido o saco da normalidade e queria sentir um pouco de vida. Precisava de substâncias ilícitas que tirassem meus pés do chão para me assegurar de que não havia me tornado uma vítima da vida moribunda da rotina. Ele tinha pouco dinheiro e cursava a faculdade à noite, o que o impedia de pegar dois ônibus para me ver durante os dias de semana ociosos em que minha mente sedenta pensava demais. Não era culpa dele, nós colocávamos os pés para fora da cama de manhã por coisas diferentes. Eu queria um amor ridículo, inconveniente, asfixiante e consumidor que não me desse espaço para pensar. Queria um amor que me fizesse berrar até a garganta sangrar. Que me fizesse estiletear o braço com seu nome. Um amor que me escutasse chamando seu nome de cidades à distância e acalmasse o caos do universo com um simples abraço. Um amor cujo beijo me desse frio na barriga e cujo corpo no meu me possuísse de tal forma que eu não conseguisse parar de chorar... Borrando a maquiagem e inchando meu rosto. E que mesmo neste estado ele me achasse a mulher mais linda do mundo, a única. Que fizesse com que me sentisse virgem e intocada ao desabotoar meu sutiã e percorrer meu corpo com as mãos. Que me desse dor de cabeça de tanto pensar nele e que essa dor só parasse com um beijo. Alguém que morresse de ciúme de todos os meus amigos e me xingasse toda vez que ficasse inseguro. E que eu pudesse curar essa insegurança com um simples olhar ou demonstração de afeto. Um amor que me instigasse a tatuar seu nome por lugares espalhados do meu corpo, que pertenceria só a ele. Que me fizesse comprar seu perfume e usá-lo em todas as minhas roupas para cheirá-las e senti-lo quando ele não estivesse comigo. Que me fizesse escrever poemas e músicas intensas explicando por A+B o porquê de ele ser a razão da minha vida. Que quando os lesse, se calasse e quando eu menos esperasse, falasse que me amava. Alguém que escolhesse minha roupa, penteasse meus cabelos e pintasse as unhas dos meus pés. Um amor que me fizesse cozinhar um jantar à luz de velas com vinho branco e existisse sobre uma trilha sonora sexy e sedutora. Alguém a quem eu pudesse contar todos os meus segredos mais íntimos e irreveláveis sem medo de julgamento. Que me fizesse escrever cartas quilométricas em rolos de papel higiênico. Com quem eu pudesse tomar banho de espuma, sair da banheira nua e assistir a filmes debaixo do cobertor no quarto refrigerado. E que o ar-condicionado nos deixasse doentes para podermos cuidar um do outro. Alguém a quem eu desse comida na boca, lambuzasse de sobremesa e depois lambesse o corpo inteiro. Alguém com quem eu tirasse milhares de fotos íntimas para poder fazer uma parede dos nossos momentos e decorá-la com o sangue do meu dedo. Com quem todos os dias fossem diferentes, que todos fossem como a primeira vez. Queria ter asas e dividi-las com ele e quando ele não estivesse por perto me fizesse cair. Queria um amor pelo qual pudesse morrer, para tornar lindo o ato de viver.

Nós não éramos assim.

Eu vivia para me sentir viva e para ele estar vivo já bastava. Bastava ter bons CDs, um baixo, beijos longos, Coca-cola e queijo-quente. Bastava ter as pequenas coisas da vida que o faziam sorrir. Bastava ser o capítulo efêmero de um livro que não vende.

Então nós demos um tempo para colocar a cabeça no lugar, para organizar os pensamentos e decidirmos se era um ao outro o que realmente queríamos. Ele também não estava satisfeito, eu havia me tornado uma fumante compulsiva de TPM constante que o alfinetava em todas as frases, insinuando que ele não passava de um velho rabugento. Estava me tatuando constantemente, o que era uma paixão para mim e um medo para ele. Ele dizia que eu estava preste a parecer um grande rabisco ambulante e eu via meu corpo como forma de expressão, como um grande diário. Cutucava-o entre linhas tortas para fazê-lo terminar comigo, pois não tinha coragem de fazer, levando em consideração nossos planos futuros de ter uma casinha e alguns filhos, que pareciam ter saído de nossos lábios com tanta sinceridade. Era preferível que ele anunciasse o fim.

Esperei que ele o fizesse e ele não o fez. Porém, outra coisa importante havia anunciado seu fim: a Casa Verde. Em novembro, a moça loura do bar, também dona do lugar, anunciou que os shows não eram o suficiente para pagar as contas da casa e que ela estava sendo fechada. Todos sabiam que o grande problema não era esse, e sim o alcoolismo da dona Gabriela. Então, para a tristeza de todos, as portas se fecharam, anunciando o fim daquela época, deixando todos perdidos na cidade do Rio de Janeiro, sem programação para os fins de semana. O grupo de roqueiros da Casa Verde, que quase não bebia, rapidamente trocou a casa de shows por um bar na praia de Ipanema que os americanos da Lions costumavam freqüentar. E então tudo começou a mudar...

Convenci Fábio a ir comigo neste bar que estava sempre lotado. Um lugar freqüentado por vários tipos de pessoas, onde muitos conhecidos estariam naquela noite.

Eu não estava bêbada, eu estava alegre. Eu estava saltitante e serelepe, tirando fotos entre cervejas de groselha e cigarros de palha. Ele estava sentado em uma mesa num canto, de cara amarrada e braços cruzados, perturbando a paciência de um amigo em comum, o ex-namorado da Ruiva. Zombava da cara de todos os presentes, explodindo arrogância em cima do meu prato de batatas fritas, me fazendo perder todo o apetite. Usava sarcasmo para descrever minha diversão com o sólido propósito de fazer com que eu me sentisse um pedacinho de esterco.

Aquela imagem límpida da sua rabugentice estúpida, isolada em uma noite em que tudo poderia ter ficado bem de novo, havia atirado em mim uma flecha de certeza. Meu cupido de estimação, barrigudo, alcoólatra e leitor de Bukowsky, previamente ocupado com seu caso proibido com a Fada Sininho, tinha voltado ao trabalho. Ele chegou pertinho do meu ouvido e disse que eu havia de prosseguir solteira, despojada e atenta às oportunidades de esbarrar com alguém que também estivesse à procura de sensações surreais. Afirmou que não havia dedos suficientes em suas mãos para contar os subsídios de elaboração das razões pelas quais eu não deveria continuar com um cara à procura de uma vida ordinária. Que ele seguiria seu próprio caminho e acharia alguém que preenchesse suas expectativas...

No final tudo que ele conseguiu foi minha antipatia, minha indiferença e o término de um relacionamento de dois meses que havia sido trocado por cerveja, cigarros, uma vontade borbulhante de encontrar um novo mundinho, fumar maconha e cheirar desodorante... Ah, o desodorante... O velho desodorante...

6

Aerossol no pôr-do-sol

Encontrei nos shopping centers uma boca de fumo e nos farmacêuticos, traficantes. Encontrei nas latinhas de higiene um alucinógeno e em suas alucinações uma passagem rápida para o meu inconsciente. Era uma barganha comprar uma droga tão intensa por R$ 9,50 enquanto os vidrinhos de loló e de lança-perfume custavam de vinte a quarenta reais. Será que a moça do caixa sabia por que a venda de desodorante-aerossol-spray-seco-sem-perfume estava em alta?

O procedimento é bem simples: tira-se a tampa do produto, coloca-se o produto em pé dentro de um saco plástico e amarra-se o mesmo com um nó bem apertado de forma que não possa sair um pinguinho de ar. Em seguida faz-se um furinho com os dentes, coloca-se a boca no furo e aperta-se o botãozinho, tragando a substância libertada. Daí em diante aperta-se o botão e ingere-se a substância gradualmente conforme o desempenho da viagem, que surge em menos de três baforadas se o procedimento é realizado corretamente. Eu costumava devorar uma lata inteira em quarenta minutos de êxtase e loucura. Costumava sair do meu corpo, conhecer seres inexistentes e passear em mundos indescritíveis. O desodorante aerossol era um genérico do chá de cogumelo, pelo que já havia lido e ouvido falar do tal — pelo menos pra mim. O efeito varia de pessoa para pessoa.

Foi no Carnaval dos meus 14 anos, virgem de boca e de boceta, que comecei a me envolver em um relacionamento desenfreado com o Banho a Banho. Ao contrário do que parece, não foi uma época escura e suja, apesar de estar engolindo substâncias próprias para perfumar o meu sovaco. Foi uma época jubilosa de cocktails malvados e sol de torrar, fritando em busca da cor do verão na belíssima piscina do Hotel Ocean Shore. Hotel fruto de inúmeros encontros com bandas de rock internacionais adoradas.

O inglês indefectível que Daniela e eu aprendemos na Lions era de imensa ajuda quando passávamos pela porta giratória do hotel fingindo ser hóspedes. Era só entrar, seguir reto e pegar uma cadeira na piscina. Ninguém nunca perguntava nada. Muito pelo contrário, tratavam-nos como VIPs, trazendo-nos o cocktail da vez e um prato de batatas fritas com ketchup. Eu variava entre a vodca com morango e a caipirinha de limão. Daniela, fraca para o álcool, tomava um gole ou outro.

Chamávamos as duas muita atenção. Ela era magra como um palito a ponto dos ossos aparecerem nitidamente e machucarem na hora de abraçar. Era alta e louríssima, com cabelos até a cintura. Parecia uma miniatura da Paris Hilton. Eu não era tão magra quanto, mas era magra, e já era dotada de seios fora-do-comum. Eu também tinha cabelos longos e louros e sofria a constante comparação com minha amiga que parecia uma Barbie. Eu sempre vinha em segundo lugar — o último.

Éramos alvo dos olhares gringos e imaginávamos se não pensavam que, como outras na piscina, nós éramos prostitutas. A idéia de ser paga para fazer sexo como esporte me atiçava de uma forma proibida que nunca consegui admitir para ninguém. Felizmente eu não tinha experiência e não seria digna do dinheiro retirado da carteira. Eu não tinha experiência com bocas sequer. Não tinha experiência com mãos, línguas, olhares, frases feitas, homens escrotos, homens românticos... Homens em geral. Ansiava por sexo apaixonado, cheio de tesão e fricção, como nos filmes do cinema. Como o de Deborah Kerr e Burt Lancaster em *From Here to Eternity*. Ansiava por gemidos, paus duros, orgasmos insuportáveis e o sentimento de conúbio dos corpos. No fundo só estava brincando de Barbie, querendo ser glamourosa, mas esquecendo de pintar as unhas direito. Pousando de star debaixo do sol com óleo no corpo. Com óculos Gucci da minha mãe no rosto, cocktails e cigarros — que ainda não eram vício e sim acessórios e companhia. Reproduzia tal cena de maneira que aparentava ter crescido assim; passando por hotéis de luxo e degustando o melhor do melhor. E na verdade eu havia. Por Paris, Londres, Nova York, Orlando, Los Angeles, São Francisco, Boston, Marbella e Miami — durante os anos da minha vida que foram apagados.

Tortas e felizes, pagávamos a conta, checávamos se a marca do biquíni já havia fixado em nossos corpos, e andávamos pela praia de São Conrado procurando por mais uma aventura.

Quando descobri a arte do desodorante, Daniela rapidamente caiu fora, com medo dos danos que poderiam ser causados. Eu, pelo contrário, estava excitada com os danos que poderia haver. E se houvesse seqüelas, paciência. Carpe Diem era o lema.

Fui apresentada à latinha mágica em um banheiro da escola por Raíssa Lopez; uma ruivinha cheia de sardinhas, mais nova e mais louca do que eu. Fiz o procedimento com o saco plástico e apertei o botãozinho. Em menos de cinco segundos comecei a ouvir um "twwinnn" buzinando no meu ouvido. Eu via Raíssa, que estava sentada de pernas arregaçadas no vaso sanitário, concentrada em sua latinha, se movendo de um lado pro outro. Ela se mexia trocando o lábio pelo nariz e os olhos pelas orelhas. Seus olhos castanhos estavam pequenininhos e vermelhos. A buzina do meu ouvido foi acompanhada pelo seu acesso de riso descontrolado.

— O que foi?

— Você! Você tá muito engraçada! Sua cara de assustada olhando pra... Olhando pra mim, tá me assus...— E ria histericamente, chacoalhando o corpo e batendo as mãos nos joelhos.

— Vamos, Rá! Vamos tocar o sinal... Vamos!

— Hein? Vamos? Ai, que muito doida! Quero acabar essa parada!

— Vai tocar... Eu tenho que ir lá fora assim! Vamos!

Apaixonei-me de cara pela arte de cheirar desodorante quando ao sair do banheiro senti o maior rush do mundo, rindo da cara deformada e retardada de todos que passavam com um olhar em branco sobre nosso estado embriagado.

— Satine... O que você fez que está tão alegre? Cheirou loló no banheiro? — perguntou Duda se aproximando pela primeira vez para usar seu discurso antidrogas.

— Não, não. Usei uma droga nova, uma droga que nós duas inventamos, não é, Rá? Fantástica droga nova, droga.

— Nós vamos ficar milionárias com essa invenção — adicionou Raíssa cheia de empolgação.
— Acho que você está certa, Satine. Devia desperdiçar todo o seu talento nas drogas e morrer assassinada por traficantes, sabia?
— Que saco, hein? Vai cuidar da sua vida, garota.
— Vai escrever um livro, poesias, letras de música, seja uma rockstar! Mas por favor, arranje algo para fazer! Só arranje um pouco de sentido, de responsabilidade...
— Como você espera que eu seja uma rockstar e tenha responsabilidade? Foi exatamente para evitar responsabilidade que rockstars viraram rockstars em primeiro lugar, porra!
— Nossa, você tá trash! E que cheiro de desodorante é esse?
— Blablablá — eu disse, fazendo com as mãos gestos de bocas se mexendo.
Deixei Duda falando sozinha, peguei Raíssa pelo braço e sentei com ela em uma mesa na frente da lanchonete. Nós ainda estávamos alteradas com as poucas baforadas de desodorante e achávamos graça de tudo. Principalmente da preocupação de Duda, que vivia para os estudos e tinha horror às drogas. Ela carregava um fichário preto com um adesivo brilhoso escrito "Hugs not Drugs" que entrava em perfeito contraste com o patch na minha mochila rabiscada que dizia "Too fast to live, too young to die". Apesar de ser a irritação em pessoa, Duda tinha boas intenções. Ela só não sabia usá-las de forma positiva, era uma mala sem alça.
— Rá, vamos amanhã no Hotel Ocean Shore depois da aula? Podemos fumar maconha antes de ir pra lá, almoçar no restaurante da piscina, tomar uns drinks e cheirar um pouco de desodorante para nadar doidonas entre um copo e outro.
— Combinado. A gente fuma onde?

— Na praia... É Carnaval!
— O Carnaval já acabou!
— Ih! O Carnaval só acaba quando a gente quiser! O samba é a gente que inventa...
Peguei o ônibus escolar de volta para casa. Estava como sempre, repleto de crianças gritantes comendo os lanchinhos de suas merendeiras. Criancinhas histéricas que deixavam a acompanhante de cabelo em pé. Parei no Fashion Mall, fui à farmácia, peguei um Banho a Banho da prateleira com um olhar suspeito, comi um cheeseburger especial no McDonalds, olhei algumas vitrines e voltei para casa andando, encharcada de suor.

Entrei no banheiro, abri a torneira quente da banheira e liguei o som no máximo para não ser ouvida. Tirei a calça jeans Levis, a blusa preta, o sutiã e a calcinha de renda e entrei na banheira acompanhada do meu mais novo amigo — ele parecia ser feito da mesma matéria que os sonhos são feitos.

De dentro da banheira de água quente, ao som dos amados Rolling Stones, após a veloz percepção defectível das coisas em volta, me transportei para um reino comandado por um monstro de sete cabeças, onde todos em volta não tinham rostos. Eu corria entre as pessoas gargalhando euforicamente. Viagem rápida, com poucos detalhes. Entre uma baforada e outra, olhava para dentro do saco plástico e conversava com as pessoas que moravam lá dentro. Pessoas presas lá dentro, pessoas gritando lá dentro... Essa é a primeira regra do mundo do desodorante; existe um universo distinto e desconhecido dentro do saco plástico e se você quiser ver, consegue. Basta estar de braços e olhos abertos para a abertura das portas da sua percepção. Jim Morrison dizia a mesma coisa sobre LSD, e foi exatamente por esse motivo que a banda foi chamada de The Doors — The Doors of Perception, As Portas da Percepção. William Blake disse a seguinte frase: "Se as portas da percepção estivessem limpas, tudo se mostraria ao homem tal como é, infinito."

Os espíritas acreditam que algumas almas ficam presas na terra após sua morte, em negação do que lhes aconteceu, tornando-se então espíritos obsessores. Esses podem influenciar nossas vidas, podem criar uma atmosfera negativa em nossa volta. Eu acredito que este mundo em que vivemos vai muito além dos olhos humanos e muito além do físico. Se pudéssemos perceber a interação dos mortos em volta com o nosso dia-a-dia, veríamos o mundo de forma diferente, de forma descontrolada. Acredito que nos sentiríamos fora de controle de nossas próprias vidas, sabendo que em volta existem correntes de ódio, egoísmo, raiva e amor não-correspondido, entre outros sentimentos, que podem estimular reações. Poderíamos por outro lado, também, viver mais calmamente, conseguindo enxergar as raízes de problemas que não entendemos.

Os espíritas dizem existir aqueles que ainda não perceberam que não estão mais vivos e que acreditam ainda habitar seus corpos, e aqueles que sabem que não pertencem mais ao mundo dos encarnados, mas não conseguem deixar suas obsessões para irem embora à procura da luz. Cada um permanece na terra por motivos próprios. Existem os que nos odeiam, os que nos amam, os viciados, os indecisos e indiferentes, os brincalhões e os sofredores.

Os espíritos viciados continuam na terra procurando satisfazer seus vícios, que levaram junto com eles após a morte. No ambiente espiritual em que vivemos, existem dependentes de fumo, álcool, drogas, gula, sexo, jogo, poder, luxúria e dinheiro. Por serem desligados de suas formas materiais, rondam a terra, desesperados, não conseguindo satisfazer seus vícios. Eu acredito que, quando usamos drogas alucinógenas, nossas auras ficam abertas, deixando os espíritos viciados usufruírem de nossos corpos durante as viagens. O que enxergamos durante este período de frenesi são as coisas invisíveis para os olhos, com pequenas pitadas do reflexo dos nossos inconscientes. Como se estivéssemos dormindo, viajamos dentro de nossos medos e desejos na visão de um diretor maluco e surrealista.

Quando a onda chega ao fim, restam dor de cabeça, calor e confusão. Os detalhes são pouco claros, como em um sonho interrompido, mas fica nítido que durante a experiência você não estava sozinho. A realidade nunca é a mesma depois que olhamos para o mundo com olhos diferentes. Uma vez que abrimos a possibilidade de ver o que está além, não retornamos ao que éramos antes.

O sol do dia seguinte estava quente e convidativo, então, como combinado, após alguns tapinhas na marijuana, fui com Raíssa ao hotel curtir uma brisa. Os velhos pelancudos haviam sido substituídos por americanos sarados e bronzeados. Os mesmos nos observavam entre um martíni e outro, enquanto tínhamos acessos de riso dentro da piscina. Maconha, desodorante e água não combinam, mas é interessante nadar quando não existem reflexos. Só letargia e mongolice.

— Olha, aquele cara... Ele não pára de olhar para você, Satine... E os amigos dele nem estão por perto! Ele está ali sozinho te observando!

— Ele é bonito? Estou retardada, essa viagem cheirosa ao banheiro me deixou mais lerda ainda.

— Não sei também. Só consigo ver o contorno do corpo dele! — Ela riu da sua própria frase. — Vai lá falar com ele! Quem sabe não ganhamos uns drinks?

— Vou mesmo!
— Sério? Eu estava brincando.
— Então não deveria ter sugerido! Eu tô doidona, não existem inibições!
— Eu te avisei que o desodorante diminuía seu julgamento e suas inibições...
— A onda do desodorante já passou... Mas de qualquer forma, não é exatamente por isso que estamos cheirando?

Saí da piscina com o sol batendo nas minhas madeixas loiras e meu corpo dourado e desfilei até a cadeira onde o gringo se banhava. Quando me aproximei e me deparei com um olhar safado em seus olhos azul-claros, tive a certeza absoluta de que estava sendo confundida com uma prostituta — eu realmente estava agindo como uma. Meu corpo ainda não estava adaptado aos chãos de concreto e às pessoas de carne e osso, o que não gerava barreiras entre minhas vontades e minhas ações. Raíssa observava de longe, nadando como um peixe feliz.

Estranhamente meu inglês superou minhas expectativas e com um simples "Olá" ganhei um lugar ao sol, um martíni, um Marlboro e uma conversa pretensiosa que previsivelmente terminaria em cima da cama de uma suíte luxuosa.

— Você não quer subir? O sol já me encheu o saco e meu frigobar também está repleto de álcool.

— Não pode haver tanto álcool assim; não recheiam os frigobares com doses coerentes ao alcoolismo.

— Você é alcoólatra?

— Talvez... E você?

— Prefiro não pensar sobre isso. Eu me sentiria culpado demais se soubesse que é o vício e não o meu livre-arbítrio que desaparece com as verdinhas do papai. — Ele riu e passou a mão no cabelo molhado.

Heath tinha 22 anos e estava passando cinco dias no Brasil à custa de seu papai milionário. Era um riquinho que provavelmente dirigia uma BMW e descartava putas famintas com pontapés no nariz.

Assim que recolhi minha bolsa, vesti meu short jeans e minhas havaianas coloridas para pegar o elevador para o seu aposento, percebi o olhar preocupado de Raíssa na piscina. Estava escrito na sua testa que ela achava que eu estava indo longe demais. Ela poderia estar certa, mas a onda de martíni com maconha e desodorante havia me apresentado um sentimento novíssimo, que eu nunca havia sentido antes — o da segurança.

Conforme o elevador subia rumo ao décimo terceiro andar, fui caindo na real. Fui percebendo que era uma virgem de 14 anos, sem experiência, movida por sentimentos irreais. Uma virgem de 14 anos subindo para o quarto de hotel de um estranho que havia conhecido há dez minutos.

Era uma suíte de luxo arrumadinha com uma cama de casal espaçosa e um edredom branco. Claramente a arrumadeira havia limpado o quarto pouco antes da minha visita. Havia pequenos chocolates suíços em cima da fronha do travesseiro aromático. Sentei na cama sem reação, pensando continuamente na Raíssa, que havia abandonado na piscina do hotel. Olhava em volta e não acreditava no ponto em que minha loucura havia chegado. Heath tirou a blusa branca, pegou duas cervejas e sentou do meu lado. Olhei profundamente em seus olhos tentando achar neles um motivo para continuar ali dentro e não galopar porta afora como meus instintos mandavam.

— Como você se chama mesmo?
— Poxa, você já se esqueceu, Heath?
— Foi mal... Minha memória não é muito boa.
— A minha também não. Tanto que já me esqueci o motivo pelo qual subi aqui com você.

— Você é engraçada, Sabrina...
— Satine!
— Isso, Satine. Posso lhe fazer uma pergunta? Não sei muito bem como as coisas funcionam aqui na Cidade Maravilhosa...
— Pode...
— Quanto você cobra? Quero começar com um boquetezinho, depois faremos um sexo anal. Essa sua bunda é uma delícia.

Pausei em choque por alguns instantes. Notava os inúmeros bens materiais espalhados pela suíte e sabia que para ele eu era mais um deles. Olhei para fora da janela com vista para a piscina e percebi que o céu ainda estava claro. O quarto, porém, havia rapidamente se tornado escuro. Meu estômago estava roncando, gemendo.

— Acho que você confundiu as coisas... Eu não sou uma prostituta, sou uma menina confusa de 14 anos que usou drogas demais, subiu para o quarto de hotel de um babaca e já está indo embora!

— Nossa! Valeu, então! Você sabe onde é a porta! Eu realmente não quero ser acusado de pedofilia, Sarah. Cai fora daqui antes que eu te obrigue!

— Satine, porra! E não, você não precisa me mandar embora, eu já estava indo primeiro!

— Qual é o número da sua suíte? Vou mandar pra lá o que você gastou na minha conta. — Saí do quarto batendo a porta e corri pelo corredor do hotel com o rosto corado, morrendo de vergonha.

A realidade existia fora das latas de alucinação e eu ainda não estava preparada para enfrentá-la. Ainda via os homens como seres perigosos e intimidadores e aventuras em terreno internacional como brincadeira de bonecas. Havia más intenções em todos os lugares, parecia que o inferno tinha nos presenteado com todos os demônios. Eu me sentia como um anjo tentando me adaptar à humanidade. E eu queria tanto, que conseguiria. E não pararia de cheirar desodorante até que inconscientemente conseguisse saciar minha vontade de ser uma bad girl.

Dois anos depois, já longe da Lions, me encontrei mais e mais envolvida em uma vida de mentirinha, uma vida que tirava meus pés do chão. Uma vida rápida e louca, cheia de surpresas e, acima de tudo, tombos.

7
Eu preciso, eu quero, eu vou!

O sol ainda era quente e o frio aconchegante na conturbada e superpovoada cidade de São Paulo, para onde viajei com as malas nas costas e a coragem no bolso, me sentindo independente sobre meus sapatos altos. A cidade me chamou como o vento para dançar e eu, sem nem entender por que, aceitei seu convite e estendi minhas mãos. Eu nunca havia ido a São Paulo e minhas amizades não passavam de colegas virtuais que tinha conhecido no enorme mundo da Internet. Nada disso importou quando minha mente literalmente me obrigou a fazer reserva em um hotel de luxo, arrumar as malas e avisar a estes amigos que por algum motivo eu os estava indo visitar. Eles, que eu nunca havia visto na vida, de quem eu sabia pouquíssimo e que me respondiam em palavras escritas, na frente de suas distantes e misteriosas telas de computador. Minha mente me obrigou a ir como se não tivesse controle algum sobre ela.

O Rio de Janeiro me entediava em janeiro e meu novo namorado também. Ele era carinhoso e atencioso, maconheiro e seqüelado. Eu o costumava admirar em fotos no website de sua banda e imaginava como seria beijá-lo olhando para aqueles olhinhos marrons e pequenos que me pareciam tão moribundos. Ele havia entrado de gaiato na minha vida depois do meu término com Fábio, quase preenchendo um lugar que eu passei a cobiçar mais uma vez, depois de algumas semanas bebendo demais e tendo ressacas insuportáveis. Eu bebia com ele também e quando passava mal ele limpava meu vômito e me levava para casa. Ele fazia de tudo por mim e eu me sentia segura com ele. Mas estar segura não bastava, eu queria adrenalina novamente. Quando entrei no ônibus de seis horas rumo a algo que eu esperava poder chamar de futuro, não esperava deixá-lo para trás. Eu esperava somente tirar umas curtas férias e passar um tempo comigo mesma em uma aventura, para depois voltar para casa, para seus braços. Eu não esperava que ele fosse se tornar insuficiente e descartável no exato momento em que eu colocasse o dedo mindinho do meu pé sobre o chão paulista.

Aquilo tudo me deslumbrou, era Nova York no Brasil e eu não conseguia esconder o brilho que vagava por meus olhos enquanto admirava a cidade. Eu não estava acostumada com lojas maravilhosas e caríssimas como as da Avenida Paulista ou com uma galeria tão glamourosa quanto a Ouro Fino. Aliás, eu nem esperava, e sequer havia ouvido falar. Eu não estava esperando encontrar dois amigos superlegais e atenciosos que me levassem de carro por São Paulo me mostrando o que havia de melhor. Eu estava preparada para o pior, na verdade — fazer compras sozinha, dormir sozinha e tomar banho na imensa banheira de hidromassagem que os 200 reais de diária ofereciam. Eu não esperava ver tantas pessoas bonitas, interessantes e bem-vestidas caminhando pelas ruas, na frente de restaurantes maravilhosos e chiques e boates coloridas, vivas e superfreqüentadas. Era o que eu esperava da pobre e suja Casa Verde e muito mais, era o lugar a que eu precisava pertencer, minha mais nova obsessão.

No primeiro dia, tive uma tarde de compras inesquecível. Mais tarde apresentei o desodorante aos meus mais novos e queridos amigos. Tivemos algumas horas surreais de viagens, filosofia e cerveja do frigobar. À noite, seria a vez de uma boate famosíssima — a Rocky — na qual o DJ residente era apresentador da MTV. No caminho, entre paradas para caronas, conheci vários dos amigos de Catarina e Renato. Todos eles eram, de alguma forma, charmosos e chamativos. Talvez fossem as borboletas digladiando no meu estômago e a excitação que dirigia meus poros que os tornava tão interessantes e superiores a mim, talvez fossem suas roupas glamourosas com muita oncinha, zebra e brilho e seus piercings e tatuagens coloridas.

— Oi, tudo bem? Qual é seu nome? — disse um homem alto e negro acompanhado por uma ruiva robusta assim que saí do carro de Renato no estacionamento lotado.

— Me chamo Satine...

— Oi, Satine, nós somos bookers da Cavalera e estamos procurando meninas assim como você. Tatuadas, descoladas e com seios grandes, para abrir nosso desfile no Fashion Week semana que vem, o que você acha?

Eu sabia que o destino havia me empurrado para aquele lugar por algum motivo e assim facilmente ele havia se tornado cristalino. Por um segundo achei que havia cochilado no carro e estava sendo vítima de mais uma de minhas mentiras que estava tentando pungir minha pele para vir à tona. Sorri, não demonstrei muita empolgação e dei meu telefone a eles.

Eu queria pular para cima e para baixo, queria gritar com todas as forças. O motivo da minha próxima viagem estava acertado e ai de minha mãe se discordasse de tal. Caminhei até a fila ondulando os quadris, fingindo segurança e tranqüilidade. Entrei na boate sem precisar mostrar minha identidade. Ainda bem, porque eu não tinha uma. No segundo em que coloquei meus pés dentro daquele mundo estelóide, e cheio de luzes coloridas pela primeira vez, decidi de uma vez por todas que ali eu iria permanecer. Apesar de estar cansada e sem vontade de beber, me diverti como nunca. Estar ali era um colírio para os olhos e isso já bastava. Recolhi-me cedo da noite e voltei para o hotel. No dia seguinte conheci outras pessoas. Entre elas Júlia, uma moreninha linda de olhos quase amarelos, amicíssima de Catarina, que conseqüentemente viraria amicíssima minha também. Na segunda-feira voltei para o Rio de Janeiro com a sutil proposta da próxima viagem: desfilar no Fashion Week.

O Rio de Janeiro virou fosco e monótono e os dias plúmbeos pareciam ser compostos de cinqüenta horas enquanto eu esperava em pé para poder voltar para minha nova casa. Infelizmente, minha participação na abertura do desfile, que também tinha como convidada a extravagante Isabelita dos Patins, acabou sendo cancelada. Fiquei triste, mas não deixei de viajar. Eu me sentia invencível. O namorado veio junto, com seu melhor amigo. Eu esperava do fundo do meu coração que uma viagem com ele fosse salvar o meu sentimento, que estava se apagando no meio de tantos pensamentos superficiais de deslumbramento. Eu esperava que ele se sentisse como eu e virasse um companheiro na escada para minha próxima conquista. Ele também só queria uma vida ordinária... A diferença é que ele queria uma vida ordinária com muita bebida. Ele bebia cerveja demais e virava um troglodita, um homem das cavernas, como sua aparência já dizia. No começo eu até achava fofo, me sentia mãe ou esposa, segurando-o no colo para dormir, mas tudo foi perdendo a graça. Eu claramente não estava mais apaixonada, havia acontecido um curto-circuito. Ou simplesmente não agüentava ninguém do meu lado por mais de dois meses, não agüentava a pressão de lidar com a pessoa de verdade e não com os charmes e macetes de conquista. O mistério acabava assim, sumia todo o frio na barriga que me motivava a fazer qualquer coisa. Eu precisava do frio na barriga, de borboletas irritantes brincando de pique-pega, do meu estômago roncando e da palma das minhas mãos suando para fazer algo com tesão.

Na nossa primeira noite em São Paulo cheiramos um pouco de desodorante, bebemos cerveja e nos arrumamos para ir para uma balada com meus novos amigos paulistas. Eu estava desconfortavelmente ansiosa para conhecer pessoas, dar mais uma olhada no glitter das boates fosforescentes daquela cidade e das pessoas que as freqüentavam. Eu achava que, estando lá no meio, eu também adquiriria um pouco de brilho pra mim. Lá dentro o Rio de Janeiro e seus moradores eram lixo e minha arrogância só crescia acompanhando meu nariz empinado. Eu tinha adquirido um novo complexo; o de superioridade. Por mais que eu tentasse não transparecer, estava claro para as pessoas que me conheciam que a Satine tinha comprado uma nova máscara. É impressionante como se pode subir tão rápido da noite para o dia.

Estávamos na fila da Hollywood Lounge quando meu namorado, vestido como um skatista largado, começou a arrotar alto de maneira grosseira e mal-educada no ouvido das pessoas que passavam, sem motivo. Ele começou a cantar músicas de bandas de hardcore que eu não suportava, a jogar latinhas de cerveja contra a parede, a chamar atenção negativa para cima da gente, e acabou deixando a mim e a seu amigo Pedrinho muito sem-graça.

— Nico, dá pra parar? Olha o que você tá fazendo! Se tá tentando me deixar puta, tá conseguindo! Pára com isso, por favor?

Eu parecia estar falando com as paredes, pois ele balançava a cabeça e voltava a fazer o papel chato de palhaço de circo. Talvez fosse sua cabeleira loura quase black-power que deixava seus ouvidos impedidos de funcionar adequadamente. Minha reação foi ignorá-lo também, deixá-lo na fila sozinho e entrar com as pessoas que Catarina havia me apresentado naquela noite. Deixei claro para ele que estava irritada, mas não queria brigar e correr o risco de fazer uma cena ou precisar me estressar, quando eu só queria me divertir. Então pedi, por favor, para que ele me deixasse sozinha naquela noite, pois conversaríamos como civilizados no hotel.

— Porra, eu não tô fazendo nada, Satine!

Por mais que eu explicasse para ele com paciência que eu não queria ver seu rosto pelo resto da noite, ele continuava me perseguindo como um carrapato. Falava alto e usava desculpas cada vez piores para consertar as desculpas horríveis que tinha acabado de dar, sem notar a gafe. Daí ele ficava com um olhar oco e tentava me beijar como se nada tivesse acontecido. Eu explicava novamente a situação e já implorava quase de joelhos para ele sair de perto de mim antes que eu perdesse a cabeça. Então ele saía de perto e desaparecia por entre as máquinas de pinball e a jukebox.

Estava passeando com Catarina e Joaquina, uma menina simpática e extrovertida que havia conhecido no andar de cima, quando vi a razão do meu grande tombo pela primeira vez. Ele estava longe, mas me chamou a atenção. Eu fiquei paralisada como uma boneca de cera, em estado catatônico, analisando seu rosto, suas linhas de expressão e seu cabelo preto lisinho jogado nos olhos pequenos e puxados. Analisava a maneira como sua camiseta preta esculpia seu corpo e a calça jeans desgastada grudava em suas pernas, enquanto o DJ tocava *Sexy Boy*. Permanecia estagnada como se tivesse visto um fantasma, com os olhos arregalados, saindo faísca. As pessoas em volta pareciam ter desaparecido, faded-out, e só existíamos eu e ele na boate inteira. O jeito como ele bebia cerveja, mexia na franja... Tudo me deixava perplexa, energizada. Eu estava enfeitiçada com a maneira como ele se movia e o barulho do meu coração batendo freneticamente havia tampado a música de fundo. Era como se a música tivesse parado e o batimento do meu coração estivesse sendo reproduzido em amplificadores. Era como se o tempo estivesse em pause, estático. Ele olhou para mim de longe e ficou me observando. Nossos olhos se encontraram no meio da fumaça, do escuro e das pessoas sem rosto no caminho. Parecia destino... Não era uma simples troca de olhares, era uma troca de olhares penetrante e significativa. Eu não sabia quem ele era, o que era e por que era, mas sabia que daquele momento em diante minha vida tomaria uma curva drástica. Naquele momento eu decidi que deixaria qualquer coisa para trás para saber seu nome e beijar seus lábios carnudos com formato de coração. Eu deixaria para trás meu namorado e minha cidade, e me casaria com aquele homem misterioso e exótico que estava parado a alguns metros de distância. Parecia que o universo estava em complô, planejando nosso encontro, nossa união. Parecia que ele era a peça que faltava no meu quebra-cabeça, que naquele momento a vida fazia mais sentido.

Poucos minutos depois fui apresentada a ele por Catarina. Ele se chamava Riki e tocava em duas bandas influentes do underground paulista — Antologia e Ground Break —, que era bem diferente do underground carioca. Era bem maior e extremista. Ele me perguntou se eu estava gostando de São Paulo e eu respondi que sim com um ar oculto e sensual. Eu não conseguia parar de olhar para os seus lábios e desejá-los quase que em uma alucinação. Nico apareceu, interrompendo nosso encontro celestial e apoteótico, e me puxou pela cintura tentando me beijar novamente. Eu neguei o beijo, exagitada e enfurecida por ele ter atrapalhado minha conversa.

— Sai, Nico! Eu já disse que não quero falar com você agora! — Olhei para trás e Riki não estava mais lá.

Quando Nico se conformou, saiu de perto empurrando o que via pela frente e continuou arrotando como um porco. Sua última tentativa fracassada o fez sair com tanta brutalidade que ele acabou acidentalmente rolando escada abaixo e sendo expulso do local. Eu não sabia se sentia pena, compaixão ou se sentia ainda mais raiva. Permaneci na boate e Pedrinho também. Nós já não agüentávamos mais sua infantilidade e a vergonha que ele estava nos fazendo passar. A pena acabou me consumindo e resolvi pegar um táxi de volta para o hotel. Ele ainda estava parado fora da boate, sentado em uma moto, bebendo mais cerveja. O caminho de volta foi silencioso e cruel. Eu ouvia seu choro baixinho e via seu rosto entristecido refletido na janela. Deitamos cada um em uma cama e ele continuou chorando com seu discman no ouvido até conseguir dormir, enrolado debaixo das cobertas.

Acordei no dia seguinte um pouco arrependida, com a sensação de que havia sido fria e insensível, e resolvi dar a ele uma segunda chance. Eu sabia que não tínhamos futuro, mas queria tentar, não queria machucá-lo, ele não merecia. Não queria ser uma daquelas pessoas que tropeça em corações para obter afeto só para se exercitar. Mas talvez eu estivesse tentando mais uma vez para provar isso para mim e não para o bem dele.

Pegamos o metrô e fomos para a Galeria do Rock fazer algumas compras. Aquele lugar era que nem uma passarela, todos que ali caminhavam haviam passado uma grande quantidade de tempo se arrumando na frente do espelho. Havia roqueiros de todas as tribos no segundo e terceiro andares, e rappers e hip-hoppers que comandavam o primeiro, com suas calças largas, camisetas quatro tamanhos maiores, gorros e acessórios de esporte. Fomos lá, pois eu precisava do CD *Making Enemies is Good* do Backyard Babies, que havia se tornado a minha nova obsessão musical. Quase não nos beijamos nesse dia; eu estava confusa e ele, aparentemente magoado, porém arrependido. Caminhava mais sozinha do que acompanhada e resolvi ir a um desfile do Fashion Week para o qual tinha convite, e deixá-lo um pouco com Pedrinho. Encontrei algumas amigas da Internet, o que foi bem interessante e divertido, e acabei voltando para o hotel. Precisava pensar, refletir, tomar uma decisão...

Começou a chover e trovejar forte e a cidade foi alagando rapidamente. Era São Paulo e enchentes não eram novidades. As pessoas pareciam planejar o que iriam fazer quando a chuva caísse forte demais, e assim perdiam os dias de sol, tornando a cidade cinzenta. Passei uma hora dentro do táxi ouvindo meu novo CD e tentando me decidir. A imagem de Riki cruzava meus pensamentos ocasionalmente, mas resolvi não permitir que um desconhecido estragasse meu relacionamento, apesar de secretamente desejar que estragasse. Colocar pontos finais nas minhas histórias sempre foi complicado, era difícil saber-me a vilã, eu preferia ser a vítima. E que, se fosse para ser vilã, que fizesse mal a mim mesma e não a pessoas que se importavam comigo.

Sentei na escada do hotel debaixo da chuva que parecia inacabável, com um capuz na cabeça. Não consegui controlar o liquidificador de sentimentos confusos e comecei a chorar. Um carro passou correndo e me encharcou. Continuei paralisada fumando um Camel meio molhado, tentando achar uma solução e deixando a chuva me beijar. Um lado meu ouvia a voz do anjinho de cabelos louros que sobrevoava meu ouvido direito e queria voltar para casa onde tudo era mais simples, para ficar abraçadinha com ele. O outro lado ouvia a voz do diabinho de chifres vermelhos que sobrevoava o ouvido esquerdo e me mandava deixá-lo ir embora, assim como eu havia feito com Fábio. Eu dependia das vozes, sempre das vozes.

Questionava-me se não havia me colocado no mercado cedo demais, se estava realmente preparada para outro relacionamento e se era certo pular de homem em homem como se eles fossem filmes descartáveis. Como se eu apertasse um botão quando queria que eles registrassem belos momentos e os jogasse fora assim que o filme acabasse.

À noite fomos a um show com Catarina e mais cinco outras pessoas que já haviam se tornado amigas. Renato e Catarina haviam se separado e brigavam sempre que se cruzavam, então eu quase não o via mais. Nico estava se esforçando para ser carinhoso e comportado e eu queria muito ter vontade de beijá-lo, mas eu só conseguia segurar sua mão, e assim mesmo um pouco relutante. Riki estava lá e me contive para não me pegar admirando sua beleza esmagadora novamente. Ignorei sua presença e todas as vezes que ouvia alguém dizer seu nome, e sentei em um bar para beber cerveja. A bebida transformava meu namorado em outra pessoa. Uma pessoa rude que interrompia minhas conversas com um beijo indesejado e que fazia com que eu me sentisse presa em um calabouço, enjaulada. Eu precisava de um pouco de liberdade, um pouco de diversão, um pouco de conversas bêbadas e engraçadas para mostrar minha verdadeira essência. Ele não me deixava ser eu mesma, ele me queria presa em uma redoma de vidro junto com ele.

O plano era voltar para o hotel e beber, então cinco pessoas vieram para um pequeno festim. Pegamos carona com Paulo, um louro divertido, formado em análise de sistema, que eu havia conhecido na minha primeira balada paulista e que havia me ensinado a ginga das gírias daquele povo. No carro tocava Dashboard Confessional, o emo dos emos que, diferente de todos os outros, arrancava sentimentos reais de mim com suas letras sentimentais e a voz triste do vocalista. Então baixinho eu as cantava e fingia não ver que Nico olhava para mim estagnado com um saco de batata sabor cebola na mão. A certeza que eu procurava e o caminho que eu precisava tomar tornaram-se claros quando começamos a discutir, pois eu não queria beijá-lo com gosto de cebola na boca. Com gosto de cebola, com gosto de chocolate, com gosto de champagne. O gosto de seus lábios já não me interessava mais, estava tudo perdido, eu precisava voar.

— Não tá dando mais certo, Nico. Você bebe e muda, você bebe e fica esquisito, não me deixa conversar, não pára de me beijar...

— Então eu não posso beijar minha namorada?

— Pode, mas você não pode interromper minhas conversas e me beijar, tem que respeitar meu espaço.
— Porra, desculpa, eu vou mudar isso, então.
— Não, me desculpa, mas eu não quero mais, cara. Você precisa entender... Eu não sei se tô preparada... Eu saí de um relacionamento e pulei em outro, estou muito confusa, não sei mais o que quero.
— Então eu fui só seu passatempo?
— Não, não é isso! Eu gosto de você, não quero te machucar, mas somos muito diferentes, sabe?
— Então você tá terminando comigo porque você é linda e eu sou um barro?
— Nico, pelo amor de Deus! Você não é um barro... As coisas só não estão caminhando como deveriam! Eu não estou mais apaixonada, me desculpa. Eu tentei te dar uma segunda chance, mas eu não quero mais. Nós não fomos feitos um para o outro. Eu só estou sendo honesta com você...
— Porra, que escrota! Você é muito escrota! Caralho!
— Tá bom, então me xinga! Nico, tenta entender... Eu vou entrar no quarto. Estamos gritando no corredor do hotel, que vergonha.
— Você tem vergonha de mim e eu sou um barro! Que escrota!

Com lágrimas nos olhos, Nico entrou no quarto onde os outros estavam e podiam escutar nossa discussão e bateu a porta na minha cara com força. Por mais que eu quisesse, não senti nada. Eu estava indiferente e queria que ele fosse embora para sempre. Então eu desci para o saguão com Paulo e Pedrinho, sentei em um sofá na recepção e desabafei. Desabafei sobre a minha insatisfação e meu egoísmo, e depois conversei sobre alguma outra coisa que me fazia rir, como se nada tivesse acontecido.

No dia seguinte ele foi embora para o Rio de Janeiro sozinho. A última imagem que eu tenho é de seu rosto cheio de olheiras de tanto chorar, dentro do táxi, olhando para mim com seus pequenos olhinhos castanhos, conforme o carro ia se afastando. Quando ele foi embora as coisas ficaram melhores e mais calmas. Ele era um elefante grande e rosa no meio da sala que incomodava a todos, mas de quem não se podia falar. Com ele longe nós não precisaríamos lidar com ele e podíamos continuar nossa viagem alegremente como dois egoístas que éramos — eu e seu melhor amigo. Eu quis segurar sua mão, mas não consegui. Por dentro eu desejava que ele continuasse com raiva de mim. É mais fácil esquecer as pessoas quando se está com raiva.

Eu queria meu paraíso, minha utopia, a famosa peça restante do meu quebra-cabeça. Queria a realização daquele sonho de estar completa que estava além das extremidades do céu lívido. Eu precisava, queria e ia conseguir. O céu nunca foi o limite e as nuvens sempre ilusões — algodão-doce que dissolve na boca. O quão perto eu estava da felicidade ou o quão longe fingia estar? Quanto do caminho que eu pretendia percorrer era verdadeiro, quanto era mais uma ilusão? Eu só sei que tinha vontade de lutar, vontade de cair, vontade de viver. Talvez eu tentasse demais, talvez as coisas estivessem mais perto do que longe, como eu achava. Mas que graça teria a vida se eu tivesse tudo assim, de mão beijada? Eu senti vontade de correr, vontade de voar. Devo ter sido vilã no caderninho de dor-de-cotovelo, mas não fiz por mal.

8

Quebrar espelhos dá azar

Foi com 16 anos que eu percebi que a felicidade não passava de mais uma ilusão e que ser feliz era como usar drogas, somente o pico de uma onda boa, que durava pouco tempo e que após seu término me deixava para baixo. Bem baixo. No chão. Eu nasci um camaleão com a necessidade gritante de viver mudando. Eu procurava um lar e quando achava, o destruía. Destruição se tornou a única forma de sobrevivência, pois tudo já havia sido criado e para ser diferente e me sentir viva, eu precisava encontrar novas formas de destruição. Eu descobri em 2004, depois de pular de mundo em mundo, de droga em droga, de namorado em namorado e de roupa em roupa, que meu estado normal era a tristeza e pronto, e que a felicidade não passava de uma simples casualidade. Desde que tal pensamento cruzou minha mente, resolvi abraçá-lo e fazer de tudo para provar para mim mesma que eu estava certa. Se não houvesse algo errado eu encontraria, e em vez de tentar consertar o erro, eu construiria barreiras das lágrimas que meus olhos produziriam.

Eu achava que, se eu chorasse o suficiente, iria conseguir colocar todas as minhas dores para fora, mas eu não conseguia, porque no fundo, talvez, eu acho que eu não queria. De tal pensamento fracassado surgiu meu segundo plano; me cortar para colocar as dores para fora.

Descobri nas facas, nos estiletes, nos dentes de pentes, nas tesouras, nas giletes, nos tic-tacs de cabelo, nas pinças ou em qualquer objeto com ponta uma heroína instantânea. Quando o sangue jorrava dos meus braços, a pele doía, e quando a pele doía, ela amenizava a dor que minha mente e meu coração estavam contemplando. Em um impulso compulsivo, eu transformava a dor emocional rapidamente em dor física — o que é muito mais fácil de agüentar. A dor física desaparecia e tudo ficava melhor. Era como se eu estivesse em transe, saindo do meu corpo e me olhando de fora, anestesiando toda a dor, voando livremente como uma borboleta feliz, usando o sangue da minha pele como remédio para minha cabeça. Pouco me importava ter futuras cicatrizes, essas eram fáceis de esconder. As feridas internas acabaram virando indescritíveis, impossível de agüentar, óbvias, estampadas em todos os meus menores movimentos. Cortar-me era um alívio de poucos minutos e algo mais para minha coleção de ilusões, mas funcionava. O sangue me dava espaço para respirar...

Eu parei de respirar em fevereiro...

Cortei meus longos cabelos nos ombros, fiz as malas novamente e me hospedei em outro hotel de luxo nos Jardins, em São Paulo. Catarina trouxe as malas dela para passar o fim de semana comigo. Estávamos praticamente fazendo um *tour* pelos hotéis e eu estava extravagando nos gastos, cagando dinheiro. O propósito desta viagem era conhecer Riki.

Vê-lo de perto, tocá-lo com a ponta dos dedos, cavar um buraco em sua pele, consegui-lo para mim. Seis horas de viagem ao simples encontro de sua boca. Minhas pretensões estavam subindo à cabeça que vivia em dor constante, acompanhada por ataques de ansiedade que geravam tonturas e dores de estômago.

Eu iria encontrá-lo em um bar, onde ele não apareceu. Catarina havia dito que ele estaria lá. Voltei para o hotel com ela e cheiramos um pouco de desodorante, para variar. Seu telefone tocou e era o melhor amigo de Riki, Jota, também baixista do Antologia, perguntando o que tinha para fazer. Disse que haviam acabado de voltar de um show da banda. Sem pensar duas vezes, mandei que ela os chamasse para o hotel. Eu já sabia que Riki havia se interessado por mim e me achado atraente. Renato havia me dito. Eu sabia que essa visita seria por tal motivo e mais nada. O pensamento me tirava o ar. Catarina ficaria de vela, pois Jota era loucamente apaixonado por Julia. Os dois ficariam de vela então.

Lembro-me claramente do momento em que a campainha tocou. De quando caiu a ficha por completo de que aquele cara sedutor com quem eu havia trocado alguns olhares em uma boate, por quem eu havia instantaneamente me apaixonado, estava tocando a campainha do meu hotel. Do meu hotel. Para me ver.

Olhei pelo olho mágico e não o vi. Entrei em pânico ao pensar que ele não tinha vindo e que toda minha ansiedade e empolgação iriam para a lata de lixo junto com meu último maço de cigarros, que estava chegando ao fim. Mesmo assim abri a porta com as mãos trêmulas e lá estava ele. Magricelo, de ombros largos, escondido atrás da parede, vestido de calça jeans e blusa preta, com uma jaqueta jeans por cima, carregando sua guitarra. Havia mistério em seu olhar.

Eles entraram, nos cumprimentaram com beijos no rosto e logo perceberam a quantidade enorme de latas de desodorante dentro de sacos plásticos espalhadas pelo quarto. Expliquei orgulhosa para que serviam, pois eles nunca tinham ouvido falar daquela substância alucinógena, acessível a qualquer hora do dia. Impressionaram-se com a minha loucura e riram. A decisão foi unânime, fomos com o carro de Jota ao supermercado mais próximo.

Riki tocou nas minhas costas entre prateleiras cheias de produtos, e eu me senti humana, me senti viva. Eu senti êxtase e adrenalina. Senti vontade de me entregar, de entregar meu corpo, minha alma e meu coração assim sem mais nem menos para aquele lindo estranho. Havia tensão sexual no ar, química explosiva.

Ao retornar para o hotel, Catarina deitou-se em uma cama e Jota em outra. Riki e eu nos sentamos no sofá, do outro lado do quarto, e começamos a cheirar.

— Se eu ficar possessiva, arranca a lata de mim. Isso costuma acontecer. Eu vou dar três baforadas e depois é sua vez, tá bom?

Como de costume, meu corpo começou a formigar por inteiro e comecei a ouvir o "twinn" no meu ouvido. Quando era vez dele, ele se escangalhava de rir, impressionado com a potência da droga.

— O que acontece se eu colocar o desodorante direto na boca, Sá?

— Não sei, mas se você colocar, eu também coloco!

Ele virou a lata com a saída do desodorante apontada para o furinho no saco plástico e apertou o botão, colocando a substância direto em sua boca e queimando sua língua.

— Caralho, que gosto horrível! — Ele foi ao banheiro para lavar a boca e retornou, dizendo: — Nem pensa que você vai escapar, é sua vez! Caralho, eu tô muito doido, Sá!

Assim como ele havia feito, saí correndo para o banheiro com o gosto terrível de desodorante na boca e pequenos pedacinhos grudentos na língua que estava com cãibra. Ficamos os dois parados que nem patetas felizes na frente do espelho do banheiro que estava de luzes apagadas, rindo de nossa experiência infantil. Admirávamos a imagem alheia e percebíamos que as duas juntas formavam perfeição. Parecia que nos conhecíamos há anos e que tínhamos intimidade de sobra. Foi uma conexão imediata. Ele olhou para mim e eu olhei para ele, lá dentro de seus olhos chafurdeiros, como se quisesse morar e morrer lá dentro.

— Eu não tô sentindo nada na boca, tá tudo com cãibra! — eu disse.

— E se eu te beijar, será que você vai sentir?

Ele aproximou o corpo do meu, causando calor e fricção, despertando desejos incontroláveis que subiam dos meus pés à minha cabeça e esquentavam o que estava por debaixo da minha minissaia jeans. Eu aproximei meu rosto, fechei meus olhos e entreguei meus lábios, que se escorregaram nos dele. Foi assim que aconteceu nosso primeiro beijo, romântico e junkie. Em poucos minutos, ouviu-se minha maquiagem caindo de cima da pia e o secador de cabelo se estatelando no chão. Nosso tesão foi consumindo nossos corpos de maneira que nada em volta importava, nada em volta sequer existia novamente. Nós éramos os únicos seres no mundo e nossos corpos comportavam-se como se quisessem virar um só. Eu queria entrar dentro dele. Estava sentada em cima da pia, de pernas abertas, e ele estava encaixado entre elas, mordendo, beijando e lambendo meu pescoço. Fervorosamente possuindo meus lábios com seu beijo carnívoro, lascivo e flavorizante. Eu não o conhecia, não sabia nada sobre sua pessoa, mas precisava do seu sexo. Do seu membro pulsante me preenchendo por dentro, de suas mãos apertando cada centímetro do meu corpo e fazendo com que me sentisse rainha. Eu precisava que ele penetrasse dentro do meu reino e me fizesse dele, só dele.

A ausência de camisinha nos impediu de transar e paramos nas preliminares. Os corpos queriam se conhecer, mas não podiam, pois nenhum dos dois permitiria. A curiosidade que não se calava nos proporcionou cinco horas velozes de conversa sobre nossa infância, nossos sonhos, desejos, defeitos, qualidades e passado. Deitados em dois travesseiros amarelos no chão de carpete marrom, descobrimos muitas coisas em comum. Fumávamos o mesmo cigarro, tínhamos as mesmas ideologias e os mesmos problemas de saúde. Descobrimos tantos sonhos que poderíamos realizar juntos e tanta vontade vinda do além de ficarmos na companhia um do outro. Havia um certo magnetismo no ar naquela noite. Eu passeava dentro dos seus olhos com os meus, queria ver a sua alma. Ele me abraçou com força e permanecemos enroscados. Seus lábios perto do meu ouvido disseram as palavras: "Quero você."

Deslumbrados e quase alucinados por um sentimento inesperado que nos tomou de surpresa, sem resquícios de resistência ou dúvida, tomamos um ao outro em um gole só, de corpo e alma. Eu queria me deixar por aquela paixão, por aquela sensação de estar finalmente viva, deixar de ser eu e tornar-me somente a figura de um corpo, existente para satisfazer e servir àquele sentimento maravilhoso que vinha com a promessa de cura para toda a podridão da minha alma e o lixo que rodeava meu corpo. Eu me tornaria por aquele momento um pedaço de carne partilhando paixão, partilhando vida, em busca de um simples beijo que desopilaria a minha ânsia, a minha insatisfação e as minhas crises. Mesmo que no fundo eu soubesse que essas coisas não tinham cura, que faziam parte de quem eu sou, e que o beijo se tornaria mais uma desculpa, mais um alimento para ter mais e mais dele, como um calmante para amenizar o vício e a obsessão. Até que com qualquer deslize retornasse maior, mais forte e mais fatal. E eu sabia que esta paixão se tornaria isso e superaria a figura e a vontade de nós mesmos, tornando-se maior do que a própria vida. Era exatamente isso que eu queria e eu finalmente havia encontrado. Eu queria que ele me amasse mais do que a vida. Eu lhe prometeria o mundo.

Já não havia mais volta...

— No próximo semestre eu vou morar sozinho, você podia vir pra cá e passar um mês comigo.

— Claro, lógico... — sorri impressionada.

— Meu... Você é tão linda, Sá! — Seus dedos deslizavam entre meu cabelo.

Logo a noite transformou-se em crepúsculo matinal e ele precisou voltar para casa. Jota estava dormindo na cama e acordava de hora em hora, ansioso para pegar o carro e voltar para casa, ao mesmo tempo em que não queria interromper o amigo.

— Amanhã você vai ao Subclub, né? — perguntei, apreensiva.

— Vou, Sá.

— Você pode vir dormir aqui depois... Eu volto segunda-feira para o Rio.

— Claro que sim... Mas bem que você podia ficar um pouquinho mais, né?

— Ai, como eu queria! Mas não tenho mais grana, é impossível...

— Podemos tentar arranjar...

— A diária é 80 reais... Como vamos conseguir?

— Não sei, a gente dá um jeito...

— É muito dinheiro para se conseguir assim da noite pro dia...
— Então a gente se encontra lá...
Ele saiu não querendo partir e se despediu com um longo beijo molhado. A porta do quarto fechou e a janela para minha felicidade parecia finalmente estar aberta para os raios de sol que queriam entrar. Sem mais nem menos, ele trouxe vida de volta pra mim, tocou a campainha da minha suíte e me trouxe felicidade plena e paixão.

No dia seguinte eu não conseguia me concentrar em nada, meus pensamentos me enganavam e se desviavam para a lembrança daquela noite — tão diferente das outras que eu já havia tido. Uma noite tão mágica, repleta de fogos de artifício e sinos tocando no ar. Eu antecipava as horas em que o veria novamente, que poderia beijá-lo novamente e me perguntava como é que eu voltaria para o Rio e o deixaria para trás naquela enorme cidade.

Chovia forte novamente e a fila fora do Subclub estava imensa. Eu, Julia e Catarina havíamos nos arrumado impecavelmente no hotel para chegar na boate e ter que ficar em pé esperando debaixo de um guarda-chuva preto, no meio de um mundaréu de meninas que tentavam pegar carona nos guarda-chuvas alheios para não estragar seus cabelos de chapinha. No meio de tanta gente, eu não consegui evitar procurá-lo, caçá-lo. Minhas pernas estavam bambas e meu coração acelerava só de pensar. Eu não sabia como iria cumprimentá-lo, se daria um beijo na boca, um no rosto ou se o abraçaria. Estava nervosa demais, com um frio indescritível na barriga para completar o frio que o tempo já estava me fazendo passar, de saia preta curta e blusinha branca de alça. Eu sentia dor nos pés por estar calçando um sapatinho preto de boneca três números menor.

Entrei na boate e não o vi, tomei algumas cervejas, conversei com algumas pessoas e assisti a um pouco do show que estava rolando. Então o vi de longe e, sem reação, fiquei sentada no mesmo banquinho de madeira no bar. Estava insegura demais para fazer a aproximação, imaginava se a noite anterior havia realmente significado alguma coisa para ele, então só podia esperar e continuar bebendo minha cerveja.

— Satine, Satine! O Riki veio falar comigo sobre você! — disse Catarina ao chegar saltitante no bar.

— Ai meu Deus, Cati, conta!

— Meu, ele veio me perguntar se você estava por aí beijando algum carinha... Mandou dizer que vai ficar de olho.

Bateu um ar de alívio e eu consegui me acalmar um pouco. Ele passou por mim duas vezes e não parou para falar comigo. Eu não sabia se ele era cego, inseguro ou se estava aproveitando a noite como um perfeito jogador para depois vir falar comigo e me levar de volta para o hotel. Eu o observava com perspicácia falando com todos, sendo assunto de várias rodinhas de meninas, ídolo de vários meninos que se vestiam quase igual e observavam todos os seus movimentos. Ele caminhava como um rei pelos seus seguidores com um Camel em uma das mãos e uma lata de cerveja na outra. Na terceira vez eu não agüentei: quando ele passou por mim quase encostado e não veio me cumprimentar, eu dei uma bolsada de leve em suas costas.

— Sá! É você! — ele disse, arregalando os olhos. Em seguida me puxou pela cintura e me deu um beijo molhado.

— Passei por você várias vezes e você nem falou comigo...

— Ih, desculpa, meu, eu tô muito louco! Nem te vi, aí! E aí?

— E aí?

Eu realmente não fazia a mínima idéia de que assunto puxar. Eu continuava nervosa ao seu lado, mesmo que ele tivesse ido além das minhas expectativas com seu beijo receptivo. Fomos para um lugarzinho mais escuro, onde nos atracamos de beijos e ele disse com a mão na minha cintura:

— Te quero muito...

Ele desaparecia e reaparecia de dez em dez minutos. Parecia estar eufórico, querendo fazer milhares de coisas ao mesmo tempo, me incluindo como uma delas em sua lista de afazeres. Depois de um tempo não o encontrei mais, procurei por todas as partes da boate. Nos dois andares, nos lugares mais escondidos, na parte de fora. Ele simplesmente não estava. Comecei a desanimar, convicta de que ele havia ido embora e se esquecido de mim. Que não cumpriria sua promessa de dormir comigo naquela noite. Fui ao banheiro, chequei minha maquiagem, coloquei mais rímel mecanicamente e arrumei o lápis de olho preto. De repente comecei a chorar. Minha expressão se transformou de vaidosa para chorona. Eu não conseguia entender por que ele havia ido embora, o que eu tinha feito de errado. Não queria voltar para casa sem transar com ele, eu precisava senti-lo por inteiro. Dei um tapa bem forte no meu rosto e me obriguei a me recompor. Eu não podia ficar me lamentando e me torturando por alguém que eu mal conhecia, alguém que eu só desejava e que morava em outra cidade. Seria burrice. Saí do banheiro como se nada tivesse acontecido e sentei a uma mesa com Julia e Catarina, que também já estavam cansadas da balada. Catarina estava enfurecida, pois o menino que ela havia beijado, Fel, guitarrista do Ground Break, estava beijando uma menina baixinha, com corpo de criança, no andar de cima. Catarina gostava dele.

— São todos uns pedófilos, esses roqueiros! Não sei o que ele vê nessa ninfeta!

Segurávamos nossos queixos com as mãos, com os cotovelos apoiados na mesa e esperávamos por um sinal que dis-

sesse que estava na hora de desistir de esperar por algum acontecimento excitante e voltar para o hotel. Então começou a tocar *Wicked Game*, "Oh I, don't wanna fall in love", e nossos ouvidos esperançosos ouviram "Oh I, wanna fall in love." Salmodiamos o refrão da música por três minutos, esperando de certa forma que nos trouxesse sorte. A sorte de um grande amor ou de uma grande foda. Coincidentemente Riki apareceu assim que eu parei de cantar, como se alguma força superior tivesse ouvido minha prece. Minha reação instantânea foi abaixar a cabeça, fingir que eu estava com dor, ou talvez dormindo. Estava irritada com seu desaparecimento e novamente não sabia como agir. Ele se aproximou da mesa e perguntou para Catarina;
— Que houve com ela? — Eu levantei a cabeça.
— Oi... Eu tô com dor de cabeça... — respondi.
— Bebeu demais?
— Não, bebi umas três cervejas, só, eu acho... É cansaço mesmo. — *Na verdade foi a espera insuportável pela sua pessoa que me deixou assim.* — Onde você tava?
— Mano, eu acabei dormindo... Viajei!
— Ah, sim. Que doido! E você vai querer vir para o hotel? — perguntei, apreensiva.
— Quem vai pra lá?
— Poxa... Como assim quem vai pra lá? Eu e a Cati, né...
— Não sei, Sá, vai ser meio estranho ir pra lá com ela lá... Eu, você e ela... — Eu continuava sentada na cadeira e ele estava agachado se segurando nas minhas pernas, falando baixinho. — A gente podia chamar alguém pra dormir lá com ela, né?
— Ela beijou o Fel...
— Ah, Sá, acho que ele nem vai querer... Fiquei sabendo que ela deu um escândalo porque viu ele beijando outra mina!

— Pergunta pra ele de qualquer forma, talvez ele queira! — insisti.

— E ela, vai querer?

— Cati, você iria lá pro hotel com o Fel? — perguntei.

— Ih, meu, desencana! Aquele cara é um idiota! — ela respondeu indignada.

— Viu, Sá, ela não quer.

— Fala a verdade... É você quem não quer ir, não é? — perguntei depois de tomar um gole de ar.

— Claro que quero! Eu só acho que vai ser esquisito dormir lá com você com a Catarina na cama do lado...

— É, sei... Bom... Você quem sabe... Eu vou embora amanhã de manhã pra casa.

— Pega aqui meus telefones. Qualquer coisa nós nos encontramos amanhã de manhã antes de você ir embora. — Anotei seu telefone celular e o telefone da sua casa. — Eu vou lá fora dar um rolé, Sá... — Ele saiu da boate e foi para a rua.

— Cati, pelo amor de Deus, o Riki só vai pro hotel se você for com alguém!

— Eu não vou com o Fel. Na verdade eu até iria, mas ele também não vai querer... Eu gritei com ele, esqueceu? Mas como ele é um rockerzinho moderno, ele não entendeu o porquê!

Ser moderno era hype. Talvez significasse a mesma coisa que ser alternativo. Alternativo à sociedade, normal naquele meio. Os modernos tinham várias modas. No momento a moda emo havia passado e saturado e só quem gostava de ser chamado de bichinha emongolóide ou quem realmente acreditava na dinâmica de calmo com gritante de bandas como Thursday e Taking Back Sunday continuava investindo nela. O que eram muitos. Aqueles berros chifrudos que uma vez haviam me impressionado na Casa Verde agora eram motivo de puro preconceito. Na Galeria do Rock, Catarina me disse, alguém havia pendurado um enorme cartaz na porta de uma loja de CDs que dizia: "Emos me dão emorróidas". Eles haviam virado piada, mas continuavam crescendo.

A moda agora era outra e nessa nova fase era normal beijar na boca sem compromisso, sem deixar claro que não haveria compromisso e passando para outra boca sem ressentimento algum. Algumas vezes, se não vezes demais, dizer-se bissexual para tirar onda de moderno e beijar pessoas do mesmo sexo — uma, duas, três ou quatro ao mesmo tempo — sem pudor. As meninas haviam adquirido esta moda logo depois do aparecimento da dupla T.A.T.U., que como todos já previam era um golpe de mídia e não um casal sexy de lésbicas. Quando Madonna, Christina Aguilera e Britney Spears se beijaram em rede internacional, foi o ápice. De repente era legal ser bissexual. Mas só nas baladas e nos banheiros das baladas. Que fosse segredo em suas casas, escolas, faculdades e trabalhos.

Alguns homens eram influenciados pela moda andrógina; ser metade homem e metade mulher, os dois se confundindo. Alguns mantinham suas roupas casuais e discretas, usavam somente lápis de olho e tinham traços e cortes de cabelo que cruzavam a barreira entre os sexos. Outros pareciam ter saído direto do filme *Hedwig* ou de um show do New York Dolls. A maioria tinha como ídolo o senhor Brian Molko, vocalista do Placebo, que por sua vez tinha como influência o senhor David Bowie, que também era ídolo da maioria, principalmente na fase extravagante de Ziggy Stardust. Era uma tremenda ironia que em 2004, depois da virada do milênio, os homens estivessem incorporando a moda glitter que surgiu na Inglaterra nos anos 70, no auge do glam-rock, quando meninos e meninas começaram a pintar as unhas, usar batom, muita purpurina e explorar suas sexualidades. Mas as modas vêm e vão, é assim mesmo.

De qualquer forma, é lógico que nem todos os bissexuais eram farsas. Alguns realmente tinham gosto pela coisa e aproveitavam a oportunidade para abrir a porta do armário. Outros já eram assim o tempo todo. E também nem todos os andróginos e glams eram bissexuais ou homossexuais. Ou pelo menos diziam que não, e que só se identificavam com a cena musical. Outros já se consideravam metrossexuais; a junção do homem metropolitano com heterossexual. Esses diziam ser somente vaidosos, urbanos e preocupados com a aparência. Simplesmente modernos.

Os que mais me chamavam a atenção, porém, eram os rockers. Hard rockers para ser exata. Tratava-se de roqueiros que se achavam a raiz por ouvirem puro e simples rock'n'roll em sua base mais primária. Havia os caras mais velhos, de cabelos longos, calças jeans e jaquetas de couro, que ouviam de The Who a Van Halen e Motley Crue e se divertiam balançando seus cabelos no ar enquanto tocavam suas airguitars. Havia também os novatos, que quase sempre usavam regatas esculpindo o peito, cabelos espetados ou lambidos e ouviam bandas como Hellacopters, Backyard Babies e Velvet Revolver. Ambos, de qualquer forma, carregavam no visual uma masculinidade acentuada. Ambos tinham uma aparência e um jeito de se mexer que gritava: drogas, sexo e rock'n'roll. O que conta também para seus derivados em um modo geral; os punks e os metaleiros.

Em contraste com tudo isso, havia os straight edges; os livres de drogas, ilícitas ou não. A maioria tinha o X, que é o símbolo universal deste modo de vida, desenhado ou tatuado nas mãos. A maioria também usava camisetas do Minor Threat ou do Teen Idles. Além, é claro, de beber refrigerante ou água na balada, em vez de álcool. Outros passavam despercebidos, pois acreditavam que não precisavam divulgar suas escolhas para os outros. Alguns eram adeptos também do veganismo, uma postura ética que não permitia o consumo de produtos de origem animal. Muitos acreditavam que os straight edges tinham condutas sexuais politicamente corretas. Que não praticavam sexo promíscuo, casual ou irresponsável. E muitos eram realmente assim, mas isso não fazia parte do foco inicial.

Os caras de bandas influentes do underground, como Fel por exemplo, nunca se abririam para a exploração profunda de suas sexualidades. Eles não precisavam de nada disso. As menininhas gritantes do submundo os tinham como símbolos sexuais, berravam as músicas de suas bandas a um centímetro do palco e tentavam chegar mais perto dos lindos homens — muitas vezes não tão lindos — que tinham seus rostos iluminados por holofotes. Fel fazia parte de uma banda que estava fazendo algo novo naquela época. O Ground Break não era popular somente por causa de sua música, mas também porque todos os integrantes eram meninos bonitos pra caralho que investiam no visual. Eles eram uma mistura de banda de rock com boy-band. Todas as meninas tinham um Ground Break preferido, inclusive eu.

E assim era o undergroud paulista. Mas é claro que isso tudo eu só descobri mais tarde.

Paguei minha comanda, saí do Subclub e me encontrei com Riki na rua. Ele veio em minha direção, me empurrou contra a parede, colocou os braços em volta da minha cintura e me beijou na frente de todos os seus amigos. Estava frio, então ele continuou me abraçando, me protegendo, me aquecendo. Catarina se aproximou para nos perguntar qual seria a programação, afinal das contas.

— Então nós vamos ou não? — ela perguntou. Neste exato momento, como acontece nos filmes, Sorriso apareceu.

Um menino de traços indefectíveis, olhos cerúleos profundos, dentes brilhantes e lábios carnudos, cor de pêssego. Ele era um dos sonhos de consumo de Cati. Provavelmente de muitas meninas presentes ali. Seu jeito de se mover, seu jeans gasto apertado e sua camiseta curta demais me lembravam o Renton; personagem do Ewan McGregor em *Trainspotting*.

— E aí, mano... Pra onde vocês vão? — ele perguntou com um sorriso no rosto.

— Pro hotel da Sá. Ela é do Rio, tá passando o fim de semana aqui. — Riki respondeu.

— É mesmo, gente? E vai rolar sexo, drogas e rock'n'roll? — Ele perguntou rindo. Catarina mal o deixou terminar de falar e pulou na frente de Riki, que estava abrindo a boca para responder.

— Vai! — E riu meio sem-graça, meio esperançosa.

— Oba! Então tô dentro! Posso ir, Sá?

— Claro que pode! — *Na verdade eu tinha que te agradecer de joelhos por aparecer como um anjo e salvar a minha noite.*

Já havia virado rotina comprar desodorantes antes de voltar para o hotel. A moça do caixa da farmácia da esquina com certeza já estava desconfiada. Com certeza já havia percebido que não era possível que nós fossemos tão fedidos assim. Já havia virado rotina ter 30 minutos de alucinações intensas assim que chegávamos, e foi o que fizemos. Uma lata inteira para cada um. Todos viajaram horrores, cada um no mundo particular dentro de suas latinhas e sacos. Quando a viagem terminou, cada casal se deitou em uma cama. Foi bom o fato de eu estar ainda um pouco fora de mim; caso contrário, não conseguiria despir-me debaixo das cobertas, sabendo que ali do lado minha amiga estava fazendo o mesmo.

Admito que poderia ter sido mais mágico, mais especial, mas era algo que precisava acontecer. Que me assombraria para sempre se eu não fizesse. Meus hormônios — que podem também ser chamados de destruição maciça — estavam explodindo pelos meus poros. O lençol branco cheirava a testosterona. Mesmo que eu quisesse pétalas de rosa, vinho e velas, não houve perda de emoção. Emoção com cheiro de possibilidades, com cheiro de começo de história feliz. Eu mal sabia que não era o começo, a felicidade não tem um começo. Ela simplesmente existe, ela simplesmente é. Aquilo era felicidade. Aquele minuto, aquele momento, aquele retrato.

Não tínhamos comprado camisinha novamente e confiando na palavra um do outro sobre o resultado de nossos exames de sangue, nos despimos.

Entrelaçamos os corpos e viramos um só. Nossas peles geladas se tocavam, se esquentavam, roçavam uma na outra e pareciam mares e mares de seda. Eram mares e mares de peles perfeitas misturadas e minhas mãos queriam navegar. Todas as partes do seu corpo eram feitas de seda, de serenidade. Ele mal tinha pêlos. Tinha pele de neném, tinha cheiro de neném, cheiro de vida, cheiro de rosas. Tinha gosto de vinho e queimava meu corpo com cada movimento, como a chama de uma vela. Eu só queria fechar os olhos, deixar minha cabeça inclinar para trás e sentir por completo o estrondo calmo do meu corpo cheio de desejo.

Ficamos minutos, que pareceram horas, dias, semanas, meses, anos, séculos, olhando um nos olhos do outro, nadando um na satisfação do outro, fartos de exaustão. Deitados na mistura dos gozos em um ato de paixão. Ele dormiu abraçado comigo, à sombra de meus ombros, e eu o fiquei observando, buscando o vale entre suas pernas com a minha. Naquele momento eu senti que nada poderia me colocar para baixo, nada poderia me afetar, me machucar. Ele estava com os braços em volta de mim e o mundo além dos nossos umbi-

gos estava longe. O casal na cama do lado havia desaparecido e o som da televisão se perdido no meio da minha respiração ofegante. Na manhã seguinte ele me disse:
— Sá, Sorriso tem namorada... A Cati sabe disso?
— Sério? Não, ela não sabe!
— Então nem comenta nada...
— E você, tem namorada também?
— Eu não. Mas se você morasse aqui seria diferente...

Dizer adeus foi doloroso. Eu queria amarrá-lo aos pés da cama ou dobrá-lo em micropedacinhos e carregá-lo na mala comigo. Ele me abraçou, me beijou e foi embora. Ele saiu e eu fiquei parada, sentada na cama, tentando descobrir como eu agüentaria voltar. Como agüentaria viajar de ônibus e ver a estrada ficar para trás, me levando de volta para a monotonia. O check-out era ao meio-dia e nosso tempo era contado. Eu temia que fosse todo o tempo que eu teria com ele. Quando o recepcionista me avisou que ainda eram onze horas da manhã e que o horário de verão já havia mudado, eu quis correr atrás dele e procurá-lo no meio da multidão. Só para ele poder ficar agarradinho comigo por mais uma hora. Uma preciosa hora.

Como de costume, começou a chover. Eu e Catarina nos sentamos na parte de fora de uma padaria coberta por um toldo amarelo para tomar café da manhã. Estávamos rodeadas de água caindo sem parar e eu tinha vontade de acompanhar a chuva torrencial e deixar meus olhos chorarem, desta vez de felicidade. Então contamos a história de nossa noite conjunta, porém distante, uma para a outra.
— Será que é o fim, Satine?
— Eu não sei, mas espero que não. Espero que não tenha sido um mero caso de verão, mais uma história para con-

tar... O que eu senti foi real, e nem este toró vai levar embora. Juro pra você.

A estrada deixou tudo para trás. Eu me sentia mais pesada a cada quilômetro, enquanto Lou Reed cantava *Perfect Day* no meu ouvido. Chegar na rodoviária do Rio foi como acordar de um sono profundo. Como acordar de um mundo paralelo onde tudo era como eu queria que fosse. De repente eu estava em casa, onde o sol crestante raiava, mas era ofuscado pela minha falta de vontade de estar lá. Lar, amargo lar...

Os dias em si viraram amargos, longos e sem cor. Eu sentia que estava respirando por ele, agüentando-os por ele. Na verdade antes dele as coisas não eram tão chatas assim. Eram chatas, mas não tinham o enorme peso que parecia estar pendurado no meu corpo, arrastando meus pés.

Nos primeiros dias seguintes ao meu retorno, mantive contato com ele. Ele disse que já sentia minha falta. Mantive contato virtual, sempre contato virtual. Fazia tempo que a Internet havia substituído o telefone, que as pessoas conversavam através de palavras escritas, longe de expressões e entonações. Eu não tinha um pingo de coragem sequer de discar seu número. Tinha medo de sua reação. Não tinha o que dizer, somente que estava com saudade. Muita saudade. Uma saudade asfixiante, que tomava conta dos meus dias ociosos, sem estudos e sem propósito.

Eu iria voltar a estudar em dezembro somente. Entraria em um supletivo e precisava ter 17 anos. Até lá eu era vegetal, parasita. Negava ler as apostilas que minha mãe havia comprado para que eu me preparasse. Minha única razão era ele, estava sedenta por ele. Ele estava no topo da mesma caixa onde eu guardava as bebidas, os cigarros, a maconha, as mentiras e a lata de desodorante. Ele desapareceu do mundo virtual e não me deu razão, e eu fiquei presa à tela do computador, perdendo noites de sono, esperando seu retorno que não aconteceu.

Então duas semanas depois eu voltei para o mesmo hotel. Aquele hotel que deu início a um sentimento denso, que assim, rapidamente, começou a me engolir.

Reservei a suíte errada, uma menor, e quando abri a porta tive que descer até a recepção e pedir para que me transferissem. Eu queria um quarto igual àquele outro, pois se eu não o visse, poderia pelo menos senti-lo. Talvez me flagelar.

Disquei o número de seu celular depois de muita coragem arrecadada e nada. Ele simplesmente não me atendia. Eu estava sentada no sofá do quarto, ouvindo David tocar violão para Julia e Cati. David havia viajado comigo, queria ser testemunha do fantástico mundo paulista. Eu o conhecia desde os primeiros anos da Lions e na verdade não o suportava. Foi depois de vê-lo na Casa Verde que comecei a construir verdadeiros laços. Eu o via como uma das meninas. Ele tocava Dashboard Confessional, que me trazia de volta a lembrança da noite em que vi Riki pela primeira vez. Cantei junto: *My hopes are so high that your kiss might kill me, so why don't you kill me, so I die happy? My heart is yours to fill or burst, to break or bury, or wear as jewelery, wichever you prefer.* E eu realmente sentia que um beijo dele podia me matar e que seria o suficiente para eu morrer feliz. Eu não sabia ao certo de onde tinha surgido tanta intensidade, mas ela estava lá, como punhaladas, tirando mais e mais lágrimas inexplicáveis dos meus olhos. Criando metáforas, prosa e poesia. Prostituindo as cores pastéis da realidade...

Onde ele está? O que está fazendo? Por que não me atende? O que foi que eu fiz de errado? Como ele pode desaparecer deste jeito? Ele está me fazendo sofrer, como ele pode fazer isso comigo? Achei que ele tivesse dito que eu era linda, que queria que eu passasse um mês na casa dele. Achei que tivéssemos conectado, por que foi que ele desapareceu? Estávamos contando os dias para eu vir para cá de novo... Ele está jogando? Mas que jogador impecável... Droga! Estou chorando de novo, como sou patética, meu Deus! Pára de chorar, Satine, se controla! Porra! Vou me deitar debaixo do lençol e ouvir uma música triste. Quem sabe dormir um pouquinho também. Por que é que estou aqui?

Mais tarde fomos para o bar onde eu supostamente o encontraria na viagem anterior. Boteco sujo na verdade, onde os roqueiros se encontravam para beber cerveja, xiboquinha, e Fogo Paulista, na Vila Madalena. Encontrei com Paulo e contei um pouco sobre minha insatisfação. Sempre minha insatisfação.

Antes eu achava que tinha fome de vida, mas depois vi que estava errada. Pois a fome é saciada com comida e a comida é sólida. Na verdade eu tenho sede de vida, porque sede é saciada com água. E a água é líquida, se dissolve...

Eu tentava esconder meu nervosismo dentro de copos de cerveja, tragadas no cigarro, supostas tremedeiras de frio e conversas aleatórias das quais eu estava obviamente dispersa. Os dedos das minhas mãos tentavam segurar o cigarro sem aparentar ter mal de Parkinson e não conseguiam. Os dedos do meu pé se escondiam, procurando cobertor, procurando um porto seguro. Esperava sua imagem surgir de alguma esquina em uma quase convulsão, um quase eletrochoque. Choque do calor interno com o frio externo. Choque térmico.

Eu o vi de longe. Ele estava usando uma camiseta branca com o logo do Backyard Babies — uau — e uma calça jeans. Estava em pé na outra esquina com um copo de plástico em uma das mãos e um cigarro na outra, conversando com alguém. Tentei me recompor, parecer calma. Joguei meu copo de cerveja fora para não arriscar derrubá-lo no chão e passei a mão no cabelo, tentando deixá-lo mais reto. Continuei na roda de pessoas em que estava, me mantendo social, falante e aparentemente relaxada. Ele me viu, mas continuou longe. Eu já não estava mais tão certa sobre o quanto realmente havia existido em tudo que ele havia me dito. Vinte minutos depois, ele veio em minha direção. Cumprimentou todos na roda, me abraçou e me perguntou como tinha sido a viagem.

Como qualquer outra, Riki. A diferença é que eu viajei só pra ver você. Por seis horas, de ônibus. Você desapareceu e hoje você nem me atendeu. Agora eu vou me fazer de durona. Quer jogar? Vamos jogar então.

— Normal, tranqüila...

Meu telefone celular tocou. Era uma das meninas da Internet que eu havia conhecido na Galeria do Rock no mês anterior — Lisa. Ela queria que eu fosse para uma boate chamada Pacman, mas eu não tinha condições de ir, de me arrastar para um lugar em que ele não estivesse. A chuva caía cada vez mais forte e eu já estava começando a achar que aquela cidade era um grande oceano. No Rio de Janeiro eu era um peixe grande demais, tentando sobreviver em um lago pequenininho e amontoado. São Paulo era um oceano violento e perigoso que me carregava junto com a correnteza. Eu estava começando a afundar e estava sozinha.

Continuei no telefone tentando explicar para Lisa que seria impossível chegar lá. Catarina, Julia, Paulo e David queriam ir embora. Eu queria ficar, precisava ficar, não desistiria tão fácil, não podia. E então, enquanto eu estava no telefone, Riki parou atrás de mim e começou a morder minhas costas com força e soprar em meu pescoço, me deixando mais arrepiada do que já estava. Infantil, querendo chamar a atenção, e eu achei romântico. Desliguei o telefone. Ele me puxou pelo braço e me deu um abraço apertado. Eu fiquei com a cabeça encaixada em seus ombros másculos e mais uma vez não queria soltá-lo. Eu me sentia em casa em seus braços, como nunca havia me sentido antes. Seu abraço havia me resgatado. *Eu não vou afundar, eu vou conseguir nadar*, pensei.

— Vamos embora, Satine!

— Já vou, Paulo. Espera um minuto...

— Estamos te esperando no carro, tá chovendo demais, vem logo!

— Preciso ir.

— Mas já?

— É... Eu tô de carona com o Paulo. Ele vai nos levar de volta pro hotel... Eu te vejo amanhã no Subclub, no seu show.

— Tá bom, então...

Ele me soltou e eu saí correndo pela chuva. Com os cabelos balançando, me molhando, sentindo os pingos me salpicarem um por um, farta de adrenalina. Queria olhar para trás, mas continuei correndo. Queria virar para trás, correr de volta para seus braços e não voltar para o hotel. Nunca mais. Entrei no carro meio feliz, meio triste, com as mãos apoiadas na janela, desejando-o mais do que nunca. E de repente todas as lágrimas que chorei antes de sair haviam sido enterradas. Elas não importavam mais. Seu abraço eliminava tudo que havia de ruim no mundo.

— Não queria ter ido embora, Cati...

— Satine... Na vida a gente tem que morder e assoprar. Você já assoprou, agora precisa dar umas mordidinhas.
— Ele acabou de me dar uma mordida nas costas, enquanto assoprava minha nuca.
— Não é à toa que dizem que ele é um conquistador.
— Se é! Eu tô de quatro, cara! Mas tô tão confusa, não entendo o que ele quer de mim. Ele é tão inconstante!
— Fica calma! Amanhã de tarde você vai ver ele!

Chegamos no Subclub e ficamos na "padoca", "tomando umas brejas". O lugar estava abarrotado de roqueiros. Nos banquinhos no bar, nas mesinhas no fundo e entre as prateleiras. O público presente era uma mistura esquisita de emos e hard rockers. Ficou claro para mim que os shows de suas bandas enchiam e no dia ele iria tocar nas duas, então estava mais cheio do que de costume, me disseram. Ficou claro quantas meninas estavam de olho nele, cochichando com as amigas sobre ele, querendo tirar foto com ele, precisando chegar perto dele para depois poderem dizer para todas as amiguinhas e os amigos sem personalidade que o tinham como um Deus que conseguiram, como se fosse um troféu. E talvez fosse realmente e talvez eu devesse me sentir lisonjeada. Ele andava com um olhar desencanado, como se não estivesse nem aí para as pessoas em volta, como se fosse o dono do lugar. Mesmo sozinho ele parecia seguro. Sempre seguro, sempre confiante, sempre sedutor, sempre com um Camel entre os dedos, como eu.

Eu estava encostada no balcão em uma roda, com Cati, Julia, Jota e David, quando ele chegou falando baixinho com uma voz sedutora, porém um pouco acanhada.

— Sá... Tudo bem? Quando você entrar diz que seu nome tá na lista do Riki.

— Ah... Tá bom! Brigada. — Sorri de orelha a orelha, um sorriso eminente que parecia se recusar a sumir. Me senti especial, de todas as meninas ali presentes ele tinha me escolhido.

Assisti aos shows de longe, no fundo, com a visão coberta por gritos histéricos e uma espécie de coro de rock que cantava em perfeita harmonia com empolgação explodindo pelas gotas de suor, naquele lugar insuportavelmente quente, que parecia uma sauna. Insuportavelmente quente ele, em cima do palco, sendo idolatrado. Não conseguia ficar perto do palco, olhá-lo nos olhos ígneos, tinha medo de parecer, por um minuto que fosse, alguma das outras em volta de mim. Eu sabia que, se ele não me visse ali, me procuraria e não saberia que de longe eu estava sorrindo, que meus olhos brilhavam como lindas estrelas e que minha cabeça mexia em sintonia com as notas que ele tocava na sua Fender preta. Era gentil a maneira como segurava sua palheta vermelha e a maneira como ele a usava nas cordas era forte e determinada, resultando em uma combinação perfeita. O holofote parecia iluminar só ele, e até Jota, tão chamativo, levantando seu baixo no ar e vestindo uma camiseta branca com o rosto de Julia impresso, estava no escuro. Julia fingia não se importar com ele, mas no fundo nós sabíamos que ela estava se rendendo aos poucos.

Quando os shows terminaram, fiquei sentada no capô de um carro com David e Catarina esperando Riki vir falar comigo. Que me dissesse que íamos sair para algum lugar. Ele me pediu para combinar algo com Jota, pois ele precisava passar em casa. Então Catarina, Julia, David e eu fomos para casa do Jota, à espera do telefonema do Riki. Sempre à espera. Uma espera que se estendia pelos corredores da eternidade, uma espera que parecia inacabável. Sempre à espera de alguma coisa, sempre à espera do mais. Eu esperei na casa de Jota e Riki não ligou. Eu voltei para o hotel e esperei Jota ligar. Ele também não ligou. Eu saí de táxi às três horas da manhã com Catarina para o boteco da Vila Madalena onde Jota disse que provavelmente eles iriam depois. Era a minha última chance, eu ia embora no dia seguinte e precisava vê-lo de qualquer maneira, mesmo que fosse em vão. Só para eu saber que tinha me esforçado, que tinha tentado meu máximo, que não tinha deixado a oportunidade passar. Quando estava em São Paulo, tudo tinha que ser urgente e imediato, pois meu tempo era sempre limitado. Os impulsos dirigiam o banco da frente do meu carro e eu era somente passageira, efêmera, etérea.

Ele não estava lá, Jota não estava lá, Sorriso não estava lá; como Catarina esperava, ninguém estava lá. Voltamos para casa abatidas e dormimos esperando esquecer a noite fracassada e os cinqüenta reais desnecessários que gastamos no táxi, ida e volta.

No dia seguinte voltei para o Rio de Janeiro. Chorei no metrô a caminho da rodoviária e chorei seis horas no ônibus de volta para casa. Eu não queria voltar, não tinha nada lá. Eu sabia que a tristeza ia demorar a passar, se passasse — porque parecia insolúvel. Eu já estava fundo demais para cavar meu caminho de volta.

Nesta época o fotolog era o meio de comunicação do mundo, ou pelo menos do Brasil. Era o website em que as pessoas colocavam suas fotos e seus pensamentos expostos para o mundo da maneira que preferissem. Havia se tornado moda, todos tinham um, e com isso o mundo em volta de mim parecia ter se tornado narcisista e a vida das pessoas, um álbum de páginas abertas. Eu estava dentro dos pés à cabeça, havia me viciado neste instrumento de exposição desnecessária da mesma maneira que me viciava em tudo que me fazia mal. Minha obsessão pelo fotolog fazia de mim uma pessoa muito amada e uma pessoa muito odiada, sempre oito ou oitenta, pois eu era extrema demais para existir um meio. Vomitava pensamentos diários com poucas restrições, mas sempre entrelinhas. Tirava inúmeras fotos e tentava expressar meus sentimentos através delas. Existia um mundo meio hollywoodiano no fotolog, os mais populares, os menos populares... Minha vida havia se tornado praticamente uma telenovela. Não sei se posso me gabar ou se é motivo para me envergonhar, mas adquiri um número absurdo de fãs que se relacionavam com meus problemas e meus pensamentos. Recebia cartas, e-mails e tinha alguns fã-clubes. Era estranho, mas eu gostava, havia me acostumado, eu acho, gostava de receber atenção. Embaixo da foto e da legenda, havia um espaço para comentários, um espaço para péla-saquice, admiração, cantadas, ódio ou divulgação pessoal. Assim que cheguei em casa, havia uma mensagem de Riki lá: "Desculpa, desculpa, desculpa, desculpa." Sorri de maneira escancarada.

 Mais tarde conversei com ele pela Internet também e descobri que ele estava arrependido de não ter me dado atenção, de não ter me beijado, ficado comigo. Ele disse que só sabia o valor das coisas quando as perdia. Mas ele não tinha me perdido, de jeito nenhum.

 "Me desculpa, você tem todo o direito de me achar um idiota..."

 "Idiota sou eu, por não te achar nem um pouco idiota. Eu te entendo."

Eu realmente o entendi e eu realmente o perdoei. Havia me tornado indulgente. Não havia espaços para mágoas ou orgulho, com ele todos os meus escudos eram abolidos. Com ele eu deixava de lado as regras do jogo e ficava imóvel e entregue como um homem morto. Eu o admirava, talvez quisesse ser seu reflexo, seu sexo oposto, sua alma gêmea. Eu gostava do seu mistério, da sua capacidade de me deixar de quatro com qualquer palavra, olhar, beijo, gesto, abraço ou desculpa esfarrapada. Ele era poderoso, sabia como fazer as pessoas darem para ele o trono de poder. E ele desapareceu novamente, como se tivesse uma capa invisível, o dom de não ser encontrado quando não queria. Exagero, ele só não estava mais entrando na Internet. Apesar do impulso que queria me arremessar de volta para seus braços, fui impedida por minha mãe de retornar antes de um mês.

— Eu não vou ficar bancando suas viagens todas as semanas, Satine! Se você quer ver seu namorado, espere um mês! — *Namorado?* — Só vai para São Paulo uma vez por mês e mesmo assim terá que começar a estudar os livros do supletivo! É a única forma que eu tenho de te ajudar! Você precisa estudar!

Um mês inteiro sem ouvir notícias dele, trinta dias agüentando a mesmice do Rio de Janeiro e as ocasionais festinhas de fins de semana com pessoas que só falavam de bandas do underground chatas e de quem pegou quem, com o disse-que-disse inconveniente e fofoqueiro de interior de sempre. O underground era de certa forma um interior.

Um mês inteiro levantando tarde da cama, escovando os dentes, colocando uma roupa qualquer, sentando-me na frente do computador, fumando cigarros, almoçando na frente da tela, permanecendo lá até a hora que minha irmã chegasse da escola, tomando banho quente de banheira, comendo um sanduíche de presunto com queijo, fumando mais cigarros, jogando conversa fora no telefone, vagando pela casa sem propósito, assistindo a um programa qualquer na tevê, lendo algumas páginas de algum livro ou revista, fumando outros cigarros, comendo mais um pouco, dormindo de novo, levantando de novo para usar o computador e indo dormir novamente. Como uma marionete, como um robô. Triste seguimento de despropósito o meu e eu não estava estudando. Aliás, eu nem pensava nisso.

Então cheguei na cidade fingindo sorrisos, escondendo lágrimas, tentando não desistir de nós dois, pois seria bem mais fácil. Um, dois, três meninos me queriam, beijavam meu rosto e secavam meu corpo com olhos sedentos. Era tarde demais, eu estava acorrentada. Eram bonitos esses meninos, mas era tarde demais, eu já usava coleira. Fingiam-se puros em volta de mim, mas era tarde demais, eu não olhava pros lados. Cheguei na cidade carregando cestas de sorrisos, apertando mãos de meninas, cumprimentando novos rostos, procurando por ele. Um, dois, três meninos precisavam de mim. Eram amigos estes meninos, queriam ser amantes, mas era tarde demais. Um, dois, três inimigos de inveja. Guardei-os no meu bolso, nas ruas da cidade grande. E os meninos gritavam, procuravam alguém, mas ninguém os ouvia, eram pequenos demais esses meninos. Cheguei na cidade quebrando uns meninos, procurando meu ar, apertando umas mãos, tomando grandes goles de bebida...

Sexta-feira à noite, e a Pacman estava cheia. As filas se estendiam por duas esquinas, se não mais. Como sempre meu coração estava na minha boca, enfraquecendo minha voz e bambeando minhas pernas descobertas no frio. Tentava manter um olhar seguro e concentrado, esperando a minha vez de apresentar a falsa identidade que Catarina havia conseguido para mim.

O lugar estava abafado e superlotado, talvez tivesse passado do limite de pessoas. Eu estava estacionada no bar à espera de um Sex On The Beach quando ele parou atrás de mim e assoprou minha nuca. Virei-me e o cumprimentei com um beijo rápido no rosto, como quem não estava morrendo de vontade de esmagá-lo em um abraço só. Escondi as mãos atrás das costas para não se tornar visível a maneira como estavam tremendo, querendo deixar o cigarro cair. Eu estava simplesmente feliz por vê-lo, sua presença parecia encher os lugares vazios e esvaziar os lugares cheios. Depois ele desapareceu. Como sempre. Fiquei sentada no sofá de vinil preto à sua espera, imaginando seu rosto em outros corpos e ouvindo seu nome em completa ilusão. Continuei bebendo, pois se ficasse parada e sóbria iria me lembrar de que ele havia sumido do mapa sem explicações. Eu me lembraria de que ele logicamente não estava querendo engatar nada sério comigo — uma menininha qualquer do Rio de Janeiro. Um copo, outro copo, mais outro. Não era novidade enxergar uma grande névoa, ainda mais com astigmatismo de dois graus em cada olho. Um copo, outro copo, mais outro. A tontura caminhava cordialmente de mãos dadas com a solidão. Eu estava sozinha no meio de tantas pessoas e, se ele estivesse comigo, eu seria feliz. Só ele, e eu me sentiria feliz, somente feliz.

Eu estava prostrada. Às vezes é mais fácil deixar as coisas irem embora do que lutar por elas, pois a espera machuca. Eu estava exausta e não o encontrava. Estava exausta e bêbada. Quando estava bêbada, tinha a ligeira impressão de que o mundo em volta de mim também estava. Tinha a ligeira impressão de que, se eu quebrasse minhas barreiras, não haveria julgamento. Não estavam todos bêbados em volta de mim? Joguei o final de um Camel no chão, o vi caindo em câmera lenta e me senti como o próprio cigarro. Fumada até a bituca. Não queria mais ser escrava das decisões de Riki, queria me libertar. Mas quem me disse que a liberdade vinha junto com um beijo na boca de um estranho, eu não sei. Smack. Smack no sofá na frente do bar, e smack no banheiro unissex do andar de cima.

Na minha cabeça eu não era ninguém. Tinha sido um caso de fim de semana, tinha me iludido e caído no conto-do-vigário. Na minha cabeça eu não era conhecida, identificada, era mais uma ali no meio, e ninguém me notaria. Beijei outro cara não por querer, mas sim para tentar esquecer. Só piorei tudo.

— Qual foi, vai ficar beijando meus brothers agora? — disse Riki de maneira agressiva, bem baixinho no meu ouvido enquanto eu esperava mais alguma coisa no bar. Tentei responder, mas ele foi desaparecendo no meio das pessoas emboladas. Foi se afastando, me afastando e me evitando, mostrando-me que havia algo além do que um simples casinho e que eu havia estragado tudo. Era tudo minha culpa! Ele passou mais uma vez enquanto eu contava para Catarina o que tinha acontecido e tentei puxá-lo para conversar. Não sabia o que dizer, só precisava mostrar que me importava, que ele importava, mais ninguém. Riki arrancou seu braço de minhas mãos, continuou andando, contornando a massa de gente e não olhou para trás.

— Mulher não presta! Você não presta, e você não presta! — disse Fel apontando para Catarina e para mim. Quis responder, mas deixei passar. Descobri que ele e mais outros haviam subido na pia do banheiro para me ver dentro da cabine. Saí da boate e fiquei sentada em um muro na rua, do lado de uma barraquinha de cachorro-quente, tentando não chorar.

Eu estava hospedada na casa de Jota. Havia cordialmente sido convidada para passar o fim de semana em sua casa, após descobrir o hotel que planejava ficar completamente sem vagas. Fiquei sentada esperando ele sair com Julia, que havia finalmente se rendido. Encontrei com Lisa sentada na rua também, bebendo uma Coca-cola para esconder o cheiro do álcool. Ela havia saído mais cedo lá de dentro e estava esperando sua mãe vir buscá-la com seu amigo.

— Lisa, alguém contou pra ele que eu fiquei com o Carlos! Agora ele me odeia, cara! Agora com certeza ele me odeia.

— Você não vai chorar, Satine. Fica calma! Ele não pode te odiar por isso! Você não disse que fazia um mês que ele não falava com você?

— É, um mês. Porra, como que eu ia saber que ainda existia algo entre nós? Ele quer que eu fique pendurada esperando ele resolver que me quer? Eu também tenho vontades, sabia?

— Mas você sentiu vontade de beijar o Carlos?

— Sei lá, sabe? Foi impulso, bebedeira, raiva, tristeza, tudo junto numa torta gigante. Foi um beijo para apagar o Riki da minha cabeça, apagar nem que fosse por um minuto. Caralho, eu tô triste, cara, tô triste demais. Eu realmente gosto dele, sabe? Acho que nunca gostei tanto de alguém na minha vida.

— Satine, olha! A Julia tá te chamando lá na porta! — Levantei e corri até ela, secando a lágrima que havia escapado.

— Oi, amiga, tô aqui fora esfriando a cabeça... Não tô muito bem...

— Eu sei, eu sei. Fica bem, não se preocupa! Nós estamos pagando a comanda para sair. O Riki vem junto pra casa do Jota... Ele quer conversar com você. Então fica calma, tá bom?

Julia, Jota e Riki saíram do Pacman juntos. Julia tomou passos mais rápidos para andar do meu lado, na frente dos dois. Eles caminhavam alguns metros atrás e eu caminhava com frio, morrendo de medo da conversa, morrendo de medo do que ele poderia dizer, mas feliz por ele ter se importado. A casa de Jota ficava perto da boate, então o caminho no carro foi rápido. Eu me sentei em uma ponta e Riki na outra. Ele falava e ria sem parar e eu só ficava parada olhando pela janela, querendo que chegássemos logo. Jota estacionou e subimos de elevador. Ele e Julia estavam abraçados, caminhando juntos, enquanto eu e Riki caminhávamos lado a lado em silêncio. Eu estava desconfortável, de braços cruzados.

— A gente precisa conversar — ele disse.

— Aham — respondi baixinho.

Julia e Jota foram para o quarto e nos deixaram sozinhos na sala. A mãe de Jota estava viajando e a casa estava vazia, ao nosso dispor. Sentamos no sofá da sala para conversar. Eu permanecia em silêncio, no silêncio do meu arrependimento, e ele tentava quebrar o gelo, talvez arrependido também por ter me tratado como tratou. Talvez arrependido por ter sumido por um mês, mas eu nunca saberia e não perguntaria. Por alguma razão eu não conseguia transcender minha alma, demonstrar meus interiores. Nós conversamos e tudo parecia ter ficado bem. Durante o tempo em que estive ausente de São Paulo, pessoas maldosas haviam dito coisas horríveis ao meu respeito para Riki anonimamente pela Internet. Haviam dito que eu tinha transado com metade do underground carioca e não era verdade. Essa podia ter sido a razão de seu desaparecimento, quem sabe. Ter acreditado nos boatos. Contei toda a verdade a ele, entreguei com meus lábios uma lista de casos passados sem vergonha e me desculpei por ter beijado

Carlos. Ele tocou no meu rosto com a palma da mão, me beijou e me levou para o quarto. Quando acordei, de calcinha e sutiã de renda, ele não estava mais lá. Estava dormindo no sofá da sala e eu não sabia por quê. A verdade é que tínhamos dormido juntos e acordado sozinhos. Fui ao banheiro, escovei os dentes, escovei o cabelo e me vesti. Entrei na sala, ele acordou e eu dei bom-dia. Ele disse que Jota tinha ido levar Julia no trabalho, então ficamos vendo televisão. O dia foi simples e feliz. Eu não conseguia acreditar que tudo estava bem novamente. Comemos, ouvimos música, vimos televisão, jogamos videogame, e no final da tarde fomos para a gravação do CD do Bully, banda do Sorriso. Catarina veio conosco.

Passamos na farmácia e compramos desodorante para o caminho. Eu uma vez tinha ouvido falar que os usuários de drogas vivem em constante busca da viagem perfeita. Que o grande pico só acontece uma vez. Foi no banco de trás do carro, deitada com a cabeça no ombro de Riki, ouvindo Incubus, que o meu aconteceu. A música me acalmava e me propiciava paz. A janela estava aberta, fazendo meus cabelos voarem. Olhei para fora e não vi mais carros, estava em alta estrada, passando por um cenário vitalício de grama e céu azul-claro com nuvens de algodão. Senti-me fugitiva e livre, longe de tudo que já havia conhecido, dirigindo para um lugar distante onde só existiria paz, junto com ele. Olhei fundo dentro de seus olhos, que pareciam estar ali dentro comigo, sentindo tudo que eu estava sentindo, demonstrando satisfação plena no brilho do olhar. Ele colocou o braço em volta de mim e eu continuei viajando na imagem do lugar utópico do qual nós estávamos a caminho. De repente havia linhas quadriculadas em tudo em volta. Comecei a enxergar o mundo como se estivesse na pele de um robô.

— Eu tô vendo linhas quadriculadas, rosa-choque, sistematizando tudo...
— Eu sei, eu também.
— Não mente!
— Não tô mentindo. Quer ver como vão desaparecer?
— Quero! — Olhei espantada, enquanto ele apontava o dedo indicador exatamente para uma linha horizontal. De repente as linhas desapareceram e o carro parou na frente do estúdio. Não havia mais alta estrada, grama ou céu azul.
— Vamos, seus loucos! Chegamos! — disse Jota abrindo a porta da frente.
Saímos do carro ainda meio doidos e ele pegou minha mão pela primeira vez. Pegou minha mão como se eu pertencesse a ele e eu soube que pertencia. Continuamos de mãos dadas lá dentro, e enquanto ele assistia à gravação do baixista, me abraçava por trás. Catarina se sentou em uma espécie de lounge com o resto da banda, outra à espera de sua vez de gravar, e pessoas que estavam ali de bobeira. Trocou algumas palavras com Sorriso e logo depois voltamos para casa.

À noite fomos para o Subclub caminhando por ser tão perto da casa de Jota. Ele me levou pela mão novamente, e eu amava aquele toque. Eu queria segurá-lo dentro da minha mão, mas temia que ele fosse que nem água, que fosse escorregar entre meus dedos na tentativa.
Durante a noite ele me abraçou, me beijou, riu comigo. Levou-me para o andar de baixo para assistir a um show do Marilyn Manson que estava passando na televisão, pois sabia o quanto eu gostava, e ficou sentado do meu lado no bar assistindo. Ele estava se importando comigo, aparentava estar se importando e eu continuava me apaixonando mais e mais. As pessoas que sabiam do meu drama olhavam com um enorme

sorriso, percebiam meu enorme sorriso, e eu só circungirava os olhos e respondia que estava feliz por tudo estar bem. Mas eu estava mais do que feliz, eu estava viva e não tinha como explicar tal sensação com palavras. Elas não existiam, eram vagas e nem ele as entenderia. Nem ele, nem eu.

Estava sentada no andar de cima com Paulo, quando avistei Riki e Carlos conversando. Eu estava com muita dor de garganta e a cerveja me doía, obrigando-me a ficar assustadoramente sóbria, sentindo o coração pulsar ainda mais rápido com a imagem dos dois papeando. Fingi que estava dormindo no sofá ao lado de Paulo e inclinei o ouvido para perto deles. Eles estavam sentados em cadeiras quase do meu lado. Então eu ouvi as palavras de Carlos. Ele disse que tínhamos ficado no banheiro e que ele tinha passado a mão nos meus peitos. Congelei, queria encapsular a cena e voltar para a noite anterior no Pacman para dizer um enorme não na cara de Carlos. Continuei parada de olhos semifechados e Riki veio em minha direção em suspense. Ele sentou do meu lado, eu abri os olhos, ele me beijou e desceu as escadas. Fiquei calma e bebi um gole da cerveja. Quanto mais goles de álcool eu tomava, mais me sentia doente e calorenta. Talvez estivesse com um pouco de febre. Talvez fosse febre emocional — eu sempre as tinha — resultado do dia anterior.

Ele desceu e mais tarde o encontrei saindo de dentro do banheiro com Sorriso. Eu sabia que ele estava lá dentro cheirando cocaína, mas era difícil acreditar. Catarina havia me dito que era comum, que a maioria daqueles meninos cheirava e que ela também já havia experimentado. Eu nunca tinha conhecido alguém que cheirasse e nem sequer já tinha visto aquele pó. Ele respirou fundo quando abriu a porta, me deu um estalinho e saiu. Sorriso riu e piscou para mim. Entrei no banheiro e me peguei pensando em como deveria ser aquela onda e se era por causa dela que ele aparentava ser tão seguro. Perguntei-me quantas vezes por dia ele cheirava e quantas vezes por semana. Eu costumava achar cocaína algo sujo e distante do meu mundo, algo que só os mais viciados e fodidos usavam. De repente eu a estava vendo com outros olhos, como farelos de glamour e poder. Senti vontade de experimentar. Porém, tive que ignorar a vontade. Ainda via cocaína como algo sério demais, algo que ninguém no Rio de Janeiro entenderia. Algo que poderia me matar, algo que o Jim Morrison e a Janis Joplin usavam e, por mais que os idolatrasse, eles estavam mortos. Mas ao mesmo tempo eu queria me sentir que nem ele. Queria ser a pessoa com quem ele entrava no banheiro para cheirar, queria ser companheira, navegante, cúmplice.

    Quando cheguei no andar de cima com Catarina, ele estava sentado sozinho em um canto, com um olhar em branco, olhando para a parede, parecendo não ver. Ele levantou e chutou a cadeira de madeira que estava na sua frente com o pé direito. A cadeira fez um estrondo e ele saiu rapidamente do ambiente. Eu não sabia como lidar com ele, nem o que falar. Não sabia se seu surto era minha culpa ou se era culpa da droga. Então deixei-o ir sem dizer nada. Lá em cima a iluminação era forte, meus olhos cresciam, e era mais difícil seguir minhas vontades no claro do que no escuro. Laura parou do meu lado e perguntou-me o que houve. Ela era bastante amiga dele, dizia que era prima, até. Por achar que poderia saber do acontecido, respondi que não sabia, que ele era louco assim mesmo, e pedi para deixar ele na dele, pois era o melhor a fazer. A dor de garganta só crescia e o calor e a tontura só aumentavam. Minha testa estava queimando, talvez eu estivesse coberta de suor. Olhei para um sofá e vi Catarina e Carlos se atracando, ele com a mão na bunda dela. Desci novamente, sozinha e enjoada e caminhei pelo Subclub pensativa.

Voltei para casa de Jota de mãos dadas com Riki. Ele pegou na minha mão para caminhar quando saímos de lá, e eu suspirei de alívio. Catarina, Julia, Sorriso, um amigo dele e... Carlos também foram. Julia e Jota se trancaram no quarto de Jota e Catarina e Carlos no quarto de visitas ao lado do que eu estava — o da mãe de Jota. Fiquei na sala com Sorriso, seu amigo e Riki, jogando videogame. Riki estava sentado sozinho em uma poltrona na parte da sala onde havia a mesa de jantar e eu estava sentada no sofá no outro lado da sala onde havia a televisão, com os outros dois meninos. Sorriso deu o controle para o outro menino e deitou no meu colo, dizendo que estava ligadão, alucinado, e que a droga que ele havia cheirado era das boas. Eu ri e a vontade continuou crescendo.

— Sai do colo dela, Sorriso — Riki disse com uma voz determinada.

— Qual foi, Riki, só tô deitado!

— Sai, mano, agora! Antes que eu te quebre! — Ele levantou e abriu as narinas.

Sorriso ergueu a cabeça e se sentou. Levantei um pouco assustada e fui sentar no chão, do lado de Riki. Novamente eu não sabia se era a droga ou se era eu, se ele estava fritando ou se havia se tornado possessivo de uma hora para outra. E a febre só crescia, e eu só queria dormir. Pela primeira vez eu só queria dormir, deitar e dormir. Ele entrou no quarto comigo e eu deitei com as pernas esticadas como um leque, dizendo estar muito doente. Sorriso entrou no quarto, querendo fazer uma aposta; quem ganharia uma luta livre. Fiquei sem reação, debaixo das cobertas, me encolhi e pedi pra eles pararem de besteira. Não me escutaram e em segundos estavam no chão, um em cima do outro, embolados, sem que eu entendesse quem estava machucando quem. Eu só pedia, por favor, para que eles parassem e tapava o ouvido. Eu aprendi assistindo filmes de terror a tapar os ouvidos quando sinto medo. Demorou, mas eles pararam. Rindo de nervosismo, com alguns arranhões e vermelhões pela pele. Fechamos a porta e Riki se deitou, já subindo em cima de mim.

— Eu tô passando mal...
— Você quer que eu vá à farmácia comprar alguma coisa? — Ele se sentou do meu lado.
— Não precisa, só deita aqui comigo...
— Acho que eu ouvi a Catarina gemendo! — Ele riu com ar de deboche.
— Duvido! Ela não vai dar pra ele. Ele é um idiota...
— É? Ele é um idiota? Então por que você foi fazer sacanagem com um idiota no banheiro da balada, mano?
— Porra, cara, eu já te disse que... — Ele me interrompeu levantando da cama com raiva, pisando forte no chão, fazendo barulho. Começou a rodar pelo quarto com as duas mãos na cabeça e deu um soco na parede. Um soco forte, em uma parede branca que acabou um pouco afundada, com a marca de seus anéis de prata. Fiquei parada olhando, com as sobrancelhas levantadas, e comecei a tremer dos pés à cabeça, temendo que ele também fosse me bater, me esbofetear.

Até mesmo um ser humano que aparenta ser carinhoso e inofensivo pode ter dentro de si uma personalidade perigosa, ameaçadora, complicada e contraditória. É quase impossível saber a fundo quem é a pessoa que está do nosso lado e isso pode ser extremamente assustador. Todos nós somos um pouco psicopatas, todos nós somos capazes de qualquer coisa.

Ele pegou suas roupas que estavam dobradas em cima da penteadeira do quarto e as jogou no chão. Em seguida as catou do chão, colocando-as dentro de sua mochila preta e saiu do quarto batendo a porta com tanta força que os móveis estremeceram. Fraca, com frio e assustada, empurrei com os pés o cobertor que cobria meu corpo, levantei da cama, enrolei-me no mesmo cobertor de lã e fui até a sala.

— Pelo amor de Deus, eu já te pedi desculpas! — Eu estava gritando na porta do quarto, machucando minha garganta, com lágrimas nos olhos desesperados.

— Vai se foder! Eu te odeio! Eu quero que você morra, garota! Some! — Sua expressão e suas palavras continham tanto ódio que ele já estava me batendo com elas.

— Caralho, vai se foder você, seu escroto, filho-da-puta! — Bati a porta do quarto com a mesma força com que ele havia batido e a tranquei, tirando a chave e arremessando-a contra o espelho da penteadeira.

— Quer quebrar a porra da casa e acordar todo mundo? — ele gritou lá de fora.

— Vai tomar no cu! — respondi aos berros.

Com o corpo encostado na porta, fui escorregando até o tapete no chão e comecei a chorar. Esperneava de maneira epilética, as lágrimas pulavam sem controle. Um milhão delas, comprimindo meu peito, me deixando ainda mais tonta. Fiquei sentada ali por meia hora talvez, revendo todos os acontecimentos na minha cabeça, tentando encontrar uma solução e ouvindo ele estranhamente aos prantos na sala. Se era dor na mão ou se era dor no coração eu não sabia, mas havia dor. E seu choro proliferava meu choro, proliferava meu desespero, proliferava meu medo, proliferava meu sentimento, proliferava minha paixão, proliferava meu arrependimento. Parecia que aquilo nunca ia passar, que era definitivo, que não tinha cura. Parecia que era o fim, o maldito fim, e que não haveria volta. Mas eu precisava de volta, eu precisava dele. Ele havia arrancado pedaços de dentro de mim que nada iria recolocar, que cola superbonder nenhuma iria grudar, que remédio nenhum iria sarar, que band-aid nenhum iria cobrir, que máscara nenhuma iria disfarçar, que droga nenhuma iria substituir. Ele havia feito nascer sentimentos como nenhum homem havia feito antes. Então eu chorava por um amor que não chegava a ser amor, mas que me machucava tanto que me dava certeza de que nunca teria capacidade de morrer. Fiquei de quatro no chão, dei um tapa estalado na minha cara e bati com a cabeça na madeira da cama. Queria gritar, estourar todas as minhas cordas vocais, ficar sem voz, colocar para fora toda a dor, tanta dor, tanto fogo dentro de mim. Eu estava queimando viva e minha cabeça latejava enquanto minha testa franzia em descontentamento.

Foi a primeira vez que eu me cortei. Peguei um estilete que estava dentro de uma caixinha de porcelana cor-de-rosa em cima da penteadeira da mãe de Jota e comecei a cortar meu braço, perto das veias. Depois fui subindo em linha reta, até chegar no meu ombro. Cortei até que saísse sangue, até que eu sentisse dor física, até que a dor emocional fosse substituída, porque precisava ser. Fui ao banheiro da suíte, coloquei papel higiênico em cima, e o papel higiênico grudou. Ficou grudado transparecendo o sangue, transparecendo a densidade, enquanto as lágrimas secavam, me enfraquecendo e me dando vontade de dormir. A dor se transformou em seda, saí do banheiro, coloquei um casaco, peguei a chave jogada no chão, destranquei a porta e percebi por um relógio no quarto que já eram seis horas da manhã e que o sol já estava nascendo. Sabia que Julia iria sair para trabalhar em meia hora, então liguei pro seu celular e pedi para que ela viesse correndo.

Ela entrou no quarto e eu estava sentada no chão, encostada na cama, com o rosto dolorido de tanto chorar. Ela abaixou e me abraçou. O choro retornou para a minha face. Eu soluçava, gaguejava, babava e tinha dificuldades de falar.

— Ele bateu na parede, olha! — Apontei para as marcas que restavam. — Ele bateu e jogou as coisas dele no chão!

Porque eu disse que a Cati não ia dar pro Carlos, porque ele é um idiota e eu o odeio muito! Ele bateu a porta e pegou as coisas dele e foi embora! Ele é louco, Julia, mas mesmo assim eu gosto dele demais! Ele disse que me odeia, ele disse que quer que eu morra e eu quero morrer! Eu quero morrer agora, eu não tô agüentando! Me ajuda, por favor! Ele precisa entender que o Carlos não é merda nenhuma! Ele tá fazendo um drama imenso e agora eu tô fazendo outro maior! Por que é tão complicado? Por que ele é assim? Eu já pedi desculpas! E desculpas de coração, lá de dentro! É ele que eu quero, faz ele voltar, por favor! Eu preciso dele! — Ela continuou me abraçando em silêncio, afagando meu cabelo com suas unhas pequenas e vermelhas, enquanto eu chorava com a cabeça no seu ombro. — O Jota tá aí? Eu tenho que falar com o Jota! Ele pode me ajudar! — Saí correndo descalça para a sala, onde Jota estava sentado na frente da televisão, e comecei a explicar o que havia acontecido, ainda chorando histericamente.

— Satine... Ele não foi embora... Ele tá ali... Na cozinha...
— Arregalei os olhos, respirei fundo e corri de volta para o quarto, morrendo de medo que ele tivesse ouvido o que eu tinha falado e que ele soubesse o quanto era importante. Tranquei a porta novamente e dormi com o braço latejante estendido em cima de uma almofada branca como a neve.

Eu nunca soube lidar com as mudanças de estado. Principalmente com o término súbito da felicidade. Era impossível pensar que existiam maneiras de sair de um estado para outro sem precisar comprometer minha saúde mental e física.

Acordei às três horas da tarde com Catarina batendo na porta e já estava um pouco mais calma. Olhei em volta do quarto, um pouco deslocada, desassociada, sem entender direito onde estava, procurando o relógio para saber que horas eram. Acordei já pensando em todos os acontecimentos da noite anterior em fast foward, rezando para que tivessem sido um pesadelo. Olhei para a penteadeira e não vi as roupas de Riki, olhei para a parede e vi a marca de seus anéis, olhei para o meu braço e vi meu Frankenstein. Respirei fundo, esfreguei os olhos e sentei na cama, meio descabelada. Levantei e abri a porta. Conversei com Catarina, esforçando-me ao máximo para não chorar, mas era difícil. As imagens da noite anterior faziam-me sofrer e pareciam surreais na luz do dia. Tão exaltadas, tão dramáticas, tão magnificadas. Mas mesmo assim havia dor. O drama vindo dele havia injetado a dor em mim e me feito adquirir drama e sofrimento. Ela me abraçou e me disse que já eram três horas da tarde.

Permaneci calada durante o resto do dia, ouvindo as conversas alheias, olhando com fúria para os olhos de Carlos, abaixando a cabeça quando Riki passava e sussurrando nos cantos da casa com Catarina. Arrumei minha mala e me preparei para ir para a rodoviária de carona com Jota quando ele fosse para o show do Antologia. Carlos e Riki desceram antes de nós e pegaram carona com Renato, que estava esperando lá embaixo, fora do apartamento. Ele era o novo integrante da banda, o novo baterista. O baterista antigo havia se retirado, pois sentia que não tinha mais nada a ver com o que a banda estava fazendo. Ele era um hard-hard-rocker.

Desci o elevador com a minha mala e, quando entrei no carro, me senti derrotada e covarde. Senti que precisava tentar consertar o que tinha acontecido, que se fosse embora em silêncio estaria dando razão às paranóias de Riki. Decidi ir para o show e tentei me maquiar com cores vivas, olhando no retrovisor do carro. Troquei de blusa ali dentro mesmo, colocando uma por cima da outra e depois tirando a outra por baixo, pelas mangas. Meu rosto estava inchado, meu nariz, vermelho e meus olhos, pequenos. Coloquei meus óculos escuros e respirei um pouco de coragem e determinação. Bebi cervejas, várias delas, fumei cigarros, inúmeros deles. Fingi sorrisos, um atrás do outro, ignorei minha dor de garganta, foda-se ela. Trocava olhares singelos com Riki e tentava mostrar neles minha vontade e minha vulnerabilidade. Ele se virava. Assisti a alguns shows e fui ao banheiro sozinha. Tranquei-me dentro de uma das cabines rabiscadas e fedorentas e chorei novamente, pois nada parava o choro. Não havia ninguém ali dentro para o meu alívio, eu não queria de forma alguma ser vista naquele estado. A porta de uma das cabines estava fechada, mas não ouvi barulho, então deduzi estar vazia. Uma banda de hardcore do Rio de Janeiro estava se apresentado entre vaias e risos, a mesma que tocava a música que Nico resolveu cantar na frente da Hollywood Lounge. Eu lembrava daquela noite e a música me contristava ainda mais. Saí da cabine e tranquei a porta do banheiro. Dei uma cotovelada brusca no espelho, destruindo minha imagem murcha, e consegui rachá-lo. Meu braço escorria sangue. Levei o dedo indicador ao corte e o coloquei na boca para sentir o gosto na garganta arranhada.

Eu já não era a mesma. Carregava um sofrimento pulsante dentro do peito que ocupava os espaços e sangrava inutilmente. Havia uma nuvem preta sobre minha cabeça.

Sequei o rosto, coloquei o casaco por cima do sangue e saí do banheiro. Perguntava-me se alguém ali dentro tinha cocaína, queria experimentar ali, naquela hora, talvez me ajudasse a ter um pouco de coragem, um pouco de senso moral, um pouco de escrúpulo. Resolvi não perguntar. Covarde.

Ele tocou em seguida e eu fiquei sentada em um banquinho admirando-o, olhando com olhos psicóticos para as meninas na frente do palco. Lembrei-me de ter dito para ele no nosso primeiro encontro para tirar a lata de desodorante de mim se eu ficasse possessiva demais. Acho que aquela era a hora. Saí com Catarina do lugar, o frio aumentando, o queixo debatendo, e esperei os integrantes da banda colocarem os instrumentos nas malas dos carros. Fiquei encostada no carro junto com outras pessoas, segurando meu braço dolorido, rezando para que ele viesse no carro de Jota e não no do Renato. Ele deu tchau para todas as pessoas ali presentes, menos para mim. Forcei as lágrimas a ficarem dentro dos olhos e sentei no banco de trás do carro. *Por favor, Deus, se você existe, faz ele vir falar comigo, por favor, Deus, por favor.* Em questão de segundos, Riki colocou a cabeça dentro do carro e me puxou pelo braço dolorido, me arrastando para frente de um carro estacionado ali perto.

— Olha só... Eu só queria te dizer que... Eu quero que continuemos amigos. Eu não engoli o que você fez... Melhor ficarmos amigos. — Abaixei a cabeça com uma tristeza visceral e respondi com uma voz baixinha, olhando para o chão:

— Desculpa, por favor, me desculpa...

Ele me abraçou forte e eu queria que ele quebrasse meus ossos. Estendi meus braços em volta de seu pescoço, quase me pendurando que nem um cabide. Algumas lágrimas mornas caíram em seu ombro e ele me soltou, desgrudando-me de seu corpo. Deu-me um estalinho dilacerante, virou as costas e foi embora sem olhar para trás, como sempre. Ele era lindo virado de costas. Ele era lindo quando ia embora. Voltei para o carro e não contive o pranto. Carlos estava sentado no banco do carona e eu conseguia vê-lo me olhando de rabo de olho pelo retrovisor. Sentia raiva.

Uma menina de cabelos longos e louros platinados passou pela janela e ficou me olhando com um ar meio misterioso. Ela se abaixou, colocou o rosto no vidro, estendeu sua mão para dentro do carro, pela brecha que havia na janela, e fez um gesto para que eu a segurasse.

— Quebrar espelhos dá azar. Fecha os olhos e conta até dez da próxima vez, tá bom? — Fiquei um pouco envergonhada e extremamente pasma olhando para ela, sem entender o porquê exato de sua aproximação. Tentando descobrir como ela sabia de tal informação secreta. Ela retirou a mão de dentro da janela e então eu pude perceber seu pulso fininho cheio de cicatrizes vivas que se assemelhavam a um golpe de unhas afiadas. Ela sorriu para mim de boca fechada e me olhou com olhos distantes, porém satisfeitos. Eu permaneci calada e surpresa. Ela continuou andando com suas longas pernas aparentes e seu casaco de pele preto cheia de decadência glamourosa e hipocrisia.

Dormi na casa de Catarina naquela noite. Quando cheguei, percebi que tinha uma mensagem de voz dele no meu celular. Com a voz baixa e chorona.

"Oi, sou eu, Riki... Eu só liguei pra saber como você está. Me liga quando chegar em casa."

Meu coração encolheu. Tentei ligar trinta vezes, insistentemente, mas ele não atendeu.

9

Agüentar

Pela primeira vez cheguei em casa com um pensamento diferente; de precisar emergir, me curar. De precisar descobrir um jeito de amenizar os surtos, as mutilações e todas as outras coisas que somente assustavam aqueles em volta de mim, fazendo-os correr como se eu fosse contagiosa, como se tivesse o vírus Ebola. Eu sabia que era simples; ele não ia simpatizar com a minha autodestruição, ele não ia desejar um peru de Natal cortado, deitado nu do lado dele. Ele não ia querer uma garotinha suicida e descontrolada trazendo problemas para sua vida. Não foi por essa garotinha que ele se apaixonou. Mas era trabalhoso mudar, então eu fingi. Afinal eu morava em uma cidade diferente e ele não estava me vendo.

A verdade é que eu não queria ser diferente, achava que os outros é que precisavam mudar. Na realidade eu gostava daquilo tudo. Era quase um abrigo, um esconderijo, uma casca de tartaruga, um parapeito, um analgésico, minha gasolina. Meu sangue era minha gasolina e a dor, a dádiva suprema. Quanto mais gasolina eu engolia, mais rápido meu carro andava. Eu precisava da dor para prosseguir, precisava carregar o sofrimento dentro de mim como uma praga. A dor que ele infligia em mim me fazia sua serviçal. Eu vestia um uniforme de escrava, dobrava a cerviz e esperava suas ordens, algemada debaixo da cama das minhas vontades.

A felicidade não bastava. Era boba, simples e clichê. Patética. Eu odiava a felicidade dos outros, odiava os sorrisos, as famílias perfeitas, os relacionamentos estáveis, as casas brancas de portões brancos com gramado na frente e flores no quintal — a mesmice brega, bege e mortiça de ser feliz. Para mim eram todos robôs, seguidores de padrões sem-graça, não tinham adrenalina. Para mim estavam mais mortos do que eu, cortada do pulso aos ombros, inchada, estragada e destruída. Talvez fosse o copo de veneno em cima do piano, a inveja... Talvez no fundo eu quisesse ser que nem eles, talvez eu quisesse ser o retrato da família perfeita exposto em cima da mesinha da sala com moldura de prata. Mas minha família, por começo, nunca seria perfeita. Essa imagem foi rasgada quando eu tinha duas mãos e um dedo de idade.

É difícil admitir que um sentimento não se chama ódio e sim inveja; ninguém admite, muito menos eu. Eu precisava odiar a felicidade, pois se a desejasse poderia cair na real de que todas as minhas vontades e ideologias eram a única coisa que havia de ridículo. Eu poderia cair na real que a dor era imbecil, que eu precisava de ajuda médica, e daí eu poderia desistir dele. E eu não queria, porque eu não podia, porque eu achava que éramos predestinados. Eu também não gostava de cair na real, não queria contar até dez. Um, dois, três, quatro, cinco, seis, sete, oito, nove, dez, que saco.

Comprei cocaína pela primeira vez no mesmo bar em que havia terminado com Fábio. Era tão fácil, todos os vendedores de bala e chiclete que permaneciam a noite inteira na frente do bar tinham papelotes de trinta e vinte reais nos bolsos. Era só olhar para eles e dar uma fungada que eles entendiam o que eu queria. Quando usei pela primeira vez, não senti efeito nenhum e comecei a criar um pensamento de que devia ser imune àquela droga. Mas eu não queria desistir da sensação, então continuei comprando, até conseguir sentir o pico de segurança e energia que a coca devia dar. O pico que ele sentia.

Então eu enchia minhas narinas não de pó, mas sim dele. Enchia minhas narinas das sensações que ele sentia. Era delicioso, eu passava a usar coroas mesmo sem nenhuma na minha cabeça. Sentia-me como Napoleão Bonaparte. A onda era diferente de todas as outras, era realista e nada alucinógena e parecia compatível com qualquer situação. Eu andava pelas ruas de Ipanema por vinte ou trinta minutos com o ego nas estrelas, a adrenalina nas veias, com ele dentro de mim e depois tudo ficava bem. O nome dele era Cocaína e a cocaína se chamava Riki. Mas eu não iria contar para ele, que era só meu amigo. Ele provavelmente me recriminaria.

Então sexta e sábado de duas semanas seguidas eu dei festas na minha casa com muita cocaína, enquanto minha mãe viajava para sua cidade natal. No meu quarto despojado, com as luzes apagadas, com lâmpadas vermelhas e laranja. Assisti *Party Monster*, adotei Miss Kitten como novo ídolo, "Every night with my star friends, we eat caviar and drink champagne, sniffing in the VIP área, we talk about Frank Sinatra", e glamour como novo lema, "Money, success, fame, glamour". Com o quarto trancado, eu e algumas amigas — a quem não posso muito bem chamar de amigas e sim de companheiras de diversão — dançávamos descalças em cima da mesa de vidro, cheiradas, fumadas e eufóricas, e bebíamos o vinho mais barato de todos: Cantina da Serra. As festas viravam coquetéis de droga, antros de depravação e sinônimos para diversão extrema; minha própria *VIP area*. Meu telefone tocava sem parar, uma ligação atrás da outra. Sempre havia pessoas toscas e interesseiras querendo participar das festinhas e eu me divertia em dizer que não podiam. Êni-á-ó-til. Eu era Steve Rubell, dona da balada, meu Studio 54. Quando ficava cansada, ou na mão do Capeta para ser exata, mandava todos irem embora e desmaiava na minha caminha macia. Era o único jeito de ficar tranqüila; me enganar no meio das drogas. Dessa forma até ele parecia menor, longínquo do meu pensamento.

Em estado de doideira extrema, eu costumava me sentir enorme, mas houve vezes em que eu voltei a ser uma formiga, um esqueleto no chão. Às vezes a onda batia rápido demais, o som tocava muito alto, e eu achava que não tinha controle sobre nada. Às vezes eu sentia que ia afundar e ficar soterrada, que meu corpo estava pesado demais e que eu não tinha capacidade de reerguê-lo. Às vezes era desesperador, eu me sentia dentro de uma xícara giratória gigante, enquanto estava parada, e parecia que estava caindo para fora da realidade, me inscrevendo em uma viagem de loucura eterna. O desespero abafava dolorosamente diante do fato de que estava tão fatigada que não conseguia abrir os lábios para falar. Minha língua enrolava na tentativa. Tudo que eu podia fazer era fechar os olhos e rezar para que tudo passasse, mas eu não tinha mais paciência. Então eu enfiava o dedo no fundo da garganta e vomitava toda a bebida no vaso sanitário. Mas ainda não era suficiente, eu queria ficar sóbria e ainda existia a onda da maconha, que era quase como um cigarro normal para mim e que tendia a me tornar introspectiva e autista de vez em quando. Eu precisava então balancear as ondas misturadas e como cocaína é uma droga de equilíbrio, eu cheirava mais e mais dela, para me equilibrar, enquanto ia me desequilibrando, ficando presa em um beco sem saída. Uma hora ou outra eu acabava dormindo e quando acordava sofria de ressaca emocional e física; o famoso *down*. Então eu questionava se havia me tornado uma viciada e na verdade não tinha, de forma alguma. Eu não precisava cheirar, mas era prazeroso demais. Então queria continuar, como fazia com todas as outras coisas na minha vida.

Minha mãe chegou em casa logo depois, com um sorriso enorme no rosto e presentes dos meus familiares na mala, embrulhados em papéis coloridos, amarrados com lacinhos. Havia vários, eles nunca se esqueciam de mim e de minha irmã, nem de minhas empregadas. Principalmente minha tia Lua, que havia voltado para sua terra alguns anos depois da morte do meu pai.

Na hora do jantar minha mãe contou sobre sua viagem com excitação demasiada sobre coisas simples como fazer caminhadas, escaladas e descobrir piscinas de água natural. Era esquisito ouvi-la falar, eu só demonstraria tanta empolgação se falasse de minhas festas de perdição. Quando ela me entregou o presente que minha avó havia mandado, eu percebi que era uma pequena e delicada estátua de São Longuinho, o santo popular para quem eu sempre pedia ajuda, meu amigo fiel. Considerei aquilo um sinal, um grande e monstruoso sinal, um alvor de salvação.

Era uma segunda-feira e fui me deitar cedo com a estátua na cabeceira da cama. De uma hora para outra tudo que eu queria era ficar encolhida como um nenê no colo de minha mãe, pedindo ajuda. De uma hora para outra todos os acontecimentos do meu mês passaram a me envergonhar, a rosar minha bochecha e fazer-me abaixar a cabeça.

Minha mãe abriu a porta do meu quarto e sentou-se na minha cama, pedindo para desembaraçar meu cabelo. Fiz um gesto com a cabeça, que podia. Quando ela vinha me tratar como criança me dava vontade de chorar, de me esconder debaixo da coberta e nunca precisar crescer. Eu queria parar o tempo na fase em que eu ainda contava a idade nos dedinhos. Crescer é tão complicado, minha adolescência estava tão desajustada que não parecia que eu iria me transformar em uma adulta, eu não via como. Dava-me vontade de desaparecer do alcance de todos que me conheciam para ficar dentro da minha casa brincando de Barbie e dançando coreografias das Spice Girls. Eu ainda tinha todos os CDs e às vezes os colocava para tocar.

— Como foi aqui no Rio, filha?

— Ah, foi tranquilo. Nada demais. — *Mãe, socorro, eu cheirei cocaína pra caralho e tô completamente fodida!*

— Que bom! A Sarah disse que você trouxe uns amigos pra cá. O que vocês fizeram?

— Nada demais. Ficamos ouvindo música e conversando... — *E cheirando cocaína.*

— Beberam um monte, né?

— Sei lá, mãe... — *Bebi, mãe, bebi pra caralho! E cheirei cocaína!*

— Sei lá, não! Claro que você sabe! Beberam o quê? Aquele vinho barato do quiosque, né, Satine?

— É, mãe, sei lá, cara. Normal... — *Isso mesmo mãe, trouxeram garrafas de Cantina da Serra e eu influenciei todo mundo*

a cheirar cocaína e fumar maconha só porque eu preciso mascarar o buraco que aquele maldito deixou em mim! Mãe! Me ajuda, mãe!
— E como tá o Riki?
— Tá em São Paulo, pô. — *Deve estar beijando milhares de garotas enquanto eu tô aqui nesse estado escroto!*
— Eu vou dormir, filha... Tô cansada da viagem... Boa noite! A gente conversa melhor amanhã!
— Boa noite. —*Não, mãe, não vai, por favor, volta aqui! Acende a luz e vê as cicatrizes pavorosas que estão no meu braço debaixo desse casaco de moletom! VOLTA, MÃE!*
Ela fechou a porta do quarto e não consegui pedir para que ela voltasse apesar de querer tanto. Apesar da vontade de despir minha alma que estava engasgada na minha garganta como uma pedra. Eu queria pedir ajuda a ela e sabia que ela não me negaria, mas não tinha coragem. Tinha medo de sua reação, do tamanho de sua decepção. Tinha medo de aquilo ser somente uma bad trip e de querer repetir tudo no dia seguinte. Então permaneci calada e fui dormir ao som de "Mama" das Spice Girls, com o travesseiro encharcado de choro.

Fiquei três dias sem Internet e sem telefone fazendo programas familiares com minha mãe. Assisti a filmes de romance, jantei no Outback com muitos daiquiris de morango e até fui à praia, mas fiquei debaixo da barraca, conservando minha palidez doentia. Queria poder evaporar, desaparecer, afogar-me em areia movediça, ficar longe de tudo que havia feito, fugir, recortar-me da grande figura. Entristecia-me demais nos intervalos de lucidez. Na luz do dia minhas festas eram simplesmente ridículas. Eu lembrava do meu sorriso convencido, das fungadas violentas, da alça do meu sutiã caindo, da minha figura sentada de saia e de pernas abertas no chão e sentia pena de mim mesma. Sentia nojo da maneira como estava tentando infiltrar as pessoas em volta de mim na mesma doideira que eu para não ficar sozinha. Se ficasse sozinha mergulharia de cabeça em toda a tristeza que queria transbordar pelas minhas narinas, enquanto as enchia, as estufava, me enganando, me traindo. O medo de ficar sozinha me tirava o fôlego. Eu precisava de respiração boca a boca, carne e osso para ficar bem. Mas mesmo assim eu continuava sozinha — não havia pessoas que me conhecessem de verdade, eu era uma estranha para elas.

No dia 13 de abril fez dois meses que eu o tinha beijado pela primeira vez e parecia que haviam se passado anos. A lembrança daquela noite não saiu da minha cabeça nem por um instante. Entrei na Internet, digitei o endereço do meu fotolog e me deparei com o fato de que minha saudade não era platônica.

"Quanto tempo... Temos tempo... De tempo em tempo, mas temos. Quanto tempo..."

Então, sem pensar duas vezes, eu voei mais uma vez para seus braços como volta o sol aos céus escuros, sem reclamações ou porquês. Feliz que meu plano tinha dado certo e que ele estava sentindo o buraco também. Feliz em saber que ele pensava em mim. Com a esperança reflorescida.

Encontrei Julia e Catarina no meu novo hotel — novo para dar sorte — e fui para a Pacman embonecada encontrá-lo. Havíamos combinado por mensagens de texto de nos encontrarmos lá. Ele não queria ir, disse que não tinha mais boas lembranças de lá e eu o convenci de que dessa vez as coisas seriam diferentes. Eu sabia que seriam. Estava tudo caminhando sem uma manchinha. Impossível de crer.

Ele ficou do meu lado a noite inteira — por cinco horas de balada — me tratando como uma princesa. Esbaldávamos sorrisos e estando ao seu lado não havia mais tristeza, não havia preocupações — era uma sensação quase sobrenatural, uma sensação de preenchimento total, uma sensação peregrina. Eu só me preocupava em dar meu máximo para ele, estar sempre prestativa, atenciosa e bonita. E então, talvez, pudéssemos criar um futuro luminoso, um do lado do outro.

A noite correu perfeitamente como em um sonho doce e terminou no meu quarto de hotel, com maconha, desodorante, cerveja, Catarina e um cara que ela havia beijado na cama do lado. Nós não transamos naquela noite, eu estava chapada demais e desmaiei em sono profundo. No dia seguinte ele me deu um beijo carinhoso e foi embora. Nos veríamos mais tarde no bar da Vila Madalena. Meu sorriso radiava e iluminava o cômodo pastel.

Não parecia real a maneira como tudo havia se transmutado da noite pro dia. O dia seguinte, aliás, rapidamente virou noite no quarto do hotel falando sem parar com Catarina, fumando mil cigarros. Encontrei-me com ele à noite por rápidos minutos no bar. Ele chegou disperso no meio da gentama risonha, todo de preto. Viu-me de longe e veio de imediato em minha direção me beijar como se já fosse uma reação automática. Conversamos e bebemos, perdidos na harmonia concorde da voz um do outro, mas ele precisou ir embora logo. Ele passava os dedos entre meus cabelos e eu levitava.

— Eu quero que você venha pro show de Santos amanhã comigo... As duas bandas vão tocar!

— Ah, é? Tá bom, claro que vou!

— Então, Sá... Eu tô indo pra casa, me liga amanhã quando você acordar que combinamos direito.

— Tá bom. Até amanhã!

O mundo podia ser bombardeado nos próximos minutos que eu nem iria perceber. Estava sobrevoando nuvens e me acomodando naquele sentimento fenomenal e entorpecente. Foi como o primeiro fim de semana com ele. Aliás, melhor, porque eu não esperava. Nada podia me derrubar porque ele segurava o mundo em seu dedo mindinho. Como uma criança que tem o pai como herói, eu achava que ele era o meu salvador. O ser predestinado nas linhas das minhas palmas a caminhar dentro de minha vida para me elevar o espírito, mesmo que houvesse intervenções. O ser pelo qual eu teria que lutar, mesmo cega, para vencer. Porque Paixão é o único soldado que sobrevive cego na guerra.

Enfiei-me no carro de Jota junto com Catarina e Renato para ir ao show deles em Santos. Os dois haviam voltado a se falar. Fomos buscar Riki em casa — uma casa simplória de dois andares, com alguns gatos no telhado. Ele se sentou do meu lado, me deu um beijo e colocou o braço em volta de mim. Encontramos com o outro carro, que estava empanturrado com o resto da banda e o Ground Break inteiro, e pegamos a estrada. O caminho foi longo e prazeroso — só porque ele estava lá. Eu cochilei um pouco e acordei com o som assustador e superalto dos pneus do carro arranhando o chão do asfalto. Abri os olhos desnorteada e percebi que tínhamos sofrido um acidente de carro. Olhei para fora da janela, para onde todos ali dentro estavam olhando fixamente, e vi o outro carro parado de frente para o muro. Minha pulsação acelerou e ao perceber que no rádio estava tocando uma música que repetia *This is our dying day*, tive a certeza de que alguém estava no mínimo ferido — talvez morto. No nosso carro estavam todos intactos e isso pelo menos me tranqüilizou. Havia um cheiro de medo no ar, uma hesitação monstruosa de sair do carro para ver o que havia acontecido. Fiquei parada, sem saber como reagir, agradecendo por estar viva, sem nem saber ao certo o que tinha acontecido.

— Fica aí dentro, Sá! Você também, Cati! — disse Riki, correndo para fora do carro, junto com Renato e Jota.

— O que aconteceu, Cati? — perguntei.

— Meu, eu não sei! Foi muito rápido! Parece que o Marcelo estava dirigindo o outro carro rápido demais e de repente diminuiu a velocidade, batendo no carro que estava atrás e batendo de frente no muro. Nosso carro rodopiou. Aconteceu muito rápido, em questão de segundos! Eu não consegui ver direito!

— Meu Deus! Que medo...

— Olha, Satine! Parece que estão todos bem... Já saíram do carro, vamos lá ver!

— Não! O Riki mandou que ficássemos aqui! — eu disse segurando o braço dela.

— Por quê? Porque somos meninas e não podemos ajudar?

— Sei lá, mas fica aqui comigo.

Riki voltou e nos informou de que estavam todos em perfeito estado. Alguns haviam sofrido arranhões, mas nada de grave havia acontecido. Saí do carro e fiquei abraçada com ele no frio.

Danilo havia entrado para o Ground Break há algumas semanas, adquirindo a posição de segundo vocalista, e era ele que estava inconsolável. Seus olhos eram pequenos e recheados de um mel claríssimo, e com todas as lágrimas que ele estava reproduzindo, eu só conseguia enxergar um ponto de luz nos seus olhos. Talvez o ponto de luz que se enxerga nos olhos de alguém que é especial. Queria dizer algo para ele, mas não sabia o que falar. Esperamos alguns minutos até o reboque chegar e depois seguimos para a delegacia. Eu ficava pensando em que estado eu ficaria se algo sério tivesse acontecido com Riki. Acho que me jogaria na frente de um carro para me juntar a ele logo. Os flashes da cena do acidente de meu pai que vi nas reconstituições na televisão ficavam rondando minha cabeça.

A aguaceira chegou novamente, São Pedro pisoteava a paz de São Paulo. Ficamos horas na delegacia, tremendo de frio, tremendo de alívio. Entrei no carro para me esquentar e ele entrou comigo.

— Eu tinha certeza de que alguém tinha morrido, mas quando vi que pelo menos não era você, fiquei mais calma.

— Eu não ia te deixar — ele disse em um tom carinhoso, enquanto pegava na minha mão.

— Não ia?

— Não vou.

— Bom saber disso. — Sorri, beijei-o e saí do carro para me molhar e esfriar a cabeça.

— Volta aqui, Sá! Você vai se encharcar! — ele disse, colocando a cabeça para fora da porta do carro.

— Eu quero ficar aqui...

Ele saiu do carro e me acompanhou debaixo da chuva que já estava virando temporal. Abraçou-me com força e segurou meu rosto fragilmente, fazendo-me olhar dentro de seus olhos.

— Casa comigo, Sá? — E a chuva só romantizava a surpresa que sua pergunta causou e a felicidade que eu sentia quando ele dizia meu nome.

— Claro! Caso! — *Caso, caso, caso, caso! Agora!*

— Sério, Sá.

— Sério! Sério!

Entramos abraçados no carro e voltamos para a cidade, onde paramos para jantar em uma padaria perto dos estúdios da MTV.

— Quando vamos nos casar? — ele perguntou.
Tirei o anel preto de borracha que tinha no polegar e coloquei em seu dedo de compromisso. Catarina deixou sair um enorme sorriso. Deixei nele a minha marca, algo que sempre o faria lembrar de mim. Beijei-o apaixonadamente. Logo fomos embora e, como ele morava ali por perto, partiu andando depois de uma despedida contra a vontade. Eu senti saudades no minuto em que entrei no carro de Jota.
Eu estava usando um colar de pérolas brancas que arrebentou no carpete do carro.
— Droga, minhas pérolas! Eu as amo, são minha vida! — disse em um tom alto demais. Quando fui juntar as bolinhas, Jota respondeu:
— Deixa, pode deixar que depois eu cato tudo pra você, tá?
— Tá bom...

Quando cheguei no Rio de Janeiro só conseguia pensar nele novamente. Era um ciclo vicioso, eu estava no Rio só de passagem. Havia se tornado complicadíssimo ter duas vidas. Ainda mais quando uma delas acontecia só porque não havia escolha.
Entrei no banheiro para tomar banho e fiquei parada na frente do espelho. *Eu vou ter que arranjar um jeito de ir pra lá e ficar mais tempo com ele. Ai, que buraco que fica quando eu chego aqui! Odeio essa cidade horrorosa! Cidade Maravilhosa o caralho, que tédio! Eu nem acredito que ele quer casar comigo... Nem acredito que ele tem sentimentos como os meus... Nossa! Queria tê-lo nos meus braços agora. Preciso voltar para lá, urgentemente. Agüento cinco dias aqui no máximo! Fim de semana que vem eu vou ter que voltar*

pra lá, pra minha verdadeira casa. Minha mãe vai ter que deixar, ela precisa!

E então eu voltei. Apareci lá de surpresa. Avisei só para Catarina e Julia. Minha mãe acreditou que eu ia para Búzios com Tamara e me deu dinheiro. Consegui. Eu sempre conseguia.

Dei as caras no final da tarde, na casa de Jota, onde estava tendo um almoço. Cheguei de mochila, como se estivesse vindo de um bairro ali perto, mas estava vindo de outra cidade. Catarina estava lá. Fomos andando para o Subclub, onde teria outro show do Antologia. Mais um show. Eu estava superansiosa para encontrá-lo.

E encontrei-o de fato em um dos corredores escuros e estreitos e dei-lhe um estalinho. Consegui agir conforme queria, estava mais segura da situação.

— Ih, que safada! Já chega me beijando! — Olhei para o seu dedo e meu anel não estava mais lá. Nada fazia sentido. Quis chorar. Respirei fundo.

Sorri de maneira forçada e andei a passos rápidos para a parte externa, onde Catarina e as outras pessoas conhecidas estavam. Não queria demonstrar que estava triste quando havia falado a semana inteira como um papagaio sobre meu fim de semana com ele. Com tanta certeza de que já estávamos de fato casados. Fiquei calada durante a espera do show. Depois fui assistir, do lado esquerdo do palco, bem na frente, para que ele pudesse pela primeira vez me ver. Me ENXERGAR.

Quis sair de lá durante o show inteiro, mas continuei inerte, com medo de que ele percebesse. Resolvi ser fria e não demonstrar mais nada. Só pensava em voltar para o Rio, meu esconderijo. Quando estava na última música, ele começou a vir para o canto esquerdo do palco. Senti ódio, achando que ele iria parar na minha frente para me provocar. Eu sabia que não ia conseguir olhá-lo nos olhos e muito menos me controlar. Segurei a mão de Catarina. Ele desceu do palco e enquanto tocava sua guitarra sem falhas, me deu um beijo. No meio do show, na frente de todos que assistiam. Meu sangue subiu à cabeça e meu sorriso expandiu-se por todo o ambiente. Todos começaram a bater palmas, abismados com a demonstração de carinho de um homem que todas as meninas queriam, um homem que não costumava demonstrar coisa alguma. Fiquei rosa, vermelha, roxa, azul de felicidade. Aquilo tinha sido com certeza sua maneira de pedir desculpas. Ele se expressava com gestos, não com palavras. Resolvi ficar.

    Quando o show terminou, saí do Subclub e fiquei sentada no capô de um carro com algumas meninas. Ele se juntou a mim e jogamos papo fora. Ele falava de si mesmo de maneira convencida. Uma das meninas se aproximou:

— Você se acha demais...

Ele olhou para mim e disse:

— Pelo menos tem alguém que gosta de mim. — De fato. Demais.

Simplesmente sorri. Olhei para baixo com vergonha de menininha e senti meus olhos latejarem.

    Eles estavam irritados, queimando. No espelho lá de dentro eu percebi que o olho esquerdo estava inchado e pequeno — tingido de vermelho sangrento. Era um terçol intrometido e fora de hora que estava se espalhando para o outro olho também, revirando os dois sem parar. Talvez fosse um terçol misturado com conjuntivite, era terrível demais. Eu estava praticamente caolha, estrábica — horrorosa.

    Despedi-me dele às pressas e voltei para a casa de Jota correndo, onde dormi no quarto de hóspedes no segundo andar de uma cama beliche coberta por um lençol do Frajola. Eu queria dormir para sempre. Meu corpo estava exausto e meus olhos se recusavam a abrir.

No dia seguinte acordei para a imagem repugnante de uma aberração extremamente caolha. Minhas pálpebras, borradas de sombra preta, literalmente cobriam meus olhos. Maquiagem nenhuma conseguia melhorar minha aparência. Joguei meus óculos escuros no rosto e fui com Jota visitar Julia no trabalho dela — um cybercafe. Meu olho esquerdo ardia mais e mais conforme o passar das horas e as luzes fortes da claridade pareciam espetá-lo com uma agulha afiada. Doía ficar de olhos fechados e de olhos abertos também. Eu tinha que forçá-los a fechar com a palma da mão e não conseguia parar de lacrimejar.

— Acho que vou pra casa, Julia! Tô nojenta! Não tô agüentando de dor!

— Poxa, espera até amanhã! Meu padrasto te deixa na rodoviária quando eu vier trabalhar... Pode dormir lá em casa hoje.

— Não sei... Você não tá entendendo, meus olhos não param de latejar! Não tenho condições de tirar os óculos! Eu tô a pessoa mais feia do mundo inteiro!

— Como é exagerada essa minha amiga!

— Não, você não tá entendendo! É sério!

— Deixa eu ver... — Tirei os óculos, me esforçando para ficar de olhos abertos. Eles tinham vontade própria e fechavam sozinhos.

— É... Tá muito irritado mesmo! Nossa! O que aconteceu?

— Não sei! Foi do nada! Que merda, o que eu faço? Eu quero ir embora, mas não quero! Quero ir ao show dos meninos hoje, quero ver o Riki, não quero ir pra casa, mas acho que preciso, porque, porra, eu tô horrível, porra, que DOR DO CARALHO! Que merda!

— Relaxa. Mais devagar! — Ela riu como se eu estivesse brincando. Eu não estava.

Resolvi agüentar a dor e ir ao show para pelo menos dizer adeus. Assim que Catarina chegou no cybercafe, de calça jeans, botas, cachecol e casaco de lã, partimos para buscar Riki e ir ao show. O frio estava doentio e eu só usava uma jaqueta jeans bem leve.

Ele entrou no carro, sentou-se do meu lado e disse um "Oi" absurdamente daninho e frio — como bafo de neve. Gelado. Ficou olhando pela janela em quietude dolorosa como se não me conhecesse. Eu queria gritar, não estava entendendo! Eu queria voltar para casa naquele segundo e desaparecer por completo, como uma aspirina efervescente. Já não estava mais agüentando os dias ímpares, nunca pares. Estava presa em um labirinto como um rato de laboratório.

A *case* do baixo de Jota estava em cima de nossas pernas, então simplesmente abaixei a cabeça, fubecada, e fingi dormir. Catarina abaixou a cabeça também.

— O que houve com elas? Usaram o quê? — Perguntou Riki. Julia e Jota permaneceram calados ouvindo o rádio.

O telefone tocou. Era Marcelo, vocalista da banda, perguntando quem eles iriam colocar na lista do show.

— Vou colocar a Sá. — Riki respondeu. Acalmei-me, poderia estar exagerando, ele poderia estar tendo um dia ruim. Levantei. Saímos do carro. Eu tremia de frio. Jota ficou na porta com Julia e Catarina se encontrou com Renato. Eles estavam pensando em voltar. Os dois casais ficaram conversando e entrei com Riki, pois estava na sua lista.

Ele entrou e andou rapidamente, me deixando para trás. Senti muita raiva. Encontrei-me perdida no meio de milhares de rostos desconhecidos. Sentei a uma mesa com várias pessoas que socializavam alegremente para fingir que conhecia alguém ali. Fingir para ele, fingir para mim. A dor nos olhos só aumentava. As luzes do palco os alfinetavam sem parar. Ele passava por mim e não dizia nada. E eu não entendia nada. Nada.

Percebi que uma banda underground do Rio tocaria naquela noite também. Eu conhecia de vista o vocalista e não queria que ele me visse daquela maneira. Permaneci sentada, rezando para que Catarina e Julia entrassem logo. Nada.

Uma hora cronometrada de dor interna e externa e as encontrei no banheiro. Naquele mesmo banheiro em que havia quebrado o espelho. A rachadura permanecia lá. No espelho e em mim, igualmente. Eu fiquei lá dentro uns dez minutos. Sentada na privada pensando e chorando, para variar, até que elas aparecessem para me fazer companhia. Expliquei a elas o que tinha acontecido.

— Eu não quero mais ele! Chega!

— Eu acho que tá na hora mesmo. Eu e Cati não gostamos de opinar sobre vocês dois, porque tanto você quanto ele são complicados demais. E só vocês se entendem, ninguém mais consegue. Mas eu acho, sinceramente, que tá na hora de parar com esse sofrimento. Você tá sempre na mão dele, Satine, sempre! Ele se sente no direito de te tratar como cachorra! Tá na hora de dar um break nessa relação maluca, ficar um pouco em paz, você não acha?

— Eu só não sei se eu consigo viver sem ele! Esse é o grande problema... Eu fico sem chão quando estou sem ele. Sem motivação! Eu quero odiá-lo, mas eu não consigo! Eu não consigo! Como se coloca de lado de uma hora pra outra todo o carinho, todo o amor? Não dá! Eu devo ser completamente maluca! Meu coração dói, mas minha mente não desiste! O que eu vou fazer?

— Agüentar... — disse Catarina com pena no olhar.

— Tá na hora de tentar, Satine...
— Você tá certa, Julia. Completamente certa. Eu preciso tentar.

Saímos do banheiro e nos sentamos nos banquinhos do bar na frente do palco para assistir à banda do Rio. *Ah, se eu tivesse coragem de pedir para eles carona de volta pra casa... Será que eu peço? Não... Não tenho coragem.* Vou pedir pro Jota me deixar na rodoviária e vou direto pra casa.

Riki se aproximou e ficou em pé do meu lado encostado no bar com uma cerveja na mão. Ele tentou me beijar e eu virei o rosto. Ele saiu furioso e entrou no backstage. Uma menina ruiva foi atrás dele. Não tive forças para questionar.

Assisti ao show da banda carioca no cantinho. Depois assisti ao show dos meninos, fazendo um esforço fora do normal. Os flashes das máquinas fotográficas só flagelavam mais meus olhos. E mais, e mais, e mais, e mais. Lágrimas escondidas rolavam...

Quando saímos de lá fiquei para trás, do lado de Riki. Ele tentou segurar minha mão. Eu a soltei bruscamente.

— Tira esses óculos, Satine...
— Não quero!
— A parada mais escrota que tem é usar óculos escuros à noite! Tira!
— Eu tô com o olho fodido, tá doendo, não quero tirar!
— Ele segurou meu braço com força.
— Tira, agora! Eu quero ver seus olhos!
— Me larga! — eu disse, me debatendo para que ele me deixasse ir.
— Tira, porra! Tô mandando!
— Não quero, não enche meu saco! — Ele saiu andando na frente e entrou no carro. Despedi-me de Catarina, que ia

voltar para casa com Renato, e entrei no carro também. O caminho inteiro foi silencioso.

Paramos em uma estação do metrô. Ele saiu do carro e me deu um beijo rápido no rosto.

— Tchau! — ele disse. Eu abaixei a cabeça. Minha respiração se tornou arfante.

Eu queria morrer, só conseguia imaginar a paz de não existir, de não respirar, de não ser, de não sentir. Estava vendada no escuro, nada fazia sentido. Tudo havia sido em vão...

Olá, Rio de Janeiro, vou ficar aqui.

10

Bem-me-quer, mal-me-quer...

O silêncio sepulcral estava me obliterando lentamente. O silêncio dele, o silêncio do ambiente em volta de mim. Cada palavra não pronunciada queria crescer para ser um sentimento, mas não conseguia nascer, sequer. A única coisa que eu ouvia era o barulho das cinzas do meu cigarro caindo na água quente da banheira. Os espelhos estavam completamente esmaecidos e eu mal conseguia respirar, intoxicada pela fumaça do meu bastão de câncer. Tremia de medo, qualquer coisa me assustava. Estava completamente nua e temia o que via. Preferia não olhar. Estava pálida e magra, e meu estômago roncava sem parar. Não comia há dias, pois queria emagrecer, ficar mais bonita para ele — caso ele me quisesse de novo, porque eu não podia desistir. Deixava de comer para satisfazer seus olhos, sabendo que não adiantaria nada. E seus olhos estavam primeiramente tão longe!

Eu tinha muitos desejos e sonhos, mas os deixava descer ralo abaixo — imobilizada com a minha ausência de ânsia por viver. Desejos e sonhos calados, imóveis diante do ponteiro do relógio que anunciava o fim de outro dia igual ao anterior e idêntico ao seguinte. *Hoje que já é amanhã ainda é ontem.* Mas infelizmente o tempo estava passando e não iria me esperar, não iria parar porque eu estava sofrendo — eu não podia desviá-lo de seu curso. Os ponteiros relatavam o passar dos dias, mas não me impediam de viajar para trás e para frente, nas minhas lembranças em carne viva. Eu sentia como se estivesse em um limbo de memórias eternas.

O barulho da fome também me assustava e fazia meu coração acelerar. Tum, tum, tum. Se eu abrisse a porta do banheiro, me depararia com um quarto bagunçado, cheio de roupas glamourosas e scarpins coloridos espalhados pelo chão. Iria encontrar meu celular desligado, meu cartão de crédito e meus óculos de grau jogados como se fossem lixo no meio dos cobertores. Eu não deixava ninguém arrumar meu quarto e ficava trancada lá dentro ilustrando para mim mesma a imundície em que estava vivendo e a sujeira em que havia me tornado. Não saía para almoçar, não saía para jantar. Saía para entrar na Internet algumas vezes por dia e para ir ao consultório da minha terapeuta com o sólido propósito de deitar no divã negro para me debulhar em lágrimas, exatamente como fazia ali dentro. No consultório dela eu podia falar sem parar. Ela iria me escutar. Ela me compreendia melhor do que eu mesma. Me fazia meditar sobre a maneira como agia. Talvez ela fosse minha melhor amiga, mesmo que eu a pagasse para ser.

Havia latas de cerveja vazias jogadas pelo chão do banheiro também. Meu dinheiro amassado estava embaixo de uma garrafa cheia de Natasha, em cima da pia de mármore. Eu queria bebê-la inteira, junto com as dezessseis aspirinas para dor de cabeça, separadas ali também — uma para esquecer cada ano da minha vida. Faltava-me a coragem, porém, a maldita coragem.

Eu estava à beira, só não sabia de onde, de quê. Por que não acabava com aquilo tudo logo? Porque era covarde. A covardia era o meu orvalho, a única coisa que me amparava. Então eu vivia engasgada, entupida, deprimida, enquanto nada acontecia. Enquanto NADA acontecia.

Lá dentro de mim, num lugar bem escondido, piscava uma luz de esperança que perdurava. Uma convicção ridícula de que talvez ele voltasse atrás, de que talvez ele sentisse minha falta, de que talvez ele me ligasse, me explicasse o que passava por sua cabeça e me dissesse que estava errado. Mas eu não suportaria esperar, então deixava o celular desligado. Mesmo assim eu precisava acreditar que ele encontraria alguma maneira de se comunicar e que, com uma simples palavra vinda de seus lábios, eu abriria as pernas para as regras do jogo, como uma puta de semiologia barata, e sairia do fundo do poço. Abraçada com o meu herói, com a minha heroína. Era a única coisa que me mantinha viva, se é que eu ainda estava viva. Talvez o fim já tivesse chegado, talvez o pano vermelho do ato final já tivesse se fechado e eu estivesse ocupada demais com a minha tortura para enxergar. Eu não queria viver, mas na verdade eu também não queria morrer. Eu só queria uma chance de fazer as coisas diferentes, de consertar meus erros, de conquistá-lo novamente. Só ele podia curar minha dor. Só aquele que me machuca pode fazer minha dor ir embora por completo. Mas ele não estava nem aí. Eu tentava imaginar onde ele estava e o que estava fazendo, mas assustava-me ter que seguir a lógica dos pensamentos que o mostravam debaixo das luzes coloridas de alguma boate arrancando um beijo de alguém, com aquela boca que pertencia só a mim.

Não agüentava seus momentos de agressão, seus desaparecimentos constantes, seus olhos vazios e ainda famintos e sua mudez contundente. Eu precisava então agüentar os dias sem ele, mas não via como. Queria salvá-lo de si mesmo, mas não podia. Não podia nem me salvar. Eu era minha pior inimiga e vivia em uma batalha contra mim mesma, como uma luta entre o Bem e o Mal.

Minha vida girava em torno dele e eu me sentia incapaz de mudar um pedaço sequer do meu quebra-cabeça montado errado. Impotência. Eu precisava me manter dentro daquele quarto penumbroso, reclusa nos meus pensamentos obscuros, para punir-me por ser tão imbecil, por ser tão viciada. Por não saber a diferença entre o vício e a paixão e ter que conviver com as crises de abstinência. Ele me faltava como droga, talvez pior do que qualquer droga. Eu precisava injetá-lo nas minhas veias para me acalmar. Sem ele eu me injetava de mesmice letal. Ele me deixou e eu virei um pássaro sem música...

Estava no meu quarto Camel e as bitucas molhadas estavam jogadas dentro da banheira, que continha sangue também. Havia cortado meu braço com uma gilete, tentando escrever as iniciais de seu nome, mas não tinha conseguido. Fiz somente uma piscininha de sangue que seria apagada com a água do chuveirinho e alguns cortes agradáveis que seriam cobertos pela manga de um casaco qualquer. Eu não cortava fundo o suficiente para acabar com tudo, pois arriscaria ficar morta ali dentro enquanto ele podia estar pegando um avião para me ver. Arriscaria ir para o Inferno.

Eu me pegava pensando que o Inferno só podia ser, nada mais nada menos, do que as lembranças de nós dois em repeat. Eu já estava no Inferno então, abraçando o Capeta, só podia estar. Ou talvez não, talvez não fosse o Inferno, talvez fosse simplesmente o som do vazio, a imagem retificada do vazio. E isso, então, era muito pior do que qualquer Inferno. Ou quem sabe o Inferno fosse o vazio em si, a solidão, a paralisia da ação e a espera. Talvez tudo em volta de mim fosse uma projeção dos meus medos e dos meus desejos. Talvez o Inferno fosse um passeio inacabável dentro de meu inconsciente, uma viagem eterna de desodorante. Talvez o Inferno fosse eu mesma. Se eu soubesse que do outro lado existia o Céu, não pensaria duas vezes em me transportar. Seria a única vez que eu escolheria o anjinho ao demônio.

Eu havia pendurado na porta um aviso vermelho de "Não Perturbe" que roubei da porta de um dos hotéis em que fiquei. Mas a verdade é que eu queria ser perturbada, queria que um anjo charmoso de sobretudo preto e olhos azuis, como o Nicolas Cage em *Cidade dos anjos*, viesse me buscar e me dissesse que estava na hora de ir. Na verdade eu esperava por aquele momento ansiosamente para me libertar. Então ele me faria a lendária pergunta:

— O que você mais gostava na vida, Satine?

— Dele, eu gostava dele — eu responderia.

No fundo, porém, eu cometia a amargura de crer na ciência e me convencia de que após a morte os corpos pútridos ficam debaixo da terra sendo comidos por ratos e baratas e pronto. Mórbida. A vida estava me tornando amarga e velha. Olhava no espelho e não via uma menina de dezesseis anos, via uma adulta, talvez uma velha — quem sabe uma decrépita. Via rugas na minha testa, mas não sabia se elas estavam lá. Eu confundia a realidade com a imaginação, passando mais tempo dentro de minha cabeça do que fora do meu quarto.

O vazio dentro do meu estômago causava-me alguns delírios, algumas alucinações e algumas miragens. Era como se eu estivesse cavalgando num camelo no deserto de Saara procurando por ele. Às vezes achava que o estava vendo em carne e osso, mas eram só as lembranças e ocasionalmente uma pessoa parecida passando pela rua. Às vezes alguém completamente diferente. E tudo isso me fazia chorar. Eu queria afogar o mundo no meu pranto, todos os seus mortais, um por um. Eu queria mostrar a minha dor, colocá-la para fora, expressá-la, roçá-la nos demais para que me compreendessem. Ela era maior do que a dor de todo o mundo empilhada e misturada, porque era a minha! E para mim não existia nada mais real do que isso e nada mais irreal também. Estava cega de solipsismo.

Eu transferia minha energia compulsivamente negativa para todos em volta, mudava o humor de todos que moravam comigo e de todos que ligavam para saber como estava passando — só por gentileza —, afastando-os mais e mais. Porque estes eram os mesmos que queriam lentamente me calar, amedrontados com a diferença entre as nossas visões. Eu preferia permanecer incompreendida do que ter que perder a autenticidade da minha dor.

Talvez eu fosse simplesmente hedonista, em constante busca por prazer inalcançável, lançando uma flecha no horizonte. Talvez a dor fosse, em si, o meu maior prazer. Talvez eu fosse simplesmente sadomasoquista. Talvez eu gostasse de ficar trancada dentro daquelas quatro paredes me cortando, me afligindo com as lembranças, me torturando com a ausência de comida no estômago e com as músicas taciturnas que eu colocava para tocar no rádio no volume máximo — uma coleção de melodias e letras melancólicas. Talvez fosse simplesmente preguiça. Preguiça de levantar e tentar passar por cima de tudo. Preguiça de continuar vivendo. Admito que a tristeza era de certa forma confortável. Dentro dela não havia o medo da perda e ninguém a invejava. Eu a vestia como um pijaminha quente em um dia de frio.

Misturava dor com prazer por meio de masturbação dentro daquela banheira. Masturbava-me à imagem do nosso sexo, da nossa foda estúpida, e gozava junto com as lágrimas. Com o fato de saber tal imagem fora do alcance, distante, impossível. Eu distorcia as transas bonitas para transas humilhantes e gozava com a imagem da minha degradação. Os maiores orgasmos vinham assim, da mistura dos opostos; a dor com o prazer, o amor com o ódio. Para mim, na verdade, não eram opostos, eram todos iguais, pertencentes à mesma família, existentes na mesma essência, filhos da mesma mãe, sinônimos.

Às vezes eu colocava *Suedhead* do Morrissey para tocar e cantava o refrão — o quase hino — junto com ato prazeroso de destruição. Eu usava o chuveirinho da banheira para me masturbar. Minhas mãos segurando-o determinadamente, a pressão da água no meu clitóris e meus joelhos forçando-se contra as paredes da banheira como se quisessem derrubá-las em um frêmito quase convulsivo. Às vezes ouvia *Suedhead* depois de cortar os braços e me masturbava. Tratava-se de um ato grotesco contra mim mesma, que causava orgasmos perfeitos de dor. Eu controlava o orgasmo com minha própria cabeça, queria tanto que conseguia. Se ficasse parada com a água escorrendo, sem pensar em nada, meu corpo não reagia. Mas quando fechava os olhos e pensava com força, franzindo o rosto e vivendo as imagens, não havia nada que me segurasse.

Eu levantava da cama pensando nele. Quando tirava a calça de moletom e a blusa larga, trocava-as por roupas que achava que ele iria gostar, como se ele estivesse me vendo de algum lugar. Quando eu saía de casa e entrava no carro para depois entrar no Centro Médico para ir para a terapia, rezava para encontrá-lo na rua. Mas eu não ia encontrá-lo, claro, ele morava em outra cidade. Eu saía do carro dispersa, subia o elevador dispersa, esperava Silvia abrir a porta dispersa, imaginando como seria se ele resolvesse me fazer uma surpresa. Mas ele não vinha, claro. Às vezes eu passava na locadora no caminho de volta para casa e alugava algum filme romântico para me fazer chorar em desespero. Quando eu chorava, eu borrava a maquiagem que havia colocado no rosto antes de sair, caso o fosse encontrar. Daí eu ia ao banheiro e me achava horrorosa, colocava na cabeça que só podia ser por isso que ele havia me deixado, pois não podia existir outra razão. Era irônico, pois eu havia praticamente obrigado Nico a entender meus motivos e me irritado com ele quando ele não conseguiu. Mas, como ele, eu não conseguia entender. Como ele, eu preferia pensar que Riki havia me dado um pé na bunda porque ele era lindo e eu era um barro. Insegurança, insegurança uivante.

Eu abaixava a cabeça e pensava em tudo que queria dizer e nunca diria. Eu escrevia textos tristes, ouvia CDs e CDs de músicas tristes e olhava as fotos de nós dois. Reclamava da vida, implorava para Deus para arrancá-lo pelas raízes da minha cabeça, para matá-lo ou para me matar. Eu olhava no espelho com o rosto inchado e fingia que estava conversando com ele. Dizia que o amava e enumerava as razões que diziam que eu era a única pessoa certa para ele. Eu tinha tanta certeza disso, que me convencia de que ele precisava de mim da mesma forma que eu precisava dele. Eu ficava triste, pois forjava as respostas do diálogo entre mim e mim mesma, que deveria ser feito entre mim e ele. Mas no fundo eu acreditava ser um pouco ele, ou então eu só tentava ser para mascarar o buraco vazio.

Eu secava as lágrimas e ia dormir, pensava nele, imaginava os momentos que havíamos passados juntos em detalhes e inventava estórias de conto de fada onde ele me pedia para casar com ele e eu casava. Deitava naquela cama ouvindo meu choro, usava-o como canção de ninar, e descobria novas feridas que ele havia deixado, feridas que não secavam, feridas da ausência. Então eu dormia e acordava com ele na cabeça de novo.

Algumas vezes eu variava. Escrevia seu nome pelo corpo, cortava-o em meus braços, ficava bêbada e quase me matava de tanto chorar. Às vezes eu quebrava pratos e xícaras e me jogava no chão pedindo para morrer ou para ter coragem de pegar os pedaços em volta de mim e usá-los para cortar fundo. Às vezes eu me drogava, ia para alguma festa e tentava me interessar por outro, mas fracassava. Sabia que nenhum homem se interessaria por mim naquele estado piedoso e que a substituição dele era longe de realizável.

E os dias vagavam nesta repetição ululante por semanas e meses. E quanto mais tempo passava, mais dor e angústia sentia, mais amarga me tornava, mais negativa, mais melancólica. Mais e mais eu era julgada; me chamavam de obsessiva, autodestrutiva, emo, histérica, drogada, patética e perdida, entre outras coisas. E de fato eu era mesmo, mas eu preferia brigar do que admitir. Todos estavam de saco cheio; minha família, os amigos que ainda ligavam, as pessoas com quem eu conversava na Internet, as que eu encontrava de vez em quando. Eu só falava sobre ele e todos me diziam que era questão de tempo. O tempo, porém, demorava demais para chegar. E eu me sentia mais pesada a cada dia, respirando-o, delegando a ele o poder de me fazer feliz, colocando-o no topo de um pedestal e escorregando nele.

Eu achava que aquilo era amor, que era normal amar um homem mais do que a mim mesma, mais do que a própria vida. E a culpa de tudo era minha, só podia ser, porque eu achava que ele era perfeito demais para levar a culpa. E eu não sabia se queria mudar ou não, porque no fundo eu só pensava que um dia ele iria voltar. E eu seria uma pedra esperando no meio da sala. Um sapo à espera de um beijo para virar uma princesa de novo.

O que eu podia fazer? Ficar mais bonita talvez ajudasse, talvez ele voltasse a me desejar novamente. Então fui ao salão e cortei o cabelo bem curto, quase joãozinho, no intuito de mudar radicalmente. Senti-me monstruosa e soquei o espelho do meu banheiro quando cheguei em casa, cortando a palma da mão. A ausência de cabelos batendo nos ombros realçava meus seios e tornava-me gorda. Eu queria entrar em uma jarra e fechar a tampa — queria me isolar.

Minha mãe ouviu o barulho do espelho se quebrando e veio correndo. Eu estava encolhida no chão, enrustida no meu próprio mundo, encostada na banheira, esfregando o sangue da minha palma nas lágrimas que desciam para torná-las vermelhas, completamente desassociada da realidade. Ela colocou a mão na boca e arregalou os olhos. Uma lágrima escorreu pela sua bochecha.

— Você tá louca, minha filha? Você enlouqueceu de vez? Você acha que ficar se torturando vai adiantar alguma coisa? Acha que assim você vai fazer aquele garoto gostar de você? Você realmente acha ou você quer atenção? Você precisa agir! A única cura pra todo esse sofrimento é a ação! Você tá definhando, se torturando! Parece que gosta, nunca vi! Vai arranjar algo pra fazer, filha, pelo amor de Deus! Vai ler, escrever,

estudar, andar na praia... A mente ociosa é sua pior inimiga!
— Ela se sentou ao meu lado e eu me afastei dela, chegando para o outro lado.
— É, mãe. Mas não é só a mente ociosa, é minha mente em si, sou eu! Eu sou minha pior inimiga e eu me odeio!
— Tenho certeza de que, se você arranjar alguma ocupação, vai sair desse buraco. Minha filha, você não merece isso! Isso não é amor...
— Quem é você pra dizer se o que eu sinto é amor ou não? Você não tá na minha pele, mãe, que merda! Você não entende, ninguém entende!
— Não é amor, minha filha, não é! Amor é algo recíproco, você não pode amar alguém que não te ama!
— Claro que posso! As pessoas vivem falando da beleza do amor, de como o amor tem que nos dar paz, placidez, estabilidade, segurança... Mas estão todos se enganando, fazendo propaganda de algo que não é amor! O amor é uma grande merda, o amor é a maior dor que um ser humano pode sentir! O amor dói, o amor mata, mãe! E daqui a pouco ele vai me matar! Eu tô quase morta, você não tá vendo? — Ela se aproximou de mim novamente e tentou acariciar meu cabelo. Eu me afastei novamente e ela recolheu sua mão.
— Porque você quer, Satine! Você está nesse estado porque você quer! Você fica jogando sal nas suas feridas, se isolando! Você quer provar pras pessoas em volta que você ama esse menino, por isso você se tortura!
— Eu não quero provar nada pra ninguém!
— Satine, você sempre quis provar coisas para as pessoas! Sempre!
— Porra, eu não tô nem aí sobre o que pensam agora! Eu sei que eu o amo! Eu o amo mais do que eu amo a vida e se eu não tiver uma vida com ele, eu não tenho uma vida! A vida

não faz sentido algum, mãe! A vida não existe, eu não tenho vontade de viver! Será que você não entende? Que eu não vou melhorar se ele não estiver comigo? NUNCA! NUNCA, mãe, NUNCA! É minha sina, todas as pessoas que eu amo vão embora, me abandonam! Ele me abandonou assim como o papai fez.

— Seu pai não te abandonou, minha filha, não diga isso! Era a hora dele ir embora... Todo mundo tem sua hora de partir... Muitas pessoas passam pela nossa vida para nos ensinar lições, para nos fazer crescer... Você tem que saber aceitar que nem tudo é eterno, que este é o ciclo natural da vida... Você não pode se prender às lembranças desta forma... Senão você nunca vai ser feliz!

— Felicidade não existe mãe! Não existe! Pelo menos pra mim! E se eu sou a única, eu devo ser louca e é melhor você me internar antes que eu me mate!

— Se internar pra quê? Pra pirar de vez? Pra que sintam pena de você? Você acha que é assim fácil? Você tem que buscar a felicidade nas coisas boas, não nas coisas ruins!

— Eu já disse, mãe! A felicidade é algo ocasional, meu estado normal é triste! Eu nunca vou ser feliz! Agora me deixa em paz, por favor! Você só tá piorando as coisas desse jeito! — Eu levantei e comecei a rodar pelo banheiro com as mãos na cabeça, sujando meu cabelo de sangue.

— Pára de chorar, Satine, e vai limpar esse corte!

— Sai daqui, mãe! Me deixa em paz!

— Isso não é paz!

— Vai se foder! — berrei, colocando o dedo indicador debaixo de seu nariz. — Você não me entende, ninguém me entende! NINGUÉM!

— Olha como você fala comigo, eu sou sua mãe! — ela respondeu, levantando a voz e se levantando do chão. — Você acha que eu tenho medo de você? Eu vou te colocar de castigo se você falar comigo assim mais uma vez!

— Que castigo, sua idiota? Eu já estou me castigando! AGORA VAI EMBORA! Pelo amor de Deus, vai embora!

Eu a odiava tanto por não entender. Eu a amava tanto e a odiava. Por que é que éramos tão diferentes? Por que é que ela não conseguia me controlar? Seria tudo mais fácil. Seria...

Eu devia estar em depressão, devia ter depressão. Por que eu me prendia tanto às tristezas e me desligava tão fácil da felicidade? Por que eu só conseguia amar aqueles que me arrancavam a vontade de viver? Por que cavava problemas em mares róseos? Por que eu acreditava que relacionamentos não podiam ser perfeitos, que não podiam navegar calmamente? Que precisavam de drama para sobreviver?

Acho que nasci com um espírito shakespeariano. Talvez tivesse ouvido a história de Romeu e Julieta vezes demais e colocado na cabeça que não podia morrer de nada além de amor. Eu acreditava piamente que felicidade sem farpas não podia existir. Existiam tantos obstáculos, ronhas e empecilhos todos os dias me impedindo de ser feliz... Eu era uma pessoa shakespeariana. Dramática, romântica e criadora de problemas — uma alquimista da dor, como diria Baudelaire. Eu achava a felicidade um sentimento de tanta simplicidade e plenitude que não conseguia falar dela sem medo de soar clichê. Ficava boba quando achava que amava, deixava os olhos brilharem e ficava feliz com qualquer palavrinha de afeto. Daí um dia eu olhava para a beleza de tudo que estava sentindo e não conseguia acreditar. A felicidade de repente havia se tornado algo tão confortável que eu me sentia presa. Ficava com medo de estar vendo miragens, borboletas, unicórnios e cavalos brancos onde na verdade não havia nada. Luzes sagradas no lugar de seres humanos. De repente tudo que eu queria era chorar. Tentava encontrar as lágrimas amigas e via que elas haviam me abandonado, me traído — me esfaqueado pelas costas. Tentava escrever, mas os textos felizes não conseguiam me tocar tão profundamente. Se conseguiam, duravam um parágrafo ou uma lista de porquês. Não há nada como um drama, nada como uma ferida aberta jorrando sangue nos olhos para preencher uma página em branco. Queria ouvir músicas tristes, mas o estado de euforia começava a me irritar, pois os sentimentos profundos que as letras queriam passar não entravam em mim por conta da barreira de sorrisos. Como saber que estava viva se a felicidade conseguia pulsar com força por um tempo tão breve? Se depois ela desaparecia...

Eu quebrava vasos para chorar pelos cacos de vidro derramados. Conseguia felicidade por um período sucinto de tempo. Antes somente do estado normal da minha alma — o preto-e-branco — tomar conta de meu corpo novamente.

Talvez minha mãe tivesse realmente a solução. Talvez tudo fosse culpa do ócio realmente. E para todas essas pessoas deveria existir uma aula especial que ensinasse que o tempo ocioso, que deixa o pensamento tão aberto, é o que estraga tudo. Pensar demais só complica as coisas.

Malditos pensadores depressivos e shakespearianos! Essas pessoas precisam se ocupar para se desgrudar de seus supostos problemas. Não podem ter espaço para pensar em tantos porquês. Mas o que fazer, se essas pessoas simplesmente não se satisfazem? Culpa do mimo da infância? Elas querem o que querem quando querem e quando não têm fazem tudo para conseguir. Quando elas têm, não querem mais, precisam de outra coisa. E é assim — uma ambigüidade simples e complicada.

Ocupar-me podia ser a solução, mas eu realmente não tinha vontade ou forças para me levantar. Falar é uma coisa, colocar em prática é outra completamente diferente.

Em uma manhã mórbida e chuvosa, depois de conversas insignificantes com as mesmas frases feitas para pessoas com dor-de-cotovelo, vindas de pessoas que achavam que a solução era simples, resolvi que precisava colocar um fim em toda a minha dor de alguma maneira. Haviam se passado quase dois meses e eu continuava com uma dor crescente no peito, uma dor engasgada na garganta, uma dor carnívora na pele. Era demais, o mundo havia desmoronado na minha cabeça e eu estava com enxaqueca. Enxaqueca da vida. Parecia que estava em coma, esperando a hora de acordar. Mas eu não ia acordar, aquilo tudo não era um pesadelo, era tudo real.

Tirei o telefone do gancho e disquei o número da Amora. Eu sabia que em situações de desespero ela seria uma das poucas que me ouviria sem julgamento e babaquice. Foram horas de lágrimas e história intermináveis, enquanto o telefone esquentava meu ouvido e minha garganta secava. Apesar de sempre distante, Amora nunca tinha se afastado do meu coração. Ela era uma menina rara, colocava a mão no fogo pelos amigos e ia até o inferno correndo por espinhos se precisassem da sua ajuda. Apesar de longe, sempre nos mantínhamos informadas sobre a vida da outra. Entendíamo-nos perfeitamente, como duas camaleoas que éramos. Vivíamos mudando e a cada telefonema realizado, nos espantávamos com alguma notícia sobre as mudanças de nossas vidas.

Ela morava com seus pais adotivos que não a conseguiam controlar. Seus pais verdadeiros haviam morrido em um acidente de carro quando Amora tinha quatro anos. Havia mudado drasticamente desde a época em que eu estudava na Lions e ela cursava faculdade de arquitetura. Havia emagrecido quinze quilos, começado a cheirar cocaína, tido uma overdose — da qual sobreviveu milagrosamente — e transado com um número chocante de homens, até se acalmar e começar a namorar Pedro Henrique.

— Sá, você não tá sozinha nesse barco, acredite. Eu tô numa merda fodida. O Pedro terminou comigo, estou que nem você, sem vontade de fazer porra nenhuma! Tento ligar pra ele e ele não atende, fui até a porta da casa dele, mas a mãe dele disse que ele não estava e eu sei que ele estava! Quis tacar uma pedra na janela, mas não tive coragem. Tentei te ligar um dia desses, mas disseram que você estava em São Paulo. Tô em um desespero nojento, esmagada no chão, como um inseto! Engordei três quilos esse mês, três! Tentei forçar uma bulimia, mas descobri que vomitar não é tão fácil como eu achava. Não sei o que fazer! Tô de saco cheio da minha vida. Parece que eu nunca consigo ser feliz, tenho sempre algo mais a fazer para chegar ao ponto que quero! Nada basta nunca, Sá, NUNCA!

— Se existisse um remédio para curar a insatisfação, seria esse que eu pediria receita, Amora. Entendo perfeitamente, sabia? E infelizmente não sei nem o que te dizer, se soubesse não estaria neste estado.

— Sabe, Sá... Às vezes eu acho que na outra vida eu fiz algo muito ruim, algo terrível! Não é possível que eu fracasse em tudo, que eu seja tão infeliz o tempo inteiro! Eu devo ter um carma monstruoso nas minhas costas, uma cruz muito pesada para carregar... E isso dói!

— Por que ele terminou com você? Eu achei que estava tudo indo tão bem!

— Pois é, estava mesmo. Mas daí eu tive a porcaria da overdose, matei todos de preocupação, perdi metade dos meus amigos... Um bando de falsos! E ele não estava mais agüentando meu vício, minhas inconstâncias, os dias em que eu desaparecia e não falava aonde ia... Mas será que ninguém entende que a cocaína me faz emagrecer? Que é mais do que necessária pro meu ego?

— Apesar de achar que ele não podia ter te largado na hora em que você mais precisava dele, no fundo eu o entendo perfeitamente. Algumas pessoas não agüentam a barra mesmo, não são que nem nós duas, que nos colocamos em um campo minado de amor. Nós tentamos cultivar o ódio, mas continuamos as mesmas meninas tolas à espera! Eu queria ser que nem ele.

— Quer saber o pior de tudo, realmente? Eu também. Não sinto raiva, só sinto saudade! Culpo-me por tudo, sinto raiva de mim mesma, começo a quebrar tudo que eu vejo pela frente! Tô até freqüentando uma psiquiatra, a mãe do Júlio. Nós continuamos amigos... Tô tomando antidepressivos... Eles me ajudam a dormir, me acalmam um pouco, mas quer saber? A tristeza está dentro de mim... Não acho que remédio algum vai conseguir curá-la. Só eu posso me curar, mas eu não consigo.

— Eu sei exatamente como é isso. Melhor do que você imagina. Sinto-me na sua pele, se quer saber. E você continua com essa mania de remédios, né? Que antidepressivos são esses?

— Valium. É para tratar transtornos de ansiedade... Mas você sabe como eu sou para seguir regras, né? Bebi vodca um dia desses, estava muito mal, precisava beber! Outro dia esqueci de tomar... Eu sou ridícula. Daqui a pouco você vai me encontrar morta.

— Não fala isso! Você vai sair dessa, você é forte! Uma das pessoas mais fortes que eu conheço! Homem nenhum vai tirar isso de você! — *Olha quem fala, Satine!* — O que aconteceu, quando você bebeu?
— Fiquei grogue, completamente grogue. Parecia a vez que usei ketamina com o Júlio. Perdi a coordenação motora, minha língua ficou enrolada... Acabei desmaiando no sofá da sala e dormi doze horas seguidas. — *Se eu beber muito e tomar a caixa inteira, talvez eu durma para sempre.*
— Mas se você tomar o remédio direitinho, você vai ficar melhor. Tenta seguir as ordens do médico dessa vez. Pro seu próprio bem! Eu sei que seguir regras nunca foi seu forte, mas agora é decisivo, fatal. E não cheira cocaína, pelo amor de Deus! Não quero receber a notícia de que você morreu de overdose! Você teve sorte uma vez, não vai ter a mesma sorte de novo! Tô falando muito sério! — *E você, Satine? Não vai contar que está cheirando também? Não... Não posso dar força para ela cheirar novamente.*
— Eu sei, amiga. Na verdade eu acho que o pó é como todas as outras coisas na nossa vida. Tipo os homens, por exemplo, só gostamos porque faz mal.
— É verdade, eu sei bem disso. Vem cá... Será que você não consegue uma receita pra mim? Eu tô disposta a fazer qualquer coisa pra ficar bem, não tô mais agüentando! Eu faço terapia, você sabe, mas minha mãe é contra psiquiatras, acha que os remédios nos enlouquecem. Qualquer coisa que vier com a mínima promessa de fazer com que eu me sinta melhor é de boa ajuda. Consegue pra mim, por favor? Parece uma saída tão boa... — *Uma saída fácil, você quer dizer, Satine...*
— E depois você fala de ser forte! Mas relaxa, eu consi-

go. Dá um toque no meu celular amanhã. Eu vou deitar um pouquinho, agora, Sá. Tô indo, se cuida!

Ela me trouxe Valium, vinte comprimidos dele, vinte comprimidos tarja preta, com milhares de efeitos colaterais, vendido somente sob prescrição médica. Ao ler a bula, desejei que os homens também viessem com as conseqüências escritas em uma bula, com todos os efeitos colaterais. Mas sabia que eles não me impediriam, assim como o que eu estava lendo não iria impedir. Assim como nenhuma conseqüência nunca me impediu de fazer o que eu queria fazer. Nada, ninguém, nunca. Eu sempre precisava de tudo que queria e nada conseguia me impedir.

Algumas pessoas achavam que eu tinha tudo e tentavam fazer com que eu me sentisse mal por viver reclamando, quando existiam tantos que não tinham nada. Por saberem que eu tinha dinheiro e acharem que o dinheiro podia comprar qualquer coisa, julgavam-me simplesmente mimada. Mas eles estavam errados — e como estavam! A verdade é que quando se tem tudo, não se tem nada. Mas se eu tivesse o Riki, eu me satisfaria.

Eu berrava em silêncio para que ele não me escutasse, para que não me condenasse, não me contraviesse, nem me combatesse. E eu era inocente na minha própria loucura. No silêncio de uma inocência que só ele podia curar. Uma inocência ingênua de acreditar nas palavras, acreditar que elas eram definitivas, que diziam alguma coisa. Mas o silêncio doía mais do que qualquer palavra e foi ele quem disse, "Quando me calo, é quando mais falo", em uma música que escreveu. Depois ele se calou, cheio de indiferença. Indiferença machuca, eu só queria um porquê.

Algumas noites eu não conseguia dormir, revirava-me sem parar à procura de uma solução. Queria poder correr atrás dele com unhas e dentes, mas pra que iria correr atrás de alguém que me queria longe? Que forçava minha distância, que me empurrava pra fora das páginas da sua história. Eu poderia pedir desculpas, desculpar-me pelo que não sabia ter feito e tentar me redimir, mas de que adiantaria me arrepender? Nessas noites eu tomava um Valium, sem receita, sem lógica, só tomava, com um copo de água. E então eu dormia e acordava para outro dia vazio.

O vazio foi me devorando e me obrigando a ter vontade de viajar novamente. Obrigando-me a obrigar-me a viajar novamente. Então eu arrumei as malas, quase dois meses depois, e Fabricia me acompanhou. Tínhamos virado amigas na época da escola, voltávamos para casa no mesmo ônibus e falávamos de homem sem parar. Eu gostava do Larry e o Larry gostava dela, mas ela não gostava dele e sim de um playboy bombado que a fazia chorar. Às vezes ela ia para a Casa Verde comigo. Viramos muito amigas, ela sabia ouvir de verdade, era uma baita de uma companheira — um diamante raro. Um dia eu liguei para ela, cheia de saudades, e contei tudo que estava acontecendo. E daí eu a convenci a viajar comigo. Ela também não conseguia mais viver na nossa cidade.

Na noite anterior à nossa viagem, Riki entrou na Internet. Enquanto Fabricia dormia no sofá da sala, tentei arrancar dele algo que me fizesse entender, que me fizesse colocar um ponto final na história, que me deixasse seguir em frente. Tudo que eu obtive foi sua indiferença, seu modo óbvio de me mostrar que eu não era mais ninguém na sua vida e que ele queria que eu evaporasse no ar.

"Só me diz o porquê! Só preciso de um porquê! Eu prometo que não vou mais te perturbar, nunca mais terá que ouvir meu nome!"

"Eu não mandei você se isolar."

"Felizmente eu não faço mais só o que você manda." Silêncio. "Eu vou continuar me humilhando aqui. Vou continuar te implorando por uma razão, não custa nada você me dizer o que aconteceu entre a gente. Nada! Por favor, é tudo que eu te peço! Eu tento entender e não consigo!"

"Se não consegue, por que tenta? Não vai mudar nada na sua vida."

"Só me diz o porquê..."

"Coloca as cartas na mesa que você vai entender, porra!"

"Porra, eu já tentei entender e não consigo! Fala por quê! Fala, só fala! Ou tem medo de falar?"

"Medo? Engraçado! Você que é burra!"

"Só me diz uma coisa... Você nem liga, né? Eu sou completamente insignificante pra você, não sou?" — *Diz que não, por favor.*

"Só não é insignificante porque um dia já significou muito." — *Aai.*

"E por que parei de significar?"

"A magia acabou, Satine, acabou. Só quero que você siga sua estrada, e eu, a minha. Se um dia nos esbarrarmos em algum cruzamento, que sejamos felizes."

"Você acha que eu tento seguir o seu caminho?"

"Porra, você é burra, hein! Não entende porra nenhuma, que saco!"

"Caralho, custa você ter um pingo de consideração?"

"Consideração? O que essa história tem a ver com consideração?"

"TUDO! Porra, você simplesmente desaparece e não explica nada!"
"Eu sou doido!"
"É, eu sei! Pra você as coisas são muito simples! Enquanto eu gostava pra caralho de você, pra você eu era só uma menina do Rio de Janeiro que você beijava e transava quando tinha vontade! Uma utilidade!"
"Você acha isso? Legal! Aprende a jogar com os fatos e não com as fofocas!"
"Você não demonstra porra nenhuma! As únicas coisas que eu tenho são as fofocas e minhas interpretações, que podem ser erradas, mas vão ser as que vou acreditar até você provar o contrário! Agora pelo amor de Deus diz algo que não seja debochado!"
"Continua com suas amiguinhas de dezesseis anos pagando de gatinha em fotologs."
"O que isso tem a ver com alguma coisa, porra?" Silêncio. "O que você quer dizer?" —*Pára de me enrolar pelo amor de Deus, eu não agüento mais!*
"Nada, porra, esquece!"
"Só uma pergunta... Alguma vez na sua vida você realmente gostou de mim?"
"Pior é que sim."
"Então fala o que aconteceu, por pior que seja, só fala! Fala, caralho, fala, tô te implorando!"
"Não me enche, porra!"
"Você tem a mínima noção do que eu sinto por você?"
"Não."
"Eu não consigo te esquecer. Eu tô tentando, mas eu não consigo! Eu vou te esquecer pra sempre se você me responder, eu prometo!"

"Você nunca vai me esquecer. Além de doido eu sou escroto, convencido, babaca, chato e hipócrita..."
O quanto asfixiante podem ser as palavras? Eu estava na fronteira da loucura. On the borderline.

E mesmo assim eu recolhi minhas forças, peguei minha mala e enfrentei uma fila de trinta pessoas suadas na rodoviária Novo Rio em plena tarde de uma quarta-feira de 40 graus para comprar uma passagem para mais um fim de semana gélido na estância das minhas angústias. Para mais um fim de semana de sadomasoquismo. Para mais um fim de semana tentando fazer ele enxergar que ele precisava voltar para mim, só porque eu precisava dele. Porque todos os meus pensamentos convergiam para aquela idéia invasora e amálgama. Porque eu fiquei presa em um momento que não podia escapar.

Bebi que nem uma louca debaixo de céus banhados de tons nostálgicos. Clarões de fumaça apostando corrida. Beijei bocas que nomes não têm e tentei me desgrudar ao máximo dos meus pensamentos quando cheguei. Fui a diferentes baladas, Pacman inclusa, lembrando dele em todos os segundos e camuflando-me em mais e mais garrafas de álcool... E alguma cocaína.

... Ser ele. Usar todos os seus artifícios macabros com todos que se aproximassem. Usar suas frases exatas, imitar seus gestos, seus olhares, sua maneira de andar. Para tê-lo como habitante do meu corpo definhado, da minha alma dilacerada.

Obsessão — visão obscurecida pelas Trevas.

Falar dele oitenta por cento do tempo para pessoas que não podiam estar se importando menos. Passar os outros vinte por cento de tempo esperando que alguém mencionasse seu nome para eu poder falar.

Então eu comecei a mentir com astúcia. Comecei a tentar brincar de ser Deus e distorcer a realidade. Para aqueles que não o conheciam, ele era meu ex-noivo e tínhamos nos separado. Ele havia me largado sem mais nem menos e eu estava na grande cidade à procura dele. Mentir era puro entretenimento. Prático. Dizem que velhos hábitos nunca morrem...
— Quantos anos você tem?
— Dezesseis.
— Quê? Você parece ter uns vinte e poucos anos! Incrível!
— É o que dizem.
— Sua mãe deixou você se casar com dezesseis anos?
— Deixou sim. Ela quer me ver feliz...
— Quando ia ser o casamento?
— Em janeiro! Qual é o seu nome mesmo?
— Antonia. E você é a Satine, certo?
— Sá... Eu acho que nós vamos voltar...
— Mas você disse que ele só te dá patadas! Que nem diz o porquê do término!
— Eu sou doida! — *O que ele disse depois disso mesmo?*
— Mas eu o amo. E ele vai perceber. Vou pegar um Sex on the Beach. Prazer, Antonia. A gente se vê.

Antonia. Mario. Luiz. Biscoito. Jajá. Quem eles eram não sei, mas passei metade da noite embriagada, despejando problemas em seus colos desconhecidos.
— Satine, quem era essa menina? — Fabricia se aproximou e me perguntou.
— Sei lá... Acabei de conhecer.
— E estava falando sobre ele, né?
— Pois é, Fabricia.
— Você vai acabar sendo tachada de louca! Contando sua vida para um bando de estranhos. Isso não é legal!
— O que ninguém entende é que eu sou louca!

— Não. Você não é louca! Você tá se enlouquecendo! —
Não, ele está me enlouquecendo.
— Vamos embora, são cinco horas da manhã e o metrô já abriu. Eu não me agüento mais em pé. Tô muito tonta... Preciso dormir. Preciso muito dormir — eu disse.
Fabricia beijou Carlos naquela noite. Ele não era uma má pessoa como eu achava.

Na sexta-feira tivemos que sair do hotel de luxo em que estávamos hospedadas. Eu tinha sido burra e bebido quase todo o meu dinheiro. Agora ele estava pronto para ser atirado pela minha boca. Meu estômago doía. Sentamos no computador do hotel para usar a Internet e achar um hotel barato. Olhei pro computador inutilizado do meu lado e avistei uma carteira de couro preta e gorda. Minha palpitação tomou conta do meu corpo, meus impulsos mandaram-me pegá-la. Ela estava gritando para mim, fosforescendo, pedindo para ser roubada. O dono da carteira — o senhor que estava sentado ali antes — estava na recepção, a centímetros de distância.
Pega, vai salvar o fim de semana de vocês!
Não, sua retardada, você vai acabar sendo presa! Não pega.
Pega sim! É sua única chance!
Eu estava sendo filmada, a câmera estava girando, quase apontada para mim. Tinha que agir rápido, mais rápido do que o batimento do meu coração. Coloquei minha mala empanturrada de roupas em cima da mesa do computador junto com o meu casaco Adidas preto. Olhei para Fabricia de maneira que ela entendesse o que eu estava preste a fazer. Ela balançou a cabeça de forma negativa e repressora, com os olhos amedrontados. Eu a ignorei. Peguei o casaco de forma que a carteira ficasse enrolada dentro dele, coloquei dentro da mala e fui ao banheiro ver quanto dinheiro tinha. Meu

coração queria sair pela boca, minhas pernas bambeavam e minhas mãos tremiam excessivamente.

Trezentos reais.

Saí do banheiro planejando deixar a carteira em cima da mesa para que o senhor não perdesse todos seus documentos e cartões de crédito. Não consegui. Tinha que sair correndo do hotel o mais rápido possível, estava morrendo de medo.

— Vamos... Agora! — eu disse.

— Aja normalmente, Satine! — Fabricia disse, obviamente chateada.

Eu tentei, mas minhas pernas caminhavam sozinhas, rapidamente. Assim que saímos pela porta do hotel e viramos a esquina para pegar o metrô, começamos a correr. Minha asma acelerada me impedia de ir mais rápido e o vômito continuava querendo sair. As pessoas em volta não tinham rosto, eu só sentia meu coração frenético tomar conta da cena. Entramos no metrô.

— Você é maluca, cara! Imagina se fôssemos pegas!

— Eu sei, Fabricia... Mas não deu. — Parei por um segundo para recuperar meu fôlego. — A carteira estava ali berrando para ser achada e nós estamos duras, precisamos da grana! Digo, estávamos! Parece que caiu do céu, cara! Tem trezentos reais aqui dentro!

— Caralho, trezentos? — Eu podia ver um sorriso querendo escapar por debaixo da recriminação. — Nossa, preciso respirar... Você é louca!

— Eu disse que era, você não acreditou. E eu não acredito que consegui! Que adrenalina incrível! — Ao invés de estar me sentindo mal pelo roubo, estava me sentindo bem.

Fizemos check-in em um hotel asqueroso no Centro, na frente de um puteiro, perto da Galeria do Rock e do metrô Anhangabaú. Hippies de camiseta tye-dye vendiam artesanato na porta. Era um hotel velho, pseudo-rústico, todo de madeira. O elevador era antigo e roncava quando subia, aparentando estar prestes a enguiçar. Chegava ao segundo andar — onde uma televisão mostrava um homem cantando uma ópera fúnebre — e depois descia. Somente na terceira tentativa nós conseguimos subir. Ficamos no terceiro andar. O corredor era longo, de carpetes vermelhos, e as portas dos quartos, bizarramente altas. O lugar era sepulcral, parecia um hotel mal-assombrado. O chão era gelado e havia quatro camas no quarto — seria um albergue? Morremos de medo de sermos roubadas — assim como eu havia feito — e escondemos nossas malas dentro do armário. Abri a carteira e comecei a investigar a vida do senhor — ele ajudava um asilo e um lar de crianças adotivas. Havia uma foto de uma mulher que devia ser sua esposa e de duas crianças que deviam ser seus filhos. Todos os seus documentos e cartões de crédito estavam lá dentro. Havia também papeizinhos com orações. Eu provavelmente tinha acabado de complicar sua vida, ou pelo menos sua estada em São Paulo. Senti-me um lixo para recompensar.

 Descemos para a rua, desesperadas para sair lá de dentro, bebemos algumas cervejas e comemos misto-quente na padaria da esquina, onde pessoas cantavam MPB e pagode no karaokê. Depois fomos ver as artes que os hippies faziam. Eles estavam altamente chapados, falavam que estavam na Babilônia, nos fizeram anéis, disseram que queriam casar conosco e nos deram um pouco de maconha. Da boa. Subimos para o quarto.

 Julia me ligou no celular e nos convidou para ir a uma festa. Respondi que sim, claro, pois estava aliviada que iríamos sair daquele maldito hotel. Encontrei com Catarina e Jota nos buscou de carro no metrô Consolação. Contorcime para não falar de Riki novamente. Eu estava me tornando insuportável.

— Ele vai tá lá, Julia? — Sussurrei baixinho em seu ouvido, me inclinando para o banco da frente. Não me contive.

— Vai — ela respondeu.

O apartamento estava lotado. Eu conhecia metade das pessoas. Estavam todas bêbadas e agasalhadas. Eu estava de saia curta e coturno. Toda de preto, viúva. Queria ficar bonita, mas ainda me sentia horrorosa de cabelo curto. Fiquei em um quarto ouvindo um menino tocar violão, escondida atrás da porta aberta do armário com uma garrafa de cerveja na mão, descascando seu rótulo de maneira teatral. De maneira que eu parecesse concentrada e ocupada. Fui ao banheiro e, quando saí, esbarrei com ele no corredor de forma constrangedora. Um vento gelado passou pelo meu corpo.

— Oi... — ele falou sem expressão ao me dar um beijo rápido no rosto.

— Oi... — respondi e voltei para o quarto com dor no estômago.

A festa terminou cedo e continuou na casa de outra menina, que por acaso era ex dele e ainda estava apaixonada. Eu tentava fingir que isso não importava. Fumamos a maconha que eu tinha na sua varanda e depois mais pessoas chegaram — ele, inclusive. Nós nos ignorávamos e aquilo doía. A maconha não havia feito efeito e eu precisava ficar doida. Tentava pensar em um jeito de me retirar do ambiente, mesmo que só na minha mente, e percebia as outras meninas gargalhando sem parar, fartas daquela pobre maconha. Eu tentava não demonstrar nada para ele, então ria de maneira forçada de qualquer coisa que falassem. Principalmente quando ele estava por perto.

Uma das meninas que eu conhecia nos convidou para dormir lá. Disse que muitas pessoas iriam dormir e convenceu-me de que seria divertido. Não seria, de jeito nenhum, mas eu não queria voltar para o hotel e Fabricia também não. Então ficamos. As luzes estavam apagadas e todos muito bêbados, roubando garrafas de uísque e martíni do bar do pai da dona da casa de nariz arrebitado.

Um vento mais gelado ainda atravessou meu corpo inteiro e me fez sentir calafrios. Cerrei os dentes com força.

Riki estava na cozinha beijando-a. Beijando-a enquanto me olhava de rabo de olho para ver se eu estava olhando. Eu olhava de rabo de olho também, enquanto sentia fúria, cada vez mais fúria. Ele provavelmente me via olhando, do mesmo jeito que eu também o via. Eu me fazia de indiferente enquanto estava consumida em fogo, em ira. Lágrima nenhuma saía. Eu queria uma metralhadora para dar-lhe quinhentos tiros na cabeça e ver sua alma apagar-se no chão. Eu queria e imaginava e sentia cada vez mais fúria. Aquilo era o cúmulo. Estava esgotada, a bateria da esperança havia terminado, o sinal estava vermelho. Eu só queria sair dali. Fugir. Mas ao mesmo tempo eu precisava ficar, assistir. Ele foi para o quarto com ela de mãos dadas. Foi quando Julia me chamou para ir embora e eu disse que iria ficar.

Resolvi dormir. Peguei um cobertor que estava em cima de um dos sofás, me cobri da cabeça aos pés e dormi. Simplesmente. Para a manhã chegar logo, para o sol me levar embora. Fabricia dormiu no sofá do lado.

Fui acordada no meio da noite por ele. Ele pegou um copo com algumas gotas de água e as jogou em cima de mim. Eu não entendi por quê. Ele queria atenção? *Coitado.* Eu estava morrendo de raiva, mas não fiz nada, continuei dormindo.

Na manhã seguinte a ex-namorada chegou na sala de short de malhação, toda orgulhosa, com uma expressão de "felicidade pós-foda". Ele ainda estava no quarto dela dormindo. Fingi não me importar novamente. Despedimo-nos dela e dos que restavam na sala e fomos embora. O sol trouxe as lágrimas rancorosas para a minha face. O tipo de lágrima que sai quando o coração está machucado e parece não ter cura.

— Dessa vez é sério, Fabricia, chega! Eu gostava dele enquanto ele me tratava bem. Ele me fazia sofrer, mas ele era carinhoso ao mesmo tempo, sabe? Agora não, agora ele é outra pessoa, agora ele é um monstro! Eu quero que ele morra, que desapareça! Nunca mais quero vê-lo na minha frente! Eu o odeio! Odeio, odeio, odeio!

Saí correndo, chutei uma lata de lixo com força e fiz notas mentais para forçar-me a esquecê-lo. Mesmo que no fundo eu soubesse que nem morto ele desapareceria, que mesmo distante da minha visão ele me perseguiria como uma sombra — porque ele estava dentro de mim. Se ele morresse, eu negaria sua perda e me curvaria à saudade para não precisar perdê-lo inteiramente. Permaneceria dolorosamente obcecada pelas minhas lembranças como uma eterna viúva.

Viajamos para Suzano nesse dia para ficar na casa de uma amiga — Die, uma cópia mais nova da Aretha Franklin. Queria ficar bem longe de tudo. E bem longe mesmo, pois ela não morava, se escondia. Eu a havia conhecido na Pacman e conversava com ela pela Internet. Ela era sensata. Seria aniversário dela em dois dias. E em dois dias seria dia 13 também, quatro meses que eu estava enrolada em uma teia de aranha.

Conheci um menino chamado Riku lá. Muito parecido com Riki, na aparência. Ele também tinha pequenos olhos puxados e cabelos lisos e negros caindo na face como uma moldura. Seus nomes se diferenciavam por uma letra somente. Ironia. Mas Die o havia chamado para sair de propósito, disse que nos daríamos bem. Eles podiam até se parecer, mas em Riku faltava a personalidade de touro imprevisível de Riki. Mesmo assim ele era legal e na primeira noite nos divertimos muito nas ruas desertas da cidade, completamente chapados. Eu dormi na casa dele, mas nada demais aconteceu. Eu acabei deixando meus olhos drogados virarem para trás. Desmaiei em uma viagem profunda e esqueci do ambiente em volta de mim. Fabricia, Die e dois outros amigos dela também dormiram lá, cada um em um canto desajeitado.

Então chegou o Dia dos Namorados — maldito dia dos namorados para me lembrar da minha solidão!

Diziam que Riku era o Riki do interior, então eu acabei beijando-o para fingir que estava beijando Riki. Foi ele quem me beijou, aliás, ele gostava de meninas tatuadas. Pegou-me pela cintura no quarto da Die e me arrancou um beijo todo meloso. Isso depois de muita droga.

Foram dois dias surreais. Na noite anterior eu havia fumado um mesclado fascinante de crack com maconha em cima de um colchão rasgado que um dos amigos de Die havia encontrado no meio do mato e bebido vodca pura também. Quando acordei novamente na casa de Riku, já queria mais. Mais crack, crack puro dessa vez, nada de maconha. Depois que me lembrei do Dia dos Namorados, foi a segunda coisa que me veio à cabeça. Pensei logo em seguida, quando lembrei de como me sentia só e de como precisava me preencher. Mas Die me recriminou e Riku a obedeceu. Não queriam comprar mais nada pra mim. Então eu cheirei quase duas latas inteiras de desodorante, porque droga não podia faltar, e procurei cocaína, mas não encontrei. Paulo viajou para o aniversário também e eu fiquei contando meus dramas e aventuras para ele com uma garrafa de vodca na mão, enquanto tentava me equilibrar sobre meus pés, sentido um milhão de diferentes ondas tomarem conta do meu corpo.

Tiveram conseqüentemente que arrancar a garrafa de vodca barata da minha mão. Eu estava fugindo para o telhado congelado — fazia sete graus lá fora — para beber em solidão. Porque haviam sido dois dias tentando esconder a tristeza macabra que havia dentro de mim. Porque se eu parasse de me drogar atingiria a depressão pós-uso, e ela viria com toda força. Eu gritei para que me deixassem, gritei feito uma viciada, mas me mandaram descansar. Eu ainda queria mais, muito mais. Mais drogas para o meu vazio, preencher-me para esquecer.

Die e Fabricia me ajudavam a sentir raiva de Riki. Die era amiga dele e, apesar de achar que no fundo ele era uma pessoa boa, não o entendia, mas me orientava. Eu precisava sentir raiva de qualquer maneira, senão iria morrer...

Senão iria morrer...

Senão iria morrer...

Acabamos voltando para São Paulo para ir para a Rocky. Die veio conosco ou nunca conseguiríamos chegar. Fabricia precisava estar no Rio ao meio-dia do dia seguinte para resolver a viagem para o México que iria fazer com a irmã. Prometi que chegaríamos na hora. Viajamos três horas de trem e metrô, com as malas nas costas, sem saber o que faríamos com elas quando chegássemos lá.

A balada estava vazia, literalmente vazia. Não havia fila. Subornamos o manobrista e deixamos nossas malas em uma salinha trancada à chave no estacionamento.

Die avistou Logan desfilando com seu sobretudo preto de longe. Ele era vocalista da banda Enfurecidos, uma das bandas de rock mais antigas do Brasil. Ela quis ser groupie e tirar foto com ele. Havíamos trazido a máquina fotográfica escondida dentro do meu decote, pois lá dentro era proibido tirar fotos. Aproximamo-nos.

Ele era simpático... E pedófilo. Ficou sentado do lado de Fabricia cantando músicas de sua banda em seu ouvido. Fabricia parecia muito mais nova do que era. Baixinha, magrinha, com cabelos longos e bicolores — louro e rosa-choque. Ela disse para ele que não gostava de sua banda e que ele tinha idade para ser avô dela — 53 anos, ele tinha — mas Logan insistia. Conhecemos também um amigo dele que era ator da Globo, mas não lembro o nome.

Ele era atraente... E tarado. Ficava me chamando para ir ao banheiro cheirar loló e dizia que tinha uma tatuagem no pau. Ele me deu atenção, considerando o fato de que eu disse de quem era filha. Aí, sim. Aí tanto ele quanto Logan curvaram-se aos meus pés e pararam de agir como estrelinhas. O tal ator me pagou um número estimado de três tequilas e dois uísques. O meu teor alcoólico começou a me assustar. Tinha vontade de vomitar toda vez que sentia o cheiro de uísque, mas colocava pra dentro.

Acabei beijando-o.

Estava sentada em um banquinho preto entre os dois homens, gargalhando, quando meu coração parou.

Era Riki. Frio na barriga.

— Oi, Sá... — Ele me deu um beijo no rosto, apertou a mão dos dois homens do meu lado e foi para a pista. Parei de conversar exuberantemente como fazia e fiquei paralisada olhando para o nada.

— O que foi? — o ator perguntou. — Quem era ele?

— Meu ex... — Eu continuava olhando para um ponto fixo no chão, boquiaberta, sem acreditar na situação. De como ele parecia ter o poder de saber quando eu estava feliz para vir me atormentar.

— Você ainda gosta dele?
— Sim... — Faltava expressão no meu rosto. Tomei um gole vigoroso de uísque e fui ao banheiro. O banheiro era unissex, então, para que não me encontrassem, fiquei sentada na privada tentando colocar a cabeça no lugar. *Você não vai deixar ele foder sua noite, ouviu?* Estapeei meu rosto.
Fui ao bar e o ator me pagou uma cerveja. Die estava conversando com Riki, então me juntei a eles, como se eu fosse só amiguinha dele. Apresentei para ele Logan e o ator, e disse para Logan que Riki tinha uma banda também. Agi como se o espetáculo dele na casa daquela menina não tivesse significado nada. Ele ficou conversando com Logan sobre música e eu comecei a rir.
— Mas o Logan toca rock de verdade... — eu disse, debochada, tomando um gole da cerveja.
— Sua banda é de quê? — Logan perguntou pouco interessado.
— Pô... É rock alternativo... — ri novamente.

Mais tarde me encontrei sentada no mesmo banquinho ao lado de Logan, conversando sobre algo difícil de lembrar. E de repente ele me beijou. O dinossauro do rock me beijou. *Não!* A única coisa que eu conseguia ouvir era a risada assuada de Riki, pouco atrás de mim. Olhei para trás e vi que ele estava em pé apontando para mim com o dedo indicador, rindo desesperadamente. Para me afetar, com certeza. Senti vergonha, mas agi com frieza. Ele parou de rir como se tivesse desistido da arma. E daí a batalha começou. *Minha vez de rir de você.* Estava com sede de vingança revirando forte dentro de mim, veneno de abelha. Precisava fazer algo para machucá-lo. Precisava.
— O meu ex quer ficar com você, Logan...

— Ah, é? — Agi como se sua pergunta fosse um "sim" e me dirigi para onde Riki estava sentado. Ele estava sozinho dentro de uma boate pela primeira vez. Não entendia o que ele estava fazendo lá.

— Ei, o Logan quer ficar com você... — ri novamente de maneira debochada.

— Quê? — Sua testa franziu.

— É, porra! Vai lá beijar ele!

Tive um acesso de riso forçado e vi sua expressão de indignação. Quando parei de rir percebi como nossos corpos estavam perto um do outro. Eu olhei para ele, ele olhou para mim, e de repente, quando percebi, nós estávamos nos beijando. Eu não acreditei. Abri os olhos para ter certeza e depois os fechei com força. Precisava curtir aquele momento, antes que meu coração frágil se quebrasse com o vento.

Ele fazia malabares com os meus sentimentos, brincava de bem-me-quer com as minhas pétalas...

A raiva desapareceu, larguei a lata de cerveja e fiquei feliz novamente. Vi Die e Fabricia me olhando com desaprovação, mas não liguei. Continuei beijando. Entregue, como sempre. Cachorra, ao dispor. De barriga para cima, pedindo carinho. Ele me beijou na testa e foi ao bar.

Logan se aproximou:

— Olha só... O meu amigo foi embora, puto porque fiquei com você, e agora você tá com esse cara aí... Tô indo embora!

— Tá bom! Prazer, a gente se vê.

— Você não quer dormir lá em casa?

Eu ri.

— Me dá seu telefone que eu te ligo. — *Até parece*. Anotei seu celular e ele foi embora. Sentei no sofá com um sorriso extravagante. Riki sentou do meu lado e me trouxe outra cerveja.

— Vamos dormir juntos essa noite, Sá?
— Eu tenho que sair daqui e ir direto pro Rio... —*Droga!*
— Não. Vamos para um motel. Dessa vez eu pago.
— Tá bom. — Bebi um gole de cerveja. — Você devia ter ido na festa da Die. A gente fumou crack.
— Quê? Porra, Satine! Crack? Se liga, meu!

Ele saiu de perto de mim e eu me deitei no sofá. Sentia marteladas na cabeça, as imagens estavam gelatinosas. Fui ao banheiro, enfiei dois dedos na garganta e vomitei. Minha cabeça ficou mais leve, mas meu corpo se arrastava. Lavei a boca, pedi uma bala de morango para o segurança fortão que ficava dentro do banheiro e voltei para o sofá. Dormi.

Fui acordada por um beijo de Riki e percebi Fabricia e Die olhando para minha cara no sofá da frente. Elas não me queriam com ele, mas entendiam que naquele momento não podiam opinar. Porque eu estava feliz. E se terminasse naquela noite, até porque provavelmente terminaria, eu estava feliz. Por aquele momento. Não existia amanhã.

Riki arranjou confusão com um segurança que disse que a boate iria fechar em breve e fomos expulsos do lugar. Eu achava aquilo lindo. Fabricia achava ridículo. Pegamos nossas malas no estacionamento e andamos para uma ruazinha mais próxima do metrô. Ficamos conversando. Riki, para variar, só falava sobre si mesmo e eu concordava com tudo. Fabricia não o estava suportando, eu percebia em seus olhos. Então ela e Die foram para o metrô e falaram para eu me despedir dele e ir também. Eram cinco e meia da manhã, precisávamos sair de São Paulo às seis, estourando.

Sentamos no asfalto e conversamos sobre como nossas vidas estavam caminhando. Eu disse que estava feliz de estar ali com ele e que só aquilo importava naquele momento. Ele acariciava meus braços arrepiados. Contei para ele sobre o roubo. Ele riu, pediu a carteira para ele e disse que enviaria os documentos do senhor por correio para mim. Nos beijamos. Quando abri os olhos já estava claro, parecia que o beijo tinha durado uma eternidade.

— Ai meu Deus, que horas são?
— Sete horas...
— Caralho, eu precisava estar no metrô uma hora atrás! A Fabricia vai me matar!
— E nós nem dormimos juntos, né?
— Não tem como, hoje! Droga, eu tô muito atrasada! Será que ela ainda tá lá me esperando? Ai, e o pior... Eu tô com o dinheiro da Die, o único dinheiro que ela tem para voltar pra Suzano!
— Eu te levo até o metrô, Sá. Vamos!

Ele carregou minha mala pesada até lá. Eu ainda estava bêbada. Quando chegamos lá, Die ainda estava me esperando, encostada em uma parede como uma mendiga, tremendo de frio. Praticamente adormecida.

— Die, me desculpa! Por favor! Nós perdemos a hora...
— Tudo bem, Sassá! — Ela piscou para mim e sorriu disfarçadamente.
— A Fabricia foi embora?
— Foi... Ela tava muito puta. Muito mesmo! Acho melhor você ligar para ela.
— Vou ligar! Que merda! Toma seu dinheiro... Compra pra mim uma passagem de metrô.
— Aham...

Despedi-me de Riki com receio de estar indo embora mais uma vez para um buraco de tristeza. Não sabia o motivo de ele ter me beijado, não sabia se tudo voltaria a ser como era. Não sabia de nada. Nosso adeus sempre provocava reticências.

— A gente se vê por aí, minha linda... — *Sua?* Suspirei... Cheguei na rodoviária bêbada, comprei minha passagem bêbada e desmaiei do lado de um homem mais velho de casaco marrom de tricô. Acordei na parada do Graal ainda bêbada e liguei para Fabricia do orelhão. Ela chorava e dizia que estava muito decepcionada. O que eu podia dizer? Ela estava certíssima. Eu machucava os que me queriam bem sem perceber, mas quando ele aparecia, eu levantava os braços e me rendia.

Acordei mais tarde no Rio de Janeiro. Cheguei em casa e desmaiei na cama.

No dia seguinte uma caixa de presentes com laços requintados tocou a campainha. Seu nome era Martinella. Ela trabalhava no Consulado da França em São Paulo e estava visitando minha mãe para entrevistá-la sobre meu pai — sobre quem estava fazendo seu mestrado. Tive que fazer sala para ela na mesa de mármore da varanda, então batemos um papo. Eu disse para ela que meu sonho era morar em São Paulo e ela me respondeu com seu sotaque francês romântico e vibrante que eu podia ser estagiária no consulado, trabalhando na parte cultural. Aceitei na hora. Ela disse que seria em duas semanas e que se minha mãe permitisse, eu estava dentro. E ela permitiu.

— Vai ser bom para você se ocupar com alguma coisa. Mas eu vou te levar lá e vou manter contato com a Martinella para ter certeza que você está fazendo tudo direito! Ela é uma mulher de muita cultura, de muita classe. Esse estágio pode ser algo maravilhoso para sua vida, se você se empenhar. Você vai ter que se esforçar, entendeu? Quem sabe você não segue esse rumo na sua vida?

— Lógico que eu vou fazer tudo direito, mãe. Você não confia em mim?

— Não sei, minha filha. Vamos ver, eu espero que sim...

Durante as duas semanas fiquei calma e tentei obedecer a minha mãe o máximo que podia para que ela não mudasse de idéia. Eu sabia que precisava recuperar sua confiança. Dois dias antes da viagem, fiz uma festa de despedida de última hora em uma boate chamada Kiss. Pouquíssimas pessoas compareceram. Somente Tamara e Isadora foram de carro comigo. Eu não conhecia Isadora muito bem, mas gostava muito dela, pois tinha conseguido elevar sua auto-estima com minhas palavras uma vez em que a encontrei em uma festa no intervalo Rio/São Paulo. Ela costumava freqüentar o mundinho socialite do Rio de Janeiro antes disso. Fiquei magoadíssima com a falta de consideração das pessoas e a certeza de que eu tinha de ir para São Paulo só aumentou. Na véspera encontrei Ruiva no Shopping da Gávea e ela chorou, me desejando tudo de melhor. Pessoas aleatórias me desejaram milhares e milhares de "Boa Sorte!" no meu fotolog. Liguei para Catarina, mas ela estava viajando. Liguei para Julia e ela ficou feliz, mas pediu para que eu tomasse cuidado.

Fiz as malas — malas de verdade desta vez — e viajei de avião com minha mãe e minha irmã.

Meu apartamento era lindo. Pequenininho, mas lindo. Muito confortável. Ficava na rua da Consolação, perto da Pacman. Era um flat chamado Poeta Drummond que continha poemas de Carlos Drummond de Andrade em molduras por todos os cantos. Era o mesmo flat em que Martinella morava. Ficava perto de um restaurante refinado, na rua de um cybercafe e na frente de um supermercado de preços mais razoáveis. Vinte minutos do metrô. A rua em si era bem tranqüila.

Jantamos com Martinella na segunda-feira em que chegamos. Bebemos Bordeaux e comemos pizza de calabresa. Ela me explicou mais ou menos o que eu teria que fazer e pediu que eu a encontrasse na recepção do flat às oito da manhã.

Acordei, tomei banho de banheira, me vesti de calça e blusa social e a encontrei pontualmente no saguão. Eu estava pela primeira vez em muito tempo empolgada por ter uma responsabilidade. Caminhamos até o consulado e conversamos sobre música. Ela era tão inteligente! Chegamos na portaria do consulado e eu ganhei um cartão de identificação que teria que ser apresentado todas as manhãs. O lugar tinha segurança máxima, a porta de vidro que dava para o escritório da ala cultural só se abria com senha. Senti-me importante.

Passei o dia inteiro fazendo ligações para gravadoras e produtoras, tendo que verificar informações para o livro sobre música brasileira que o consulado ia lançar. Depois traduzi artigos do português para o inglês e os publiquei no website deles. Martinella adorou minha tradução e disse que ia focalizar meu trabalho nisso. Tínhamos que nos preparar para o Fórum Cultural Mundial e seus shows. Eu cuidava de tudo que se relacionava com a banda Manu Chao. Era um emprego e tanto, muito mais do que eu esperava. Ao meio-dia voltei para o flat andando. Perdi-me várias vezes no caminho, mas não liguei. Sentia-me absurdamente independente. Sentia-me completamente renovada. Cheguei no flat.

— Minha filha, a Martinella já ligou, eles amaram você! Tô muito orgulhosa! — Minha mãe beijou minha testa e me deu um abraço apertado. — Você gostou, Satine?

— Amei, mãe...

Fizemos compras na Ouro Fino à tarde. Eu comprei um quadro vintage dos Rolling Stones para dar vida ao meu apartamento e roupas lindíssimas. Nos encontramos com um amigo da minha irmã que fazia *Malhação* e comemos no McDonalds. Depois minha mãe e minha irmã voltaram para casa. Minha irmã implorava para ficar, pois tinha uma quedinha pelo menino.

Eu fechei a porta do apartamento com a minha chave e fui ao espelho do banheiro com lágrimas alegres nos olhos.

Está tudo no lugar, agora só falta ele...

11

O terceiro ato

Apartamento, dinheiro, comida, conforto e trabalho — tudo na cidade que eu amava de paixão, a cidade onde ele morava. Levantar às oito da manhã com um propósito e chegar em casa satisfeita com meu desenvolvimento. Transparecendo uma felicidade lúcida ao saber que todos estavam sorrindo para a minha escolha. Para a minha vontade de aterrar a tristeza adquirida por causa de um ponto final largado no meu romance a longa distância.

Apesar de tudo, eu era como um gato de sete vidas. E quando eu me jogava de uma grande altura, caía de pé. Às vezes eu me machucava, mas sempre sobrevivia. Eu morria de medo de tomar banho de água fria e quando tomava, tomava em baldes. Então eu ficava reclusa e arisca em um cantinho arranhando os que resolvessem passar. Mas depois eu me adestrava a voltar a viver. Porque a esperança não morria. Ela nunca morria.

A última vinda a São Paulo tinha me enchido de fé. Porque no mesmo fim de semana em que ele resolveu me apunhalar, ele resolveu se redimir. E eu não corri atrás. Eu sabia que precisava aprender a não persegui-lo, senão iria sufocá-lo. E eu sabia também que as coisas estavam dando certo, e que ele iria voltar para mim. Porque com certeza aquele era o ato final, o final feliz depois das apresentações do primeiro ato e da turbulência do segundo. Eu tinha certeza de que desta vez a cortina vermelha se fecharia com aplausos e críticas agradáveis.

Die veio me visitar na quarta-feira para me fazer companhia. Mais tarde Joaquina também apareceu com um pouco de maconha. Apesar de tudo, eu me sentia sozinha naquele belo apartamento. Eu me consolava com as conversas virtuais no cybercafe e falava orgulhosamente de minhas conquistas. Ainda não tinha tido coragem de ligar para ele, queria que fosse na hora certa.

Mas não foi.

Eu cheirei desodorante enquanto Die tomava banho. Tive uma alucinação de que estava dentro de um programa de televisão, de que estava sendo julgada por um crime que havia cometido. Enquanto viajava, tentava arrumar meu cabelo, pois a câmera que me filmava vinha de dentro do aparelho. Joaquina estava dispersa assistindo à televisão dentro de uma viagem também. Fui até a porta do banheiro e comecei a socá-la com força, para avisar a Die que eu estava na televisão. Quando ela me mandou calar a boca e riu do que eu estava dizendo, caí na real. Lentamente voltei para a realidade. Mas ainda estava desnorteada, com o corpo molengo, então disquei o número da casa de Riki.

— Sabe quem é? — perguntei bem baixinho.

— Alguma carioca... — Ele riu, eu ri.

— Alguma carioca, é?
— Tudo bem, Sá?
— Aham, e você?
— Tudo bom, e aí?
— Vem pra cá? — *Pra cá onde? Ele nem sabe que você está em São Paulo.*
— Pro Rio de Janeiro? — Ele riu novamente de maneira delicada.
— Não. Eu tô morando em São Paulo... Consegui um emprego foda na divisão cultural do Consulado da França. Tô morando em um flat na rua da Consolação.
— Ixi, sério? Quando você chegou?
— Segunda-feira.
— Por que não me ligou antes? — *Então eu podia ligar?*
— Não sei.
— Sá, hoje eu não posso... É meia-noite, minha mãe está dormindo, não tenho como avisá-la de que vou sair. Amanhã a gente pode se ver. Que horas você volta do trabalho?
— Depende... É relativo. Depende de quanto trabalho eles vão precisar que eu faça. É um estágio na verdade, entende?
— Entendi. Legal, meu! Me liga amanhã quando você voltar do trabalho, então.
— Tá bom! — *Queria dar cambalhotas e piruetas de regozijo.*

Joaquina foi para casa mais tarde e Die dormiu na cama do lado da minha no espacinho pequeno de quarto que havia.

O apartamento tinha o quarto com as duas camas de colchão molinho, uma mesinha-de-cabeceira com um abajur amarelado e uma escrivaninha onde ficava a televisão. Não havia porta para a sala, somente uma abertura. A sala tinha um sofá quadriculado verde e branco, um armário de madeira que se transformava em mesa e uma cadeira. E daí na frente da porta havia o banheiro, com uma banheira enorme.

No dia seguinte eu fui trabalhar e Die foi para casa. Trabalhei de maneira eufórica, checando o horário de dois em dois minutos. Queria chegar logo em casa para ligar para ele.
 Cheguei no apartamento e tirei o telefone do gancho. Hesitei, não consegui ligar, estava sóbria. Queria me fazer de difícil. Queria que ele realmente desse valor para mim. Queria que tudo ocorresse de maneira impecável. Dormi a tarde inteira, estava bastante exausta. Mais tarde fui ao supermercado e fiz compras com o meu cartão de crédito. Mamãe havia sido muito boazinha, eu não podia decepcioná-la.
 Às dez horas da noite uma amiga de Paulo, muito simpática, que eu havia conhecido pela Internet, veio me buscar para jantarmos em um restaurante mexicano. Ela era japonesa, homossexual, artista plástica e muito inteligente. A noite foi ótima. Conversamos até a garganta secar. Contei para ela a história inteirinha de Riki e ela me contou sobre sua namorada. Comemos chillis superpicantes e bebemos um copo saboroso de Submarino — tequila com cerveja. Daí a coragem surgiu como uma erupção vinda do fundo do copo. Peguei o celular de Yumi e mandei uma mensagem para o celular de Riki, perguntando se ele iria pro meu apartamento. Esperei a resposta como um cão que espera o dono chegar em casa. Dez minutos depois ele ligou para o celular dela e eu fiz festa. Ele disse que estava em um show e que me ligaria quando estivesse vindo para minha casa. Eu dei a ele o número do meu ramal. Yumi pagou a conta — ela era gentil demais — e depois me levou para o meu apartamento.
 Fiz chapinha no cabelo, coloquei maquiagem, vesti uma saia curta preta, uma blusa com a língua dos Rolling Stones e fui ao supermercado comprar bebidas. Um vinho chileno, uma

vodca e um *twelve-pack* de cervejas. Sentei ao lado do telefone com o coração acelerado e esperei por ele, olhando para as manchinhas no teto branco.

Esperei...

E esperei...

Uma hora da manhã e nada — somente meu batom vermelho borrado. Liguei novamente para o seu celular, já ignorando o fato de que eu poderia estar enchendo o saco.

— Onde você tá?

— Eu tô indo pra Hollywood Lounge. Vou tentar sair cedo, qualquer coisa te ligo.

— Como assim? Você disse que viria pra cá, eu tô te esperando! Eu tenho que levantar para trabalhar às sete horas da manhã, Riki!

— Pô... Eu te ligo, Sá...

— Tá, tchau! — Desliguei o telefone, possuída de raiva. Eu não entendia como ele podia fazer aquilo comigo. Bati-me no rosto e gritei.

Fui ao cybercafe e tentei encontrar alguém na minha lista de MSN que quisesse ir comigo para a Hollywood Lounge. Acesso negado; eu teria que voltar para o flat e dormir depois de tanta empolgação e preparação. Conversei um pouco com Carlos, contei para ele o que tinha acontecido e ele me disse para não ir pra boate de jeito nenhum. Que se ele quisesse me ver ele viria me ver e pronto. Voltei para o flat.

Mas antes de dormir eu bebi metade da garrafa de vodca ardida fazendo careta, joguei fora milhares de lágrimas e liguei para Tamara e Fabricia. Ainda bem que ela havia me perdoado, eu precisava dela.

Não era justo, ele não podia estar fazendo aquilo. Não podia! Era para tudo acontecer de maneira perfeita! Fui dormir bêbada, tonta e descabelada.

Às cinco horas da manhã o telefone da cabeceira da cama tocou. Eu levantei a cabeça sem entender a inconveniência e atendi.

— Sá, sou eu! Eu tô indo praí!

— Você tá louco? São cinco horas da manhã, cara! — eu disse olhando a hora no meu celular.

— Não, meu, eu tô indo agora!

— Eu preciso acordar cedo, poxa!

— Não! Sério! Pára com isso! Eu preciso muito te ver! — *Preciso, ele disse preciso.*

— Tá, vem.

— Explica o endereço direito! — Expliquei. Ele não entendia nada, estava completamente embriagado. Mas eu não podia rejeitá-lo. De maneira nenhuma. Ele disse que precisava me ver. E era tudo que eu precisava ouvir.

— Vem logo! Onde você tá?

— Eu tô andando, Sá!

— Você tá andando, como assim? Você vai vir andando da Hollywood Lounge até aqui? Você não vai chegar nunca!

— Lógico que vou. Relaxa...

— Você já tava vindo, antes de me ligar?

— Lógico! Eu sabia que você ia dizer que sim! — *Convencido como sempre.*

— Me liga quando estiver lá embaixo para eu te buscar.

Assim que desliguei o telefone, vesti um avental de The Flash e arrumei o apartamento. Alinhei as garrafas na mesinha da sala e acendi algumas velas roxas no quarto. Maquiei-me novamente, vesti-me e fiquei esperando o telefone tocar. Dessa vez tocou.

Meu coração saiu pela boca quatrocentas e noventa vezes antes de o elevador chegar no térreo.

Ele estava sentado no muro do lado de fora com uma sacola de supermercado na mão cheia de cerveja e batata Ruffles.

Não nos beijamos nem nos abraçamos. Fiquei parada de braços cruzados olhando para ele. Apesar da maquiagem, meus olhos estavam pequeninos de sono.

— Você é doido! Eu tenho que acordar daqui a pouco!
— Se quiser que eu vá embora, me diz...
— Deixa de fazer cu doce. Eu tenho diabete a cu doce. Vamos subir...

Quando chegamos no apartamento, nos sentamos no sofá da sala. Ele bebia cerveja e eu bebia vodca com coca-cola. Eu precisava ficar bêbada e extrovertida rapidamente para não cair estatelada como uma panqueca no chão, levando-se em conta o fato de que meu coração não parava de dançar trance e que meus olhos não acreditavam no que viam. Conversamos sobre muitas coisas que hoje são nevoentas. Ele voltou a se abrir como havia feito no nosso primeiro encontro. Contou-me segredos íntimos, histórias da infância, e chegou a ficar com os olhos aguados. Eu senti uma quantidade de carinho e sinceridade extrema e ainda nem tínhamos nos beijado. Aí sim nos beijamos e fomos para cama.

Eu chorei naquela noite quando cheguei ao orgasmo. Chorei de felicidade. Dormimos nus e enroscados. Deitei em um ninho entre seu braço e seu peito.

Quando o despertador tocou, eu não parecia ter dormido por um minuto sequer. Tentei levantar da cama, mas ele me segurou pela cintura.

— Não! Fica mais! — ele disse com uma voz sonolenta e os olhos semicerrados.
— Não posso, tenho que ir trabalhar. Eu te avisei!
— Não, por favor, fica. Diz que você está doente!

O quarto estava escuro e refrigerado e as cobertas macias não me davam vontade de sair pela porta. Olhava para a imagem de seu corpo nu e precisava ficar naquela cama. Então ignorei minhas responsabilidades e voltei a dormir. Dez da manhã o despertador tocou novamente e eu liguei para o escritório dizendo estar doente. Eu estava doente de fato, doente de paixão. Eu disse que iria trabalhar mais tarde. Ao meio-dia nós levantamos da cama e descemos para a padaria para tomarmos café da manhã. Eu dei para ele a cópia da minha chave e disse que podia ficar lá até que eu retornasse. Atrasada e preocupada, peguei um táxi e fui trabalhar.

Usei minhas técnicas mentirosas para forjar tosse e tontura. Fingi de maneira tão precisa que fiquei de fato nauseada. Traduzi alguns artigos e desci para almoçar com Martinella. Simulei um quase desmaio e senti de fato vontade de vomitar. Eu só conseguia pensar nele o tempo inteiro, minha atenção se perdia nos raios de sol límpidos daquela tarde. Eu não ouvia as palavras que saíam da boca de Martinella, só percebia o mexer de seus lábios. Eu mergulhava nos detalhes da noite anterior e em tudo que ela representava. Como eu havia desejado aquilo por tanto, mas tanto tempo — dia após dia.

Entrei em um táxi e fui para casa. Abri a porta e fiquei parada na entrada com uma das mãos na cintura e a outra chacoalhando a chave. Ele estava deitado na cama, sem blusa, de cabelo molhado, assistindo à televisão.

— Você tem noção de que eu acabei de fingir um desmaio no Consulado da França para poder voltar pra casa? — Ele sorriu e mexeu no contole remoto para mudar o canal.

Ficamos o dia inteiro jogando tempo fora. Assistindo à televisão, fumando cigarro atrás de cigarro, transando, rindo. À noite ele foi embora. Era sexta-feira. Ele disse que não ia à Pacman, como estava planejando.

Saí para jantar com Catarina — que havia voltado de viagem — Julia, Renato e Jota. Permaneci aérea na mesa de jantar, no meu fantástico mundo de Bob. Quando cheguei na recepção do hotel, me deparei com Die, toda arrumada, debruçada sobre o balcão. Ela disse que estava de carro com Nana e Lúcia — duas amigas que moravam na República — e havia passado para me buscar para ir à Pacman. Depois de alguma discussão, ela me convenceu a ir. Enquanto eu me arrumava às pressas, pedi para que ela ligasse para Riki para avisá-lo de que eu estava indo pra lá. Ela disse que ele respondeu que tudo bem, com frieza.

Fiquei a noite inteira sentada no sofá e mal bebi. Conversei com várias pessoas. Cheguei naquele ponto certeiro em que podia cumprimentar a todos. Sentia-me fora do quadro, afastada da situação. Analisava as mentes ocas embebedadas agindo como animais selvagens e sentia alívio. Eu estava mudando, não havia mais nada ali dentro que me atiçava. Eu não olhava para o lado sequer, porque no meu âmago só existia ele. Só ele. Só ele e mais nada. Nem a bebida fazia efeito.

Quando um menino se aproximou querendo um beijo, Carlos se meteu no meio:

— Ela namora o Riki agora! — Eu ri e disse que não era um namoro. Mas quem sabe era. Carlos me abraçou e eu pude sentir seu bafo de vodca. Ele me deu parabéns, eu não sabia pelo quê.

Não vi Riki durante uma semana desesperadora. Ele não me ligou, então também não liguei. Durante esta semana fui a todas as baladas que poderiam existir na expectativa de encontrá-lo e trazê-lo de volta para casa. Nana e Lúcia estavam sempre dispostas a sair, eram duas baladeiras de carteirinha, então eu pegava carona com elas no carro de estofado de oncinha de Nana. Quando o sono tomava conta do meu corpo, eu tomava efedrina — comprimidos estimulantes que um estranho me deu em uma noite qualquer.

Riki nunca estava lá. Eu voltava para casa desanimada, bêbada e tristonha. E daí eu adormecia e rezava para que as coisas fossem diferentes no dia seguinte. Estava preocupada, de repente minha certeza de que tudo ia dar certo não era mais tão certa. Mas ele sumia quando queria porque eu nunca pedia satisfação.

Na segunda-feira eu fui trabalhar no show do Manu Chao no Ibirapuera. Trabalhar era uma palavra engraçada considerando o fato de que eu só assisti ao show na área VIP, grudada no palco. Levei Nana, Lúcia, Die e Catarina, e conheci celebridades. Catarina quis ficar e eu fui para a Rocky com Nana, Lúcia e Die. Ele não estava lá novamente. Já estava se tornando insuportável lidar com sua ausência.

Estava passando rímel no espelho do banheiro quando um cara completamente *glam*, de casaco de oncinha, suspensórios, alargadores de trinta milímetros mais ou menos nas orelhas, braços com tatuagens maravilhosas e boá preto no pescoço, saiu de dentro de uma cabine. Ele olhou no espelho e disse:

— Eu tô fantástico. — Empinou o nariz e deu uma fungada.

Eu olhei para ele e me intrometi:

— Posso ficar fantástica também?

Ele riu, se apresentou como Bow e disse que eu era fabulosa. Ficamos horas conversando na frente do espelho do banheiro. Ele tinha um quadro do Mark Ryden tatuado nas costas. Deu-me cocaína e me apresentou para todos os seus amigos. Quando Nana veio me avisar de que elas estavam indo embora, eu disse que ia ficar, pois o amigo de Bow iria me deixar em casa. Cheirei em demasia e bebi até não agüentar mais. Depois os dois me levaram em casa. Eu os convidei para subir.

Cheiramos cocaína a noite inteira na penumbra do quarto e pela primeira vez sofri alucinações — alucinações boas. O amigo de Bow, que se chamava Jonas e tinha longos cabelos lisos, estava superequipado — havia uns oito papelotes em sua carteira de verniz vermelho. Como ele também nos achava fabulosos, deixou-nos livres para usufruir sua droga. Eu estava deitada perto da quina da mesinha-de-cabeceira quando me virei de maneira descuidada e caí de boca na quina. Levei o dedo indicador aos lábios e provei meu sangue. Não havia dor. Quando eu era menor, desejava poder ser uma vampira para poder sobreviver de sangue somente. Bow pegou uma toalha para eu me limpar, mas eu preferi deixar o sangue escorrer pelo meu queixo como tinta fresca. Jonas se assustou.

Ele foi embora e Bow acabou dormindo no meu apartamento. Dormimos na mesma cama, um do lado do outro, como dois amiguinhos inofensivos, e nenhum relacionamento sexual aconteceu. Eu sentia que já o conhecia de outras vidas, de outras encarnações. Ele era de fato fantástico. Emergente, exagerado, glamouroso e bissexual. Trabalhava com moda e me convidou para acompanhá-lo a uma festa do Alexandre Herchcovitch. Eu vibrava com ele. Ele me fazia esquecer da tristeza e da saudade.

Eu sentia saudade do Rio de Janeiro. Sentia saudade de acordar de frente para o mar, poder respirar um ar puro e sentir o aroma caseiro atiçador do almoço saudável sendo preparado na cozinha. Eu sentia falta da minha mãe reclamando o dia inteiro sobre as contas de luz e de água. Sentia falta da minha irmã implorando para sair para algum lugar e voltar na luz do dia. Sentia falta da Biba, pedindo para jogar jogos no computador. Sentia falta da Fabricia, da Tamara, da Amora, da Ruiva e de tantas outras pessoas! Sentia falta da minha cama, do meu cobertor e do meu computador com as minhas fotos e o cabo da minha máquina digital. Sentia falta do meu som, da minha coleção de CDs, da escolha ampla de roupas para vestir. Sentia falta de comer uma refeição decente e não potes de Cup Noodles preparados com água da pia do banheiro, porque era tudo que eu sabia fazer e não havia outra pia no apartamento. Meu estômago começou a ter crises de nervos, eu sentia pontadas inesperadas de vez em quando.

Sentia falta de não saber que Riki existia, de não tê-lo viajando nos meus pensamentos vinte e quatro horas com descontrole. Mas precisava ignorar todos os pensamentos, porque estar lá era tudo que eu queria e eu precisava legitimar o fato de que era.

Às vezes, no auge da solidão, eu ligava para casa e conversava com todos os residentes; minha irmã, minha mãe, minhas duas empregadas e até Biba, filhinha de cinco anos de Sarah que parecia me entender melhor do que todos os outros com sua mente de criança adulta.

Eu olhava pela janela e buscava o nada no horizonte, viajava nas luzes vermelhas dos faróis dos carros e encontrava minha cabeça alhures. Desejava estar em outro lugar, mas, se chegasse lá, desejaria voltar. Ficava empacada como uma mula, entre um mundo e outro, nos ermos da galáxia. E para sempre eu me perdia nas imagens fora da janela, que nunca eram boas o suficiente. Que sempre se apagavam, como giz de amarelinha em asfalto.

Terça-feira eu não fui trabalhar novamente. A vontade simplesmente não surgiu. Fiquei deitada de barriga para cima na cama olhando para o televisor desligado, contando as argolas em volta da cortina verde, percebendo que de um lado havia treze e do outro, quatorze, enquanto esperava Bow acordar. Parecia que não precisavam mais de mim no trabalho, que nem se importavam mais. Eu recebi por debaixo da porta do quarto meu crachá para o Fórum Cultural Mundial, caso eu quisesse ir, como o bilhete acompanhado dizia. Senti vergonha, mas me reprimi de mostrar.

Eu e Bow sobrevivemos àquele dia com um único saquinho de Skitles que havia no apartamento e duas latas de desodorante que saímos para comprar com as últimas notas de dinheiro que eu tinha. Lemos trechos de livros de poesia que eu havia trazido e contamos as histórias de nossas vidas. Ele conhecia Riki das baladas, mas não gostava dele. O engraçado era que muito poucos gostavam. Eu queria que Bow morasse comigo e virasse meu melhor amigo.

— Satine, se ele te faz feliz, por que é que você está tão triste?

A profundidade de sua simples pergunta viajou pelos meus pensamentos por dias e dias.

Os degraus das escadas subiam e desciam, mas não chegavam em lugar algum. Eram escadas ou gangorras? Eu era uma casa de diversões, cheia de camas para fornicar. Subia e descia na gangorra — ele — até que tudo começasse a rodar mais uma vez. Na minha casa havia poeira, porque o teto havia caído sem eu perceber, me deixando sem proteção. As paredes, porém, continuavam intactas e eu ficava presa lá dentro à procura da chave. A porta sumia como bolhas de sabão. Ele brincava em trapézios e se sentia voando. E ele sabia que, se caísse, eu seria a rede.

À noite, Bow foi embora e me convidou para ir com ele para a Hollywood Lounge. Eu abaixei a cabeça, estava completamente dura. Em poucos dias eu havia gastado quatrocentos reais. Quatrocentos reais desperdiçados em baladas, drogas, Internet e táxis desnecessários. Não sabia o que fazer. Eu só iria receber na outra semana, se é que iam me pagar. Nem dinheiro para comprar comida eu tinha. Só restava o cartão de crédito para ser usado em emergências. Mas ele virou meu salvador e eu passei a usá-lo como se dentro dele não houvesse dinheiro. Como se fosse dinheiro de mentirinha, de Banco Imobiliário. Usei-o em um desleixo, para fazer compras na Galeria Ouro Fino, como se já não bastasse tudo que eu havia gasto. Foram-se quinhentos reais na minha brincadeirinha.

Na minha terceira semana em São Paulo, eu já estava sufocada. Meu apartamento havia se tornado um ferro-velho, assim como meu quarto no Rio de Janeiro pouco antes. Havia formigas microscópicas por todo lado se sustentando dos caminhos de açúcar deixados pelo apartamento numa previsão inconsciente da amargura pronta para vir. Havia sacos marrons de McDonalds debaixo da cama, garrafas de vodca vazias, panfletos, papéis, jornais, roupas pelo chão, cigarro por todos os cantos, latas de cerveja jogadas e cheiro de drogas. Eu nunca deixava a arrumadeira vir limpar, pois sempre havia vestígios de substâncias ilícitas. A cabeceira estava cheia de farelos de pó. Eu os esfreguei na gengiva para torná-la dormente. Eu gostava daquele gostinho amargo.

Minha mãe me ligava diariamente, chorava e falava que estava decepcionada. Eu dizia que estava doente, em brasa. Ela não acreditava, é claro. Então ela me avisou que meu estágio iria terminar na segunda-feira e que eu deveria pegar um ônibus para casa. Senti raiva dela por me obrigar a deixar tudo para trás. Quando contei que estava sem dinheiro, ela surtou. As palavras foram abafadas pelos gritos histéricos. Fechei os olhos e afastei o fone do ouvido. Ela pediu para um amigo dela, que morava no caos trabalhador da Paulista, me deixar duzentos reais na portaria.

Fui correndo à banca de jornal, comprei dois maços de cigarro e depois fui ao supermercado e enchi o carrinho.

Sexta-feira eu fui a Pacman novamente com Catarina, Julia, Jota, Nana e Lúcia. Jota me disse que Riki também ia. O nervosismo tomou conta dos meus pés apoiados em um salto de verniz meio drag-queen, de quase vinte centímetros.

Ele me viu, se aproximou, me abraçou e sussurrou no meu ouvido:

— Hoje eu vou pra casa com você, tá?

A voz dele me confortou. Como eu podia me sentir tão confortável com alguém tão perigoso?

— Claro... — respondi flertando e segurando sua cintura.

Finalmente eu o havia encontrado.

Mais uma vez, bebi até não agüentar mais. Vomitei duas vezes no banheiro do andar de cima, onde três mulheres e um homem se roçavam freneticamente, quase sem roupa. Desci as escadas pretas e Riki ficou sentado do meu lado segurando minha cabeça bamba em seu ombro enquanto eu acariciava seu braço. As pessoas que nos conheciam passavam e nos admiravam. As meninas que o desejavam passavam e olhavam cheias de inveja. Eu não me importava, não precisava de simpatia de silicone. Só precisava dele.

Quatro e meia da manhã nos despedimos das pessoas que restavam e fomos embora caminhando. Ele me emprestou sua jaqueta jeans que cobria minha saia curta e paramos em um posto de conveniência para comprar mais bebida. Nunca era o suficiente. Se fosse, era só vomitar e começar de novo.

Chegamos em casa, conversamos, bebemos algumas cervejas e fomos para a cama. Não agüentei a incerteza e perguntei:
— O que a gente tá fazendo?
— Sexo?
— Não. Eu digo, o que nós somos?
— É simples. Você me ama e eu te odeio. — Eu virei para o lado e disse que ele estava certo, com tristeza nos olhos. Ele riu como se fosse uma brincadeira e não falou mais nada. Eu não entendia por que ele não conseguia se expressar com palavras quando as letras de suas músicas eram tão bem escritas e cheias de emoção. Ele me abraçou por trás e nós adormecemos. Uma lágrima escorreu na fronha branca. *Abrace-me mais forte*, pensei, *amanhã vai ser outro dia, e nada vai ser igual.* Ele era como uma pequena maçã podre que ainda conseguia ser suculenta por dentro.

Acordei antes dele e fiquei admirando seu rosto. Encabulei-me ao perceber minha mão segurando a dele numa tentativa de aproximação inconsciente. Ele era como meu príncipe encantado que havia me beijado para a vida novamente. Como podiam me culpar por procurar o espelho dos meus sonhos nele se me leram milhares de contos de fada quando eu era criança? Se me criaram achando que príncipes encantados existem e que um sapo pode virar um se eu quiser? Como podiam me culpar se a Branca de Neve, a Pequena Sereia, a Gata Borralheira, a Bela Adormecida e todas as outras mocinhas foram resgatadas e viveram felizes para sempre? O que teria acontecido com a Branca de Neve se ela não tivesse seu salvador? Ela levantaria de sua cama, quebraria o ataúde de vidro, faria um crediário nas Casas Bahia e arrumaria um emprego de salário mínimo? Ou será que ela ficaria lá dentro para sempre e apodreceria? Mesmo os desenhos modernos que tentam nos mostrar um romance não convencional usam projeção. Shrek só conquistou a Princesa Fiona porque ela era feia e verde que nem ele. A única diferença entre mim e todas elas era que Riki era um príncipe do século XXI e reinava sobre seu império de fãs com lavagem cerebral.

Ele acordou. Eu estava com uma ressaca brutal e muita fome. Ele não se importou, continuou deitado, acendeu um cigarro e eu desci para comprar nosso almoço, quase não me agüentando sobre meus próprios pés. Ele foi embora à noite para tocar em um show em uma cidade do interior, e mais tarde Catarina, Julia e Jota vieram me visitar.

Ele me ligou. Nem acreditei.

— O que você tá fazendo? Cheguei do show.

— A Julia, a Catarina e o Jota estão aqui. Nós pedimos pizza e vai passar *O chamado* na televisão. Vem pra cá!

— Valeu por ter me chamado.

— Poxa, não sabia que você já tinha chegado. Só soube quando o Jota chegou aqui com a Julia. Vem pra cá, agora!

— Não. Nem dá. A gente se fala.

— Eu vou ter que voltar para o Rio para pegar o resto das minhas malas na segunda-feira! Quero te ver antes!

— A gente se fala quando você voltar, Sá. Beijos. — Ele desligou sem que eu pudesse responder.

Sim, eu menti. Eu não queria que ele soubesse que eu havia me fodido no emprego, que estava fodida em São Paulo e que minha mãe havia me obrigado a voltar. Que eu continuava lá somente por causa dele e que eu havia ido para lá com o propósito de tê-lo, em primeiro lugar. Eu queria que ele cresse que eu ainda morava lá, pois estava certa de que arranjaria um jeito de voltar. Ou voltaria todas as vezes que ele me chamasse para sair — se chamasse — sem contar para ninguém que eu estava em casa novamente por não ter conseguido manter minha vida em São Paulo. Por ter fracassado. Nem sequer passava pela minha cabeça que meus pensamentos eram surreais.

Cheguei em casa de pavio curto. Comecei me irritando com os comentários de como eu estava magra. Cheguei de cara amarrada, com argumentos insensíveis na ponta da língua. Todos se entristeceram comigo por eu não ter chegado de braços abertos, cheirando a saudades. Eu sentia saudades, mas a saudade de todos ali dentro degenerava com dez minutos de visita. A saudade que eu sentia dele não degenerava nem com cem mil anos de presença.

Porque na verdade, mesmo quando estávamos juntos, eu sentia falta dele. E mesmo quando dormíamos juntos, às vezes acordávamos sozinhos. E quando eu dizia que o havia perdido, sabia que no fundo nunca o tivera por completo. No fundo eu não era eu, e não era ele também, como queria acreditar às vezes. Nos momentos de mais plena sinceridade, nós não éramos nós mesmos. Nós jogávamos jogos o tempo inteiro. E como em todos os jogos, existem ganhadores e perdedores e minha sina era perder. Nosso relacionamento parecia uma peça de teatro realizada no camarim, um baile de máscaras. A minha face real, porém, era mais difícil de esconder. Tanto meu rosto quanto minhas máscaras estavam manchados de choro.

O choro não parava, a água nunca secava. Fiquei uma semana no Rio de Janeiro, grudada na tela do computador, admirando fotos e chorando por qualquer motivo. Derretida como manteiga, morrendo de saudade. Morrendo.

Tic-tac, meu coração não parava de bater por ele, como um relógio.

Consegui voltar depois de outra mentira. Supostamente, Bow havia me arranjado uma sessão de fotos assalariada com um fotógrafo conceituado. Fiz escândalos em casa para que todos me desejassem longe. Quebrei pratos e xícaras e disse que o emprego era importante. Fingi que tinha estudado uma apostila inteira de matemática, driblei minha mãe fazendo-a falar com Bow pelo telefone, inventei falsos telefones para contato e fui embora para a casa de Nana com duzentos reais no bolso e mil mentiras para contar. Meu motorista Pierre me levou na rodoviária.

Eu fiquei mais dez dias em São Paulo enfurnada no "apertamento" bagunçado de Nana, dormindo em um sofá-cama na sala, rodeada por roupas, acessórios, pratos sujos, copos, garrafas velhas, pacotes de camisinha e cigarros apagados. Viciada no cheiro de cigarro que flutuava no ar e me tirava o fôlego como se eu tivesse corrido mil quilômetros.

Voltei para as baladas escuras à procura de seus olhos que não traduziam sentimentos, que não surgiam entre as fumaças. Cheirei todos os dias para ocupar minha cabeça, não conseguia pensar em dizer não. Passei a arranjar pó na rua Augusta — o *point* das prostitutas. Bebia vinho barato como água e às vezes engolia um dos Valiums que Amora havia me dado para dormir. Atirava-me em divagações, na esperança de o tempo passar mais rápido. Havia se tornado difícil dormir, meus olhos permaneciam enormes e ardidos por dentro. O botão de desligar do meu corpo não funcionava. Eu ficava contando carneirinhos e tentava pregar o olho.

Então comecei a beijar bocas aleatórias, de olhos bem fechados para poder imaginá-lo, surtando na espera. Nada daquilo me importava. Tentava esquecê-lo, pois não agüentava mais, porque estava basicamente transbordando. E eu queria que ele desaparecesse, porque a pureza que eu procurava na nossa paixão não mais existia. Eu não queria mais ser paciente, paciente de seus braços, que não eram de doutor. Que não tinham a cura para a escuridão da minha alma. Eu não queria mais usar tábuas de passar para passar o passado, tornando-o novo mais uma vez, indo e vindo, como as ondas do mar. Ele podia até me cuspir, me engolir se eu tivesse sorte, mas não podia ficar me mastigando daquela maneira. E quanto mais eu pensava em tentar, mais me encontrava pensando nele.

E eu queria que ele não existisse.

Disquei seu número três vezes, em três dias diferentes, e ele disse que não podia sair, que estava resfriado. Eu queria mandar o resfriado dele, ou a desculpa esfarrapada, para a puta que pariu e explicar que eu teria que ir embora logo. Ele não se importava e meu peito doía. Eu abafava meus lábios com as mãos e começava a gritar.

Era sempre a mesma coisa... Quando ele abria a porta, a porta sumia.

E eu queria que ele não existisse.

Amora me ligou com uma voz séria e determinada no sábado em que saí para beber com Nana, Lúcia e seu namorado cabeludo que parecia o Jim Morrison, no bar da Vila Madalena. Fui ao banheiro fedorento atender.

— Eu preciso te contar o que aconteceu. Eu preciso te contar porque eu te amo e confio em você. E porque eu acho que você devia saber da minha boca antes que vire fofoca, ou antes que...

— Fala logo! — eu a interrompi.

— Você tá sentada?

— Tô sentada na privada do banheiro de um bar tosco!
— eu ri.
 Ela deu um grande suspiro e disse:
 — Você lembra que eu namorava o Gabriel alguns anos atrás?
 — Claro que lembro! O que foi?
 — Quando eu terminei com o Gabriel, ele passou a ficar com aquela minha amiga, a Anita. Lembra?
 — Lembro, Amora!
 — Mas depois a Anita terminou com o Gabriel e começou a ficar com o Thiaguinho. E eu comecei a namorar o babaca do Pedro Henrique. — Ela pausou e respirou fundo novamente. Com a voz mais baixa e mais melosa, ela continuou. — Aquele maldito!
 — Aham... E aí? — perguntei ansiosa.
 — Não tem um lugar menos barulhento, não?
 — Poxa, estou em um bar, cara. Esperando a porra do telefonema do Riki que não chega nunca! Mas enfim, fala!
 — Há duas semanas eu fui fazer um exame de sangue.
 — Sim...
 — Eu fiz um check-up de rotina, sabe... E estava com medo de descobrir que tenho AIDS, considerando todas as vezes que não usei camisinha com o Gabriel e as vezes que ele me chifrou... Então...
 — QUÊ? — Meus olhos arregalaram, meu coração acelerou e minhas mãos começaram a tremer, tornando-se difícil permanecer com o telefone na orelha.
 — Sim. Me escuta... Eu recebi o resultado... E... Deu positivo, Satine... Eu sou soropositiva.
 Meu coração saiu pela boca e ficou boiando no vaso sanitário. As minhas palavras de água se dissolveram. O álcool e a cocaína rodando no meu sistema fizeram um complô para me entontecer. Apoiei uma das mãos na parede gelada e pichada

e comecei a chorar, primeiro baixinho, depois mais alto, depois histericamente.
— Você tá mentindo pra mim!
— Satine... Eu nunca mentiria sobre algo tão sério... — Ela começou a chorar também. — Eu peguei do Gabriel, cara! Do filho da puta do Gabriel! E sabe-se lá quem mais pegou também, todo mundo troca fluido nessa porra desse mundo! Eu vou morrer, Sá...
— Mas o teste só pode estar errado, não é possível... Isso não... — Ela me interrompeu.
— Não pode estar acontecendo? — ela completou com a voz sensível e frágil, tentando segurar as lágrimas. — Pode, e tá! O problema é que nunca achamos que vai acontecer conosco, né? Mas aconteceu, o resultado tá aqui na minha frente... — Ela reergueu o tom da voz e continuou. — Minha certidão de óbito!
— Amora, eu não tô acreditando, eu tô pasma, não sei o que dizer! Eu não consigo acreditar, não consigo! Eu te amo muito, isso não pode estar acontecendo! Eu vou voltar pra casa e vou ficar com você, eu vou ficar do seu lado o quanto você precisar!
— Sá, eu não tenho mais jeito. Se eu não morrer de AIDS, eu vou morrer de overdose ou de coração partido ou de depressão. Eu virei uma droga letal pra mim mesma, não tem mais jeito. Quem sabe na próxima encarnação minha vida seja melhor!
— Porra! Você não vai morrer! A medicina... — Ela me interrompeu novamente.
— Tem avanços para cuidar da doença? Eu sei, Satine. Mas olha só, você acha que seria fácil viver com essa consciência? Viver em um mundo onde a ignorância é acentuada? Onde existem pessoas que sentem repulsa ao ouvir a palavra

"soropositivo" e que acreditam que um abraço de um aidético pode ser contagioso? Eu quero que você me entenda... Eu preciso... Eu não tenho mais motivo. Eu não tenho mais nada... Eu não tô exagerando, não existe mais nada.
— Não fala isso, não fala! Você tem a mim! Eu te amo! Tem ao Thiaguinho! Ao Júlio! Tantas pessoas que te amam tanto e que fariam de tudo por você!
— Eu também te amo, Satine.
— Desde quando o Gabriel tinha o vírus?
— Cara, ninguém sabe. Ele desapareceu, parece. A mãe dele disse que ele se mudou pra Itaipava há uns oito meses. Deve ter ido pro exílio. Duvido muito que ele não dê um tiro na cabeça com uma das armas do pai!
— Você disse algo a ela?
— Não. Você é a única pessoa, fora o Thiaguinho, que sabe. E ele vai contar para a Anita assim que encontrar coragem.
— Caralho, o Thiaguinho, cara! O Thiaguinho não, porra! Eu vou matar esse cara, Amora! Como é que ele pôde fazer isso com você? Caralho!

Meu choro tornou-se convulsivo.
— Eu sei, como você acha que eu estou me sentindo? O Thiaguinho é meu melhor amigo, Satine, ele é meu irmão, ele é minha força! Eu posso ficar na merda, mas ele não! Então só tô rezando por ele... Tá foda de agüentar, sabe? Agora eu preciso avisar pro Pedro Henrique também e não sei como vou fazer isso! Mas olha... Eu quero que você fique forte por mim, eu quero que você fique de pé, de cabeça erguida, e faça tudo que você precisa fazer em São Paulo antes de voltar pra casa!
— Ele não me quer mais e eu tô mal pra caralho, então eu vou voltar pra casa e vou ficar do seu lado!
— Satine, você realmente acha que é isso que eu quero? Eu quero que você seja feliz, entendeu? Eu já estraguei vidas

o suficiente! Parece que eu sou tipo o Midas do mal, tudo que eu toco vira merda! Eu não vou estragar mais uma vida!

— Não, Amora, não! Eu vou ficar do seu lado! Eu vou embora quarta-feira!

— Tá bom, você faz o que quiser. Olha... Eu quero te pedir um favor enorme... Eu não quero que ninguém saiba disso agora. Ninguém, entendeu? Nenhum amigo seu de São Paulo, nem Riki, nem Fabricia, nem ninguém. Eu não me importo quem é que tá fora desse banheiro na mesa. Pode ser até o papa! Você vai até lá e vai fingir que nada aconteceu. Tá bom? Por mim!

Alguém começou a bater na porta do banheiro. Eu ignorei e falei mais baixo.

— Tá bom! — Sequei meu rosto com o queixo ainda trêmulo. — Eu te amo de verdade! Eu vou tá do seu lado pra qualquer coisa!

— Obrigada. Mil beijos, Sá... Minha Sá... Boa sorte pra você!

— Pra você, cara! Tô com você, não se esquece disso! Beijos... Te amo! — Eu queria atravessar o telefone e abraçá-la bem forte.

Esmurraram a porta do banheiro e eu gritei para que esperassem. Sentei na privada com os olhos aguados e o estômago irritado. Com irritação plena com a vida, com Deus. Com outra de suas injustiças. Procurei dentro da minha bolsa preta algum objeto para me cortar. Para que tivesse a capacidade de sentar-me à mesa e fingir que tudo estava bem. Peguei uma presilha de cabelo e tentei cortar fundo. O sangue não saía, era só uma presilha. Então arranhei com força o máximo que podia, enquanto continuavam batendo na porta e eu gritava com uma voz de desespero, difícil para mim mesma escutar, que eu já ia abrir. A dor não havia sido profunda o suficiente, então peguei um vidrinho de amostra grátis da Dior que eu carregava na bolsa e passei em cima dos arranhões, tornando meu braço tão dolorido que a transformação das dores já havia escapado do meu controle. A dor estava me decepando. Fiquei tonta e me segurei nas paredes. Saí do banheiro, deixei a senhora rabugenta e pançuda entrar e retornei à mesa.

— O que houve? — Lúcia me perguntou com um tom preocupado.

— Nada demais, relaxa. — Tentei sorrir e olhei para baixo segurando meu braço com uma das mãos, disfarçadamente, por debaixo da mesa.

— Que cara de choro é essa? Estava falando com ele de novo, né? Assim você vai acabar assustando ele, gata...

— Eu sei, eu não vou mais ligar... — Parei, segurei a lágrima e continuei. — Nunca mais...

— Quero só ver — disse Nana.

Não disse mais nada. Tomei a cerveja que restava no copo de vidro em um gole e perdi meu olhar em um ponto fixo na mesa amarela com comercial da Brahma. Meu estômago roncava, então pedi uma porção de batatas fritas. Meu braço latejava como nunca havia latejado antes e era difícil demonstrar calma quando as palavrinhas no cardápio não paravam de se mexer de maneira tridimensional. Eram as drogas, as bebidas, o Riki e a Amora, juntos, socando as paredes do meu estômago como um câncer. Eu tentei manter uma conversa decente na mesa, mas era impossível. Disse que estava passando mal e voltei para casa com Nana.

A notícia era inconcebível, indigerível, estava trancada dentro de mim como uma culpa me gangrenando. Eu sentia tanta culpa! Sentia culpa de não ter dado mais atenção a ela, de não ter ligado mais vezes, ido visitá-la mais vezes, de ter sido uma mera espectadora de sua ruína. Sentia medo, terror em alguns minutos — impotência fatal. Eu precisava convencê-la a se tratar, precisava encontrar uma maneira de mostrar-lhe que ainda havia fé. Mas fé em quê? Eu não tinha mais fé em nada. Queria deixar meu corpo sucumbir ao sono eterno que o enlutava.

Só poderia voltar para casa na quarta-feira, pois estava supostamente trabalhando, como minha mãe acreditava. Durante a espera, embebedei-me de maneira destrutiva e decidi que ia parar de ligar para Riki.

Na segunda-feira fui à Rocky com Nana. Eu caía em contradição acreditando que não podia continuar vivendo sabendo que minha amiga ia morrer e ao mesmo tempo tentando arranjar maneiras de me ocupar para esquecer e acelerar o relógio. Conhecemos amigos de Jonas e Bow, que nos deram um pouco de pó. Eu acabei voltando para casa de Nana com um deles e Nana com um ex-caso. Um outro homem homossexual e carioca entrou no carro também. Eu achava que ele era amigo do casinho de Nana.

Cheiramos desodorante no caminho e eu fiquei zoneada na minha dor. Quando chegamos na casa de Nana, ela se trancou no quarto com seu ficante, que atendia pelo nome de Magro, e eu fiquei sentada no sofá-cama da sala com o viado que se chamava Ludi e o meu homem analgésico, que se chamava Hélio. Ludi insistia em dançar pela sala nos meus scarpins vermelhos enquanto o rádio reproduzia o CD do Backyard Babies. Hélio era convencido, acreditava ser parecido com o Tom Cruise, mas estava longe de se parecer. Ele era bonito e se vestia bem, mas não era nenhuma beldade. Eu o beijava sem vontade, ele não era o Riki. Acabamos, depois de alguns pega-aqui e pega-lá, no minúsculo banheiro tentando transar em cima do vaso sanitário. Felizmente a camisinha estourou e eu disse que não tinha mais nenhuma — na verdade eu tinha duas. Voltamos para a sala e tentamos dividir o sofá-cama. Virei-me de costas, pois só queria dormir. Ele brigou comigo, pois queria que eu virasse de frente para ele. Disse que muitas meninas o cobiçavam e que eu tinha sorte de estar lá com ele. Ignorei-o por completo e fechei os olhos desesperados por sono. Ludi fazia barulho na cozinha, então coloquei as mãos sobre os ouvidos.

Na manhã seguinte Ludi não estava mais lá. Hélio disse que ia embora, pois precisava trabalhar. Eu precisava continuar meu fingimento de trabalhadora do consulado, então me vesti de roupa social e desci também, tentando encontrar uma maneira de me desviar de seu caminho. Sentamos em um banquinho do lado de uma banca de jornal e conversamos um pouco. Ele disse que havia farelos de cocaína saindo pelo meu nariz e que meu rosto estava destruído. Eu agradeci a gentileza e disse que ia faltar ao emprego. Retornei para a casa de Nana. Magro já havia ido embora e ela estava preparando um café na cozinha. Resolvi arrumar minha mala. Percebi então que minha máquina digital, meu carregador e cinqüenta reais haviam desaparecido. Vasculhei canto por canto e nada. Estava certa de que Hélio havia me roubado, irritado com o meu mau humor. Entrei em desespero e liguei para seu celular, que felizmente havia anotado na noite anterior. Ele se ofendeu e disse para eu ligar para Ludi, que havia saído suspeitamente de fininho como um gatuno. Pedi para Nana o telefone dele e ela disse que não tinha, que nem o conhecia e que achava que ele era amigo de Hélio.

— Não, ele é amigo do Magro! Liga para ele!

Ela ligou e ele disse que também não conhecia aquela criatura. Comecei a gritar sem piedade e me joguei de barriga para baixo no sofá-cama, abafando minha boca. Meu desespero não hesitava em crescer, em tomar proporções gigantescas, e eu não sabia o que fazer. Eu não sabia o que fazer e sentia vontade de morrer. Permaneci deitada, chorando o que ainda havia para chorar e escutando o barulho de sirenes de polícia enquanto Nana tentava me acalmar pegando um copo de água.

— Prendam aquele maldito! — berrei pela janela.

Nana iria viajar naquele mesmo dia, então me instalei na casa de um amigo de Paulo e Yumi, que era também o ateliê de pintura dela. Ela iria viajar e havia dito, na noite em que saímos para jantar no Mexicano, que eu poderia ficar lá por quanto tempo quisesse. Eu estava planejando ficar mais, mas depois daquele dia nada mais fazia sentido. Eu só não queria falar nada para ninguém — ninguém entenderia. Principalmente naquele momento, ninguém chegaria nem perto de compreender o que era estar no fundo do poço, banhada em água de esgoto.

Eu cheguei lá de mala e cuia, como uma filha do vento, e Yumi me recepcionou de braços abertos ao lado do dono da casa, o Dudu. Ela disse que eu estava abatida e eu fingi não ter escutado.

No meu quarto de paredes vermelhas, só havia uma cama que Yumi havia montado com suas próprias mãos. Deixei minhas malas no quarto e me sentei em um sofá na sala do lado de um barzinho cheio de bebidas. Sugeri que bebêssemos, mas os dois não concordaram. Como alguém estava me negando bebida, eu não entendia — era uma necessidade. Paulo chegou mais tarde com sua nova namorada, Vanessa. Fomos ao shopping comer no McDonalds.

— Yumi... Eu tô sem grana! Aconteceu uma coisa meio chata... Eu fui roubada na casa da minha amiga e só tenho setenta reais que não posso gastar.

— Como que te roubaram na casa dela?

— Fala baixo, não quero que escutem! É uma longa história, depois eu te conto em privacidade, tá? — Ela balançou a cabeça que sim e pagou meu lanche com seu cartão de crédito. Eu estava faminta.

Olhei no visor do meu telefone celular e percebi que era dia 13 de agosto — seis meses que havia beijado Riki pela primeira vez. Ficava implorando dentro dos meus pensamentos para que ele lembrasse e me procurasse, pois eu estava decidida e não ia mais ligar.

Voltei para casa de Dudu e usei a Internet em seu quarto enquanto ele dormia. Então conversei com Riki, que surpreendentemente veio me dizer oi, e perguntei por que ele nunca mais havia ligado ou me procurado. Ele respondeu de maneira insolente:

"Eu não, você fica beijando esses carinhas na balada... Fala sério."

Eu não possuía argumentos ou vontade de argumentar. Queria desaparecer em uma combustão instantânea. Desconectei a Internet e, na pontinha do pé, fui ao bar e bebi alguns goles de vodca. Fui ao banheiro tomar banho. Estava deitada como um morto no chão do chuveiro, quando meu telefone tocou. Saí de dentro do boxe e atendi. Era o Thiaguinho, chorando em desespero. Eu mal conseguia entender suas palavras emboladas.

— O que houve, me fala! — berrei.

— Sá... — Ele continuava chorando e não terminava a sentença.

Imaginei que ele fosse anunciar a notícia de seu exame e comecei a chorar também, sentada no chão do banheiro enrolada em uma toalha branca.

— Fala, Thiago, pelo amor de Deus!

— Eu não consigo!

— Seu exame? É isso? É?

— Não, ainda não recebi o resultado... É a Amora, Sá...

Ela... — ele hesitou e retornou ao choro de palavras indecifráveis.

— O quê? Fala logo, antes que eu tenha um ataque cardíaco, por favor! Fica calmo e me fala!

— Ela... Ela se matou! Ela se matou, Satine!

Meu coração parou e minha voz desapareceu. Bati com a cabeça no boxe do chuveiro propositalmente enquanto babava em cima de mim mesma e sentia meu nariz escorrer nos meus lábios trêmulos. Eu não agüentava mais ver o rosto sombrio da morte.

— Quê? Como assim, Thiago? Como assim? O que você está dizendo? Você tá brincando, diz pelo amor de Deus que você tá brincando, que é mentira! — Voltei a bater a cabeça no boxe. — Diz, diz, diz!

— Não! Eu queria tá brincando, mas eu não tô! Satine, me ajuda! Eu quero morrer também! Ela tá morta, porra, ela tá morta! Ela cortou a porra dos pulsos e se enforcou com o saco plástico que ela tava usando para cheirar desodorante! E fui eu quem a achei lá jogada. Eu! — Fiquei sem reação, eu havia ensinado a ela como cheirar desodorante no saco plástico. Ele começou a gritar. O eco de sua voz machucava meus tímpanos e descia até o meu peito — insuficiente para segurar o peso dentro de mim.

O mundo parou de girar naquele minuto, perdeu seu curso e caiu em um buraco negro. O mundo terminou. Ela estava morta, e de certa forma eu tinha culpa.

— Eu tô indo pra casa! Eu tô indo agora, Thiaguinho! Onde você tá?

— Na casa dela! Na casa dela e ela tá morta! Socorro!

— Eu tô indo! — Eu gritei tentando soar mais alto do que seu grito. — Eu devo chegar em umas seis horas no Rio! Espera aí que eu tô indo agora!

— Sá, corre! Corre que eu não tô agüentando a dor! Toda essa dor!

Desliguei o telefone celular e fiquei sentada no chão do banheiro com a cabeça encaixada entre as pernas, encharcando o chão de água do chuveiro e de água dos meus olhos. Deitei de barriga para cima e fiquei paralisada ouvindo somente o som do meu pranto — tão mais alto do que eu podia agüentar!

Tragédia atrás de tragédia, tragédia atrás de tragédia.

Levantei do banheiro, vesti-me rapidamente com as mãos ainda tremendo, larguei a toalha no chão do meu novo — e já antigo — quarto e fui ao quarto de Dudu, onde escrevi um breve bilhete em um arquivo do Word.

"Minha amiga se suicidou e eu fui pro Rio de Janeiro. Obrigada por tudo, Satine."

Peguei minhas malas e saí pela porta de maneira apressada e desesperada, esquecendo até de fechá-la por completo. Peguei o primeiro táxi que vi na rua e pedi para que me levasse para a rodoviária. Chorei durante o caminho inteiro e o taxista me perguntou, olhando pelo retrovisor:

— O que houve, menina? Você é linda demais para estar chorando assim!

— O que tem beleza a ver com alguma coisa nessa vida? O mundo é um lugar horrível para se viver! — Acendi um cigarro.

Ele ficou em silêncio.

Cheguei na rodoviária trombando em quem me cruzava o caminho e comprei uma passagem de volta para casa. Eram cinco horas da manhã, eu iria chegar às onze. Dormi durante a viagem inteira e tive pesadelos em que eu me arrastava nua entre corpos podres para chegar em um castelo que ficava cada vez mais longe do meu alcance, e afastava-se, desaparecendo lentamente. Era exatamente assim que eu me sentia. E não havia castelo nenhum, não havia Mágico de Oz, não havia nenhum prêmio no final da caminhada, só mais desgraça. Desgraça atrás de desgraça, morte atrás de morte, dor atrás de dor. Tanta dor! Tanta dor!

Será que eu podia ter feito alguma coisa? Talvez, somente se eu corresse contra o tempo. Aquele telefonema foi um adeus. Eu não consegui salvá-la!!

Liguei pro Thiaguinho e o encontrei em sua casa, onde choramos goteiras em baldes sem fundos. Mais tarde fomos ao enterro, abraçados na angústia um do outro. Havíamos perdido o velório e o caixão já havia sido carregado para onde o iriam enterrar. Cumprimentamos e abraçamos os pais adotivos da Amora, que seguravam a mão um do outro aos prantos, e fomos para um canto mais quieto, entre as lápides. Thiaguinho me apontou Júlio e nós acenamos para ele. Anita não estava lá. Eu tentava ser forte pelo Thiaguinho, usando palavras de conforto e segurando as lágrimas dentro de mim. Ele estava tão frágil e tão preocupado com seu próprio exame de sangue por vir que eu sentia que estava servindo de tábua de salvação. Eu coloquei na cabeça que estava, pelo menos, e usei esta desculpa como minha própria tábua de salvação.

Pedro Henrique se aproximou de mim no enterro e disse:

— Ela te amava muito, Satine. Fica forte por ela!

— Ela também te amava muito... Então nunca se esqueça dela...

— Eu sempre a amei, ela que nunca enxergou. Era teimosa demais, aquela menina!

— Tomara que de algum lugar ela consiga ouvir isso, Pedro...

— Ela vai, eu tenho certeza de que ela vai. Assim como tenho certeza de que ela vai ficar bem onde estiver. Porque pode ter sido uma mera covardia terminar com a sua própria

vida, mas foi de uma coragem muito maior... Além de compreensão, eu diria. Ela tinha força, muita força. E ainda tem...
— Ele pausou e secou uma lágrima que escorregou. — Você sabia que o budismo diz que a loucura está em apegar-se à vida e que a sabedoria está em conseguir se libertar dela?
— Não, eu não sabia...
— É uma crença meio esquisita, mas ela existe.
— Devemos então sentir a força da Amora e usar isso como uma razão para permanecermos vivos.
— Estar vivo é fácil, Satine, o difícil é viver... Mas um dia nós aprendemos, tenho certeza de que aprendemos. Eu tenho fé, Satine. Espero que você também tenha.
— Boa sorte no exame, Pedro...
— Obrigado.

Ele respirou fundo, me deu um forte abraço e saiu andando do cemitério João Batista acompanhado de uma senhora morena de chapéu preto, que devia ser a mãe dele. Não sei o que foi, provavelmente a vulnerabilidade do lugar, talvez a Amora mandando sinais, mas algo me disse que ele estava certo e que havia motivos para viver e ter fé. Eu o havia escutado de verdade, resolvi que ia tentar escutar a todos, por não ter escutado a Amora como deveria, e a deixado escapar.

Então eu usei mais uma das minhas vidas felinas para começar novamente. Mas mesmo assim foi inevitável ficar meio adormecida.

Na semana seguinte os resultados de teste de Thiaguinho e Pedro Henrique saíram — os dois milagrosamente negativos. E assim saiu um enorme peso de minhas costas.

12

Câncer

As pessoas curiosas e intrometidas sempre me perguntavam o que tinha levado uma menina linda de vinte e um anos a se suicidar de um dia pro outro, sem mais nem menos. Eu me recusava a responder. O que elas não entendiam é que nenhum suicida simplesmente acorda e decide que quer cortar os pulsos. O que elas não entendiam é que a Amora tinha depressão, e que a depressão não acorda no corpo como uma espinha leviana.

Depressão é que nem câncer. São células malignas, agressivas e descontroladas, com capacidade de se multiplicar em velocidade indescritível. Elas se acumulam e viram tumores. Planejam uma explosão entre si mesmas e um dia estouram que nem uma bomba-relógio. Um dia percebemos que temos medo de viver e esse medo nos engole como uma enorme baleia azul. Nos encontramos presos dentro de uma jarra de exibição cheia de tristezas que parecem cotidianas, de início. Tristezas que o mundo inteiro já sentiu ou de que já ouviu falar.

A depressão se inicia de maneira insípida e despercebida, passando *highlighter* sobre as tristezas, transformando os dias de sol em dias de neblina, transformando atividades diárias e perguntas triviais em bichos de quatro, depois cinco, seis e até sete cabeças. Bichos que não temos forças para combater. Ela faz nossos corpos pesarem e os arrasta, fazendo-nos achar que estamos carregando aço. Ela se força dentro de nossas entranhas e depois transparece na nossa superfície. Ela mata e renasce os sentidos, tomando a forma de Deus, personificando os ciclos da vida. Tornando-se grandiosa e controladora. Um dia ela nos domina e suga de nós, como um enorme aspirador, toda a capacidade de demonstrar sentimentos e a vontade de tentar escapar dela.

Então nos rendemos à jarra e nos entregamos como fracassados. Deixamos que nos sufoque lentamente, perdendo a noção da realidade e ficando ausente dos nossos próprios corpos.

A depressão é uma fugalaça que nos prende pelo pescoço para nos adestrar como se fôssemos animais, deixando-nos livres somente para correr de um lado pro outro até nos cansarmos.

A minha vida era uma fugalaça.

Tem os que acham que tristezas não podem levar alguém a tirar a própria vida — me disseram isso algumas vezes, quando falavam sobre a Amora, e eu senti vontade de decapitá-los. Talvez essa descrença nos que sofrem de depressão seja um fator importante que colabora para a doença. Porque não é exagero e muito menos drama. Eu comecei a ler sobre o assunto para entender melhor...

Serotonina é uma substância natural chamada de neurotransmissor que serve para conduzir informações de uma célula nervosa para outra. A depressão entra em cena quando o nível de serotonina no cérebro está baixo. Os antidepressivos têm a capacidade de produzir esta substância entre um neurônio e outro. A influência bioquímica no cérebro das pessoas é fácil de entender — podem até usar de exemplo os usuários de cocaína, que rapidamente sentem alegria e segurança com uma simples alteração química no cérebro. Então é certo acreditar que os depressivos não são simplesmente pessoas tristes, e sim pessoas com um transtorno de afetividade — uma alteração nos neurotransmissores. É errado ignorá-los, assim os empurramos para a beira do penhasco — porque a dor é real.

Eu achava que também tinha depressão. Eu achava que iria terminar que nem a Amora. E eu sabia que, cada vez que conversávamos das coisas de que tanto adorávamos falar, tentávamos de maneira inconsciente nos fragmentar em pequenos pedacinhos de segurança e esperança que se despedaçavam pelos lugares onde resolvíamos caminhar — aqueles que tanto nos destruíam! Tentávamos destilar nossas tristezas materializadas por não conseguirmos agarrar com as mãos os sonhos que tanto sonhávamos, nos amparando uma na outra.

Quando ela morreu, ela levou um pedaço de mim, assim como meu pai. Um pouco menor, admito, mas ainda assim tão devastador quanto. Esses pedacinhos que a vida arrancou de mim um por um, sem dó, foram pouco a pouco me deixando defeituosa. Eu fui viajando com uma bagagem tão pesada nas costas que fiquei anestesiada. Eu tentava me agarrar às brechas de felicidade que eu conseguia encontrar — as que vazavam pelos buraquinhos das portas mal fechadas cortando a escuridão.

É difícil explicar como consegui superar as enormes barras. Acho que me prendi à imagem que queria enxergar e às palavras que havia ouvido no cemitério da boca de Pedro Henrique — o homem que tanto a fez sofrer e que me pareceu ter um bom coração. Passei a me assegurar na imagem da Amora em um lugar melhor, como ele disse — sim, o velho clichê imutável. Mesmo que dissessem que suicidas não vão para um lugar melhor. Mesmo que às vezes, meio acordada, meio adormecida, eu a visse vagando pela terra, tentando se aproveitar da onda de outros viciados. Depois que digeri tal fato e reprogramei meu sistema, surgiram estrelas eventuais de luz — de fé. Eu sentia que ela estava cuidando de mim de algum lugar. Passei a tentar conviver com a minha tristeza em vez de abraçá-la e deixá-la me consumir. Resolvi tentar levantar a cabeça e modificar as partes de mim de que eu não gostava — as inseguranças e os medos.

Depois do seu enterro eu enxerguei a vida de outra forma — de forma mais curta, mais rápida — afinal, ela era muito jovem. Passei a ver a vida como uma contagem regressiva para a morte e vi neste pensamento a necessidade de tentar fazer os momentos ainda mais especiais do que antes — agarrando-os um por um, tentando me amparar no fato de achar-me dona da minha própria vida. Eu resolvi que ia tomar as rédeas, tornando-me meu próprio vício — porque eu precisava de pelo menos um — para poder correr sem olhar para trás. Para morrer sem desejar ter feito ou principalmente dito mais. Sim, sendo beijada pela beleza do vento na beira do penhasco.

Mas não era tão fácil quanto eu pensava. Eu já estava amarrada em outras coisas, como drogas, bebidas e mutilação. Eu preferia, porém, estar presa a esses vícios, ao vício de precisar de Riki. Mas antes eu precisava de um ponto final na nossa história. Então, novamente, eu voltei a São Paulo, tentando realizar o último pedido de Amora.

Eu sabia que já havia perdido Riki e perdido meu amor dentro dele, então só precisava encontrar uma forma de tê-lo sempre do meu lado, mesmo sem ele estar lá. Por isso eu resolvi tatuar seu nome no meu corpo. Assim eu poderia tê-lo comigo sem precisar usar suas frases, suas posturas ou suas drogas. Assim eu saberia que não havia como esquecê-lo, como havia esquecido do meu pai. Tomei a decisão difícílima de dar adeus a ele e começar de novo, na minha cidade.

Aproveitei que era aniversário de Catarina na Rocky, e que ele estaria lá, para me mandar para São Paulo numa manhã de segunda-feira, com uma bolsa nos braços somente, para retornar na manhã de terça. Somente para dar-lhe adeus propriamente e entender que havia de fato um ponto final.

Nos encontramos no início da balada e nos cumprimentamos com um beijo no rosto e um abraço. Durante a noite inteira eu fiquei tentando encontrar uma maneira de me aproximar, mas ele continuamente desaparecia no fluxo de modernos, como se estivesse fugindo de mim. Bebi pouco e tentei esquecer o cheiro de cocaína que havia naquela boate. O cheiro que me lembrava que a vontade existia dentro de mim em algum lugar. Eu ficava tensa quando pensava nisso, começava a suar e cerrava os dentes.

Foi somente no final da noite — que já virava dia — que consegui uma conversa. Um cara mais velho que costumava me vender pó na Rocky — e não tinha nada naquela noite — estava pendurado no meu pé como um chiclete, em busca de um beijo meu. Eu virava o rosto e tentava mandá-lo embora de maneira delicada, mas ele não desistia e eu não conseguia ser grossa. Então Riki se aproximou com um ar arrogante e protetor:

— Sai fora que a mina é minha.
— Relaxa, mano! A gente tava só conversando!
— Beleza, agora sai fora!

Fiquei no escuro e arregalei os olhos tristonhos. Eu não era mais a mina dele. Ele se agachou entre minhas pernas e me perguntou como eu estava. Haviam contado sobre a morte da Amora.

— Tô indo, né? Não tô muito bem, tô tentando ficar forte, só isso... A Amora era uma pessoa muito especial e machuca saber que ela não tá mais entre nós. Mas eu tento pensar que ela está melhor agora. Ela estava bem mal antes de partir.

— Eu soube do que aconteceu com ela. Me desculpa...

— Não tem pelo que se desculpar, foi ela quem quis assim, temos que respeitá-la. Ela provavelmente iria querer assim. O grande problema agora são as suspeitas de AIDS, porque parece que todo mundo está ligado de alguma maneira nessa história maluca. Meu amigo e o ex dela já descobriram que não têm, mas ainda falta outra menina. — Eu abaixei a cabeça e senti vontade de chorar. Respirei fundo e mantive-me calma.

— Você não tem suspeita não, né? — Fiquei um pouco chateada com a pergunta, enchi as narinas de ar e respondi, olhando nos seus olhos.

— Não! — Acalmei-me e dei um trago no cigarro que havia acabado de acender. — Eu vou voltar pro Rio... Não dá mais para ficar aqui... Eu queria te dizer isso...

— Voltar? Por quê? Depois de tudo que você conquistou aqui? — *Eu só vim pra cá por causa de você, não me importam minhas conquistas.* — Você vai simplesmente jogar tudo isso fora? Seu trabalho e seu apartamento e sua independência? — *Nada disso me importa mais, você não entende, era tudo por causa de você.*

— Vou! Porque tá foda a barra... Eu tropecei, sabe? Perdi meu emprego e tive que mudar de apartamento. E tô viciada em pó... — Uma lágrima escapou sem permissão. — Não dá! Eu tô

fodida aqui, de verdade. Tem gente em casa que precisa de mim, eu preciso ir! — *Na verdade eu já fui, então não discuta.*
— Pó, meu? Fala sério, que pó o caralho! Você não precisa dessa porra... Sai dessa!
— Mas se tornou um vício... Aqui é acessível em todos os lugares, e no Rio de Janeiro não.
— Fala sério! Eu parei de cheirar faz mais de um mês! É só você sair de perto das pessoas que têm, e quem for seu amigo de verdade e usar, vai te respeitar, saca? — *Ele parou? Ele parou e eu continuei? Que tipo de idiota sou eu?* — Essa é sua última chance! — *Última chance de quê, pelo amor de Deus?*
— Mas eu tô indo embora. Porque eu preciso, você não entende! — *Você nunca vai entender, então não torna isso ainda mais difícil do que já está sendo.*
— A decisão é sua, né? Eu só quero que você fique bem.
— Então senta aqui do meu lado um pouquinho? — Eu pedi com olhos de cachorro carente, desejando sentir o calor de sua pele uma última vez.
— Não, eu já estou indo. Mas antes eu tenho que te devolver uma coisa que eu acho que você vai gostar. — Ele mexeu no bolso largo de sua calça jeans e retirou um colar de pérolas. Meu colar de pérolas! O colar que eu havia perdido no chão do carro de Jota! — *O Jota catou as bolinhas do colar e eu pedi para minha mãe ajeitar para poder te devolver...* — Ele pediu para que eu levantasse o cabelo e fechou o colar no meu pescoço arrepiado.
— Obrigada! — Eu sorri e coloquei a mão no peito como uma maneira de demonstrar que eu havia guardado o colar numa gavetinha no meu coração.
— Agora eu vou indo...
Ele segurou na minha mão e a beijou graciosamente. Em seguida levantou e virou as costas. Eu abaixei a cabeça, apoiei-a

nas minhas coxas e deixei as lágrimas fluírem. Quando levantei, vi que ele estava voltando atrás. Ele se agachou de novo, segurou meu rosto com as duas mãos e me deu um estalinho demorado de olhos bem fechados. Um estalinho demorado e intenso que significava adeus. Encostamos nossas testas enquanto uma lágrima minha escorria na bochecha dele.

— Eu quero seu bem... Então eu tô indo — ele disse.

E depois ele se foi... Ele finalmente se foi e eu o assisti ir. Ele se virou para trás antes de sair da boate, pela primeira vez, e depois se foi, inventando uma versão diferente para a canção da nossa história — uma versão para encerrar o repertório. *Wicked game* começou a tocar em versão remix.

Era o Fim...

Eu só não entendia como ele podia querer meu bem se nunca estava presente. Como ele podia achar que sabia algo sobre mim quando não sabia de nada? Como eu podia achar que o conhecia se suas palavras não passavam de sussurros para mim? Aquelas últimas palavras doeram de maneira que não consigo descrever e não fui poupada de choro, mas pelo menos soube que era o ponto final e não mais reticências. Parece que eu só conseguia me acalmar quando sabia que não tinha mais nada a perder — e eu já tinha perdido tudo.

Antes de partir, ele me devolveu minhas pérolas remendadas, aquelas que eu declarei pedacinhos de minha vida. Elas haviam sido um presente da minha tia Lua pelos meus quinze anos. Enxerguei aquele ato como um gesto de devolver as peças que eu havia perdido em todos aqueles meses. E eu tinha mesmo perdido tanto! Porque durante a minha vida inteira eu o estive procurando entre as gavetas da minha imaginação e as gavetas da realidade — ele só não tinha nome ainda. E quando eu o encontrei, eu o vi como tão especial que me esqueci de mim mesma, que me esqueci de quem eu era, do quanto eu também podia ser especial. Mas naquele momento eu senti que ele estava me libertando da minha torre de angústias — depois de ter me trancado lá impiedosamente — entregando-me a chave para sair. Entregando-me os fragmentos das lágrimas deixadas para trás.

Eu percebi que quando o assunto era ele, o meu medo e a minha incapacidade de falar o que estava pensando emergiam. Mas quem sabe era só com ele que isso acontecia, porque ele era especial? Não era? Na verdade, no fundo, eu não sabia se era ele ou se era eu. Eu me convencia de que havia algo nele, mas acho que na verdade, o tempo inteiro, foi algo em mim. Fui eu quem o tornou tão especial e tão espelhado de sonhos.

Eu peguei uma carona até Caçapava com Nana, que estava indo visitar a mãe, e de lá peguei um ônibus para o Rio. Lúcia viajou comigo para me fazer companhia por alguns dias. O caminho inteiro me proporcionou lágrimas e flashbacks. Eu via tudo sendo deixado para trás definitivamente e sentia tanto medo! Mas daí eu olhava para o meu colar e adquiria forças. Eu ainda tinha milhares de sentimentos vivos por Riki, mas sabia que precisava me desfazer de todos eles, porque não agüentava mais dor ou talvez porque estava simplesmente amadurecendo. Eu teria que começar de novo no Rio de Janeiro, de onde estava distante por tanto tempo...

Assim que tatuei seu nome, as coisas ficaram mais calmas. Ele estava marcado para sempre. E mesmo que às vezes doesse olhar para sua imagem perpétua, tatuada no meu pulso como a cicatriz de uma ferida, ela me acompanhava como um anjo da guarda maléfico, porém calmante. Era a marca de uma certeza absoluta do que eu havia sentido. Algo que o tempo não iria apagar, que a água do chuveiro não iria lavar com um banho. Uma certeza para mim e para ele. Foi a minha prova final de quanto significado existiu na nossa história, já que eu não conseguia me expressar propriamente.

Então eu fiquei no Rio passando a maior parte do tempo dentro de casa, assistindo a filmes e dedicando-me a escrever um romance. Era difícil, mas eu havia me decidido que seria esta a profissão que eu iria seguir — a de escritora. Escrever me acalmava, eu vomitava as palavras como uma catarse e elas pareciam ficar mais leves.

Um mês depois de ter tatuado, eu fui para São Paulo cheia de nervosismo para mostrar para ele. Encontrei-o depois de um de seus shows, onde ele se aproximou para falar comigo aparentemente nervoso também, depois que seus amigos, e sua carona inclusive, foram embora. Eu havia contado pela Internet sobre a tatuagem e ele se recusara a acreditar. Sua reação foi amedrontada, porém positiva. Ele sorriu como um menininho bobo e eu pedi para que não dissesse mais nada. Nada que ele dissesse ou fizesse iria tirá-la de lá e qualquer palavra que ele pronunciasse sem planejamento poderia me causar uma recaída brutal. Vê-lo me machucava, mas eu tentava ignorar a dor porque estava certa de que precisava seguir em frente.

A maneira como ele ficou para trás para conversar comigo quando seus amigos já haviam partido e seus gestos carinhosos me mostraram que eu não tinha por que sentir raiva dele — raiva sendo a minha solução para o desapego. Dessa vez eu sabia que, para conseguir arrebentar as cordas do passado, eu precisava perdoá-lo pela dor que me causou, e assim eu podia também perdoar a mim mesma. Eu sabia que se fosse para ficarmos juntos, um dia nos esbarraríamos no cruzamento de uma estrada, como ele havia me dito.

Era hora de achar um novo pedacinho de casa.

E então eu fui embora pela porta das mágoas disposta a me desfazer de todas as respostas que eu nunca havia obtido. Porque, quem sabe, não existe resposta para todas as perguntas, e as respostas se transformam automaticamente em uma nova pergunta.

13

Vômito literário

Escrever se tornou meu refúgio — minha mutilação saudável. Meu melhor amigo — o único capaz de entender meu sofrimento sem recriminação. O único capaz de silêncio absoluto aos meus desabafos febris — um tolerante ao meu narcisismo. O único capaz de passar adiante a dor para quem quisesse compreender, para quem estivesse disposto a conceber o fato de que tudo não passava de drama e que o drama em si estava dentro de mim — sim, como um câncer. Eu tentava achar na escrita a minha essência — sim, o meu reflexo. *Escrevo, logo existo.*

Então passei a ganhar meu dinheiro escrevendo colunas virtuais sobre os tópicos mais abrangentes — cinema, literatura, moda, música, psicologia. As pessoas liam meus desabafos online e me chamavam para escrever algo aqui e algo lá. Eu me distraía, me divertia e me sustentava. Nos intervalos eu me dedicava à idéia de sobreviver da escrita, vomitando os pensamentos na tentativa de escrever um livro — sim, e me deparando com a volubilidade dos mesmos.

A fé me ajudava a escrever, a fé em que havia algo me esperando do outro lado da rua para me fazer feliz sem pretensões. Então eu esperei. E que erro foi esperar! Talvez meu erro o tempo inteiro. Esperar com esperanças é o mesmo que esperar precocemente pelo inconcebível, pelo irrealizável. É o mesmo que esperar a materialização das projeções. Quem espera com esperanças espera segurando a respiração, aprisionado em jaulas de expectativas. Eu não conseguia parar de pensar e pensar pode enlouquecer tanto os loucos quanto os sãos — se é que eles existem. Eu sentia cólicas bárbaras de ovulação mental. Eu pensei tanto que caí em hiato — minha inspiração levantou da mesa e se retirou. Então eu fiquei tão branca quanto as páginas na minha frente.

E daí em outubro eu encontrei o Sensation Club e me acorrentei às noite predadoras, dando vida à euforia defectiva que acabava tombando na quina do vazio — o velho vazio —, o quarto escuro de quatro paredes por onde os ecos viajam quicando de um lado pro outro como uma enorme bola preta, sem chegar a lugar algum. O Sensation era uma prateleira de escolhas e lá dentro eu pretendia encontrar um homem, um companheiro, alguém para me fazer feliz ou talvez para me fazer alguém. Mas era tarde demais, eu estava desacostumada a ser feliz, eu estava procurando um genérico do meu passado — um ser misterioso que me tirasse o fôlego e me desse incertezas e cortes nos pulsos. Porque na verdade eu sentia falta daquilo tudo, daquele tsunami de emoções. Mas eu procurava vendada — sem saber que estava procurando, sem saber que o passado não havia simplesmente chamuscado, mas sim deixado uma queimadura de terceiro grau nos meus olhos — incapazes de enxergar as coisas como realmente eram, e sim como eu queria que fossem.

Então eu me atirava nos braços de quem quisesse me levar, esperando que o braço de algum se transformasse em asas de anjo e me acolhesse. Logo eu, que sempre me julguei tão desligada de padrões! Logo eu, me encontrei em uma tentativa programada de transformar o amor em uma equação matemática — adicionando, multiplicando, subtraindo e dividindo os meus dilemas para formar simples soluções.

Um homem atrás do outro, quem quisesse me agradar e me conquistar, tendo casos paralelos com às vezes cinco homens ao mesmo tempo. Eram doses homeopáticas e categorizadas de homens — um para cada necessidade. Um baladeiro para a noite, um bonzinho para a carência, um intelectual para as conversas inteligentes, um meramente babaca para as lágrimas e um gostoso para o sexo. Eu me entregava para eles, então, em pequenas bolinhas brancas de homeopatia. Nunca — mas nunca — me entregando por completo para nenhum, pois a pele que acariciavam era um sítio devastado. Eu esperava uma das necessidades se sobressair e passava mais tempo com aquele que a saciava, tentando desesperadamente me apaixonar. E a paixão é sempre tão irracional, corrupta e corruptível...

Pois veja; eu nunca acreditei nas baboseiras de auto-suficiência, e também nunca entendi por que existem tantas pessoas que se amam antes de amar homens. Muito menos por que existem as que conseguem amar o amor, mas não os homens. Eu as respeitava, mas não as entendia — meu caso era tão diferente! Eu precisava me apaixonar todos os dias, pelo mesmo ou por algum diferente — porque a vida não fazia sentido sem paixão — de forma alguma! Talvez eu tivesse um pensamento à moda antiga, mas eu certamente me comportava como superséculo XXI.

A visão que tinham de mim era única; causadora, como chamavam; a que sempre causa — uma perdida. Uma perdida na noite, nas drogas, nas bebidas, nos relacionamentos e acima de tudo em si mesma. Mal ou bem só me viam mascarada de vícios produtores de euforia, entre as fumaças místicas do meu cigarro inseparável e dos meus súbitos arrotos de histórias aleatórias — produto explícito da bebedeira. E então um dia eu resolvi parar de procurar por um salvador e decidi que iria só me divertir. Logicamente, minha imagem infame só crescia e crescia. Ela tomou proporções gigantescas quando enfim me expulsaram do Sensation. Eu fiquei sem escolha a não ser achar um novo lugar para, de certa forma, morar. Naquela noite gelatinosa e raivosa, eu desisti de procurar alguém e convenci-me de que jamais homem nenhum conseguiria povoar novamente meu coração danificado. Então eu fiquei sozinha. Somente sozinha. Eu e meu fardo abundante de tristeza.

Dizem que só encontramos o que queremos quando paramos de procurar...

14

Depressão maníaca

Eu encontrei algo realmente — uma psiquiatra. Depois de várias badaladas do relógio, urros abafados e uma insistência por remédios antidepressivos que ninguém, nem mesmo minha terapeuta, escutavam, eu marquei uma consulta com uma psiquiatra — a mãe de Júlio. Ela não se importava por eu não ser maior de idade. Era antiprofissional, mas eu não podia ligar menos.

Eu havia lido sobre Valiuns, Frontais e Prozacs em um website e estava certa de que eles seriam a salvação e não alguém de carne e osso.

O consultório ficava em Copacabana, ironicamente perto da antiga Casa Verde e do Sensation Club. Eu passei a chamar a Siqueira Campos de Rua dos Vícios. Às cinco horas da tarde de uma quarta-feira, eu bati duas vezes na sua porta com lágrimas nos olhos e me deparei com uma lindíssima mulher de cabelos castanhos que fez com que eu me sentisse em casa

— que eu achava que entendia metade do meu sofrimento por ter convivido também com a morte da Amora.

Eu quase inundei de lágrimas o lugar pequeno e refrigerado, metralhando palavras de forma apressada, tentando resumir as histórias inacabáveis para que houvesse tempo para ela me prescrever algum remédio. Na maior parte do tempo ela só apoiava o cotovelo no braço de sua cadeira, segurava o queixo com a mão e balançava a cabeça.

Ela me perguntou se eu havia largado as drogas e eu respondi que sim. Mas na verdade eu não tinha certeza.

— Então, doutora, o que você vai me dar?

— Nós precisamos marcar outra consulta, Satine. Não é assim tão rápido... Às quartas-feiras neste mesmo horário está bom para você?

— Doutora Diana, deixa eu te explicar uma coisa... Sou eu quem está pagando pelas consultas... Com o dinheiro mesquinho que eu recebo pelas minhas colunas e o que minha mãe me dá nos fins de semana. Então eu queria que você tornasse isso o menos doloroso financeiramente que você pudesse tornar... Por favor!

— Veja, Satine... Eu entendo... Mas não posso te prescrever nenhum medicamento sem outra consulta. Vamos fazer o seguinte, eu vou cobrar somente sessenta reais por sessão, ok? Vou lhe fazer esta gentileza. O que você acha?

— Tá bom. Mas se você quiser me diagnosticar logo, vai ser legal... — Eu ri meio sem-graça, mordendo levemente meu lábio inferior.

— Não vamos nos apressar, Satine... De qualquer forma você vai precisar ficar sob minha observação durante o tratamento.

— Entendi.

— Te vejo quarta-feira que vem no mesmo horário!

Saí de lá da mesma maneira que havia entrado — dolorida e lacrimejante. Na verdade eu preferia minha terapeuta de anos, seus conselhos e sua maneira de falar. Mas infelizmente ela não podia me passar receitas e não acreditava que eu tinha depressão. Então eu precisei traí-la para permanecer fiel a mim. Se uma pessoa não acreditasse, eu iria continuar falando até alguém acreditar e resolver me ajudar.

Quando o relógio de mesa apitou, anunciando o fim da minha segunda consulta, eu perguntei novamente de maneira ansiosa, enquanto balançava os pés no ar:

— Então, doutora, qual é o meu diagnóstico? Eu tenho depressão, não tenho? Que nem a Amora?

— Bom... Veja bem... Você tem o que antigamente chamávamos de psicose maníaco-depressiva. Hoje em dia, a doença é chamada de transtorno bipolar... São essas descidas e subidas agressivas que você sente, os quadros opostos.

— Nossa, eu já li sobre isso! A Virginia Woolf sofria desta doença e ela é uma das minhas escritoras preferidas! E músicos como o Kurt Cobain e o Jimi Hendrix também! Ele até tem uma música chamada "Manic Depression". — Eu arregalei os olhos, cocei a cabeça e continuei falando mais baixo: — São todos gênios... — Pausei novamente e comecei a roer a unha. — O que causa a doença?

— Bom... A causa não é inteiramente conhecida... Muitas vezes está na genética, mas como você disse, não existem casos na sua família. A sua doença é mais ligada aos fatores psicológicos e sociais da sua vida. O uso de drogas também pode ter ajudado o prognóstico. — Eu fiquei em silêncio e me veio à cabeça por um minuto o rosto de Silvia dizendo-me que não era preciso tomar medicamentos, ainda mais quando eu era tão sugestiva aos vícios.

— Mas você não precisa que eu faça exames para ter certeza de que é isso mesmo?
— Pode ficar tranqüila que eu vou só te passar um remedinho... É para equilibrar as suas mudanças de humor, um estabilizador. Você disse que estava com pressa, não é? — Ela riu, ajeitou a gola do seu jaleco, foi até a mesa de madeira com uma caneta na mão e curvou-se para escrever a receita. Eu não conseguia acreditar que havia sido tão fácil. — Vou lhe receitar lítio. Trezentos miligramas por dia, somente um comprimido por enquanto. É o remédio mais usado nestes casos, o mais eficaz.

Quando saí do seu consultório, estava um pouco confusa. Uma dor de cabeça infernal me atacou e meu estômago começou a gemer. O clima estava frio e eu roçava as mãos trêmulas nos meus braços arrepiados para aquecê-los. Enquanto caminhava pela Siqueira Campos, olhava constantemente para a receita que me havia sido dada e não conseguia acreditar. Não conseguia acreditar que ali estava a prova que eu sempre havia procurado e que a solução para os problemas era o nome de uma música do Nirvana. Eu ri. Havia por tanto tempo tentado adquirir a convicção de alguém em que eu era louca, que quando finalmente consegui não sabia se era o que eu realmente queria. Talvez porque durante todo o tempo eu cismei que estava doente, exatamente porque não acreditavam que eu estava. Porque eu sempre gostei de remar contra a maré. E na minha insistência eu nunca pensei em encontrar alguém que realmente me dissesse que eu era louca e que eu precisava de remédios para equilibrar as minhas drásticas mudanças de humor — já que eu era incapaz de fazer sozinha.

Na verdade eu achava que minha consulta seria em vão. Por ter lido bastante sobre doenças clínicas — curiosa e apressada como sou — achava que teria que fazer exames para descobrir o que estava errado. Achava que eles, como todas as pessoas na minha vida, diriam que tudo ia ficar bem. Porque no otimismo era difícil de crer, mas na medicina não. E, no entanto, eu não fiz nenhum exame. Ela simplesmente disse que eu era doente como se estivesse me dizendo que horas eram, e eu acreditei.

Eu odiava ter que mentir para Sílvia. Apesar de ser somente paciente dela, entre mil outras, eu tinha respeito e carinho por ela. Eu precisei ligar pro seu celular e inventar que estava viajando para que ela não descobrisse sobre minhas visitas à doutora Diana. Minha mãe gostaria menos ainda. Ela tentava me assustar dizendo que tinha uma amiga viciada em antidepressivos e que os antidepressivos só a enlouqueceram. Ela dizia que a mulher nunca mais foi a mesma e que um dia ela estourou o cartão de crédito do marido para dar uma festa enorme na qual ela recepcionou os convidados escancaradamente nua.

Apesar de tudo, a doença parecia se encaixar perfeitamente na falta de explicações para minha personalidade — que na verdade não era minha personalidade e sim minha doença. Algo que me fazia sofrer picos altos e breves de felicidade e euforia, seguidos pelo total oposto; buracos fundos e escuros de tristeza que pareciam durar uma eternidade. A mania e a depressão, a fixação extremista. Uma gangorra de sentimentos, como eu sempre achei. E assim eu encontrei minha identidade e meu reflexo. Não é difícil me lembrar de ocasiões em que usei a doença como escudo. "Me desculpe, é que eu tenho transtorno bipolar", eu dizia. Acreditar na doença fazia de certa forma com que ela existisse, mesmo que por algum acaso ela não estivesse lá — era como crer em Deus ou no Demônio. Era uma explicação simples para todos os meus atos impensados, minha insônia, meu desânimo, minha preguiça, minhas crises, meus pensamentos acelerados, meus pensamentos suicidas e principalmente a velha inconstância. Era a explicação para minha descrença na felicidade e por que eu achava que ser feliz era uma simples casualidade. Saber-me bipolar foi quase total; varreu como vento todas as minhas perguntas — menos uma. Como que um simples termo podia definir toda a complexidade dos meus sentimentos?

A caixinha do remédio vinha com 90 comprimidos rosa de trezentos miligramas. Eu teria que engolir um por dia para que algo daquele tamanho tirasse de mim as dores maiores do que o mundo. Minha consulta seguinte foi marcada para trinta dias depois do início do tratamento. Eu não sabia o que fazer até lá e ainda não conseguia arranjar inspiração para escrever, apesar de continuar tentando. O remédio implicava o fim das drogas e do álcool — eu não podia misturar.

Minha mãe veio me perguntar por que eu não estava indo à terapia. Eu disse a ela para não se preocupar, pois eu estava bem e não precisava de consultas por enquanto. Disse também que seria lucrativo para ela, pois não teria que gastar quatrocentos reais mensais com a Sílvia. Ela me olhou com um ar meio desconfiado e saiu do meu quarto mordendo uma maçã. Eu assoprei a fumaça do cigarro no ar e dei um suspiro de alívio. Os dias foram-se passando lentamente enquanto eu esperava o momento de alívio total de braços cruzados.

Acordei triste em uma manhã de sol e comecei a me lembrar de todos os acontecimentos. Fui ao computador e comecei a ver fotos velhas. Alguns dias eu me esquecia, outros eu me lembrava, de que ainda sentia falta do Riki — muita falta — e para sempre eu sentiria falta da Amora. Nesses momentos as horas pareciam tomar a forma de dias, o tempo parecia uma tartaruga. Fui ao banheiro, olhei no espelho e comecei a reparar no meu rosto. Minhas expressões estavam um pouco catatônicas e eu não sabia decifrar meus próprios olhos. Eu estava triste, mas não entendia por que as lágrimas não estavam rolando. Franzi a testa e o queixo em uma tentativa de fazê-las descer, mas nada aconteceu. Mais de um mês já havia se passado e eu já havia tido outra consulta com a doutora Diana — ela disse que via progresso, mas eu já não sabia. Eu havia começado também meu supletivo e ia para a escola fazer prova uma ou duas vezes por semana, no máximo. Minha mãe dizia que assim que eu começasse a estudar eu teria mais energia e mais motivação. Ela estava errada. Eu me sentia ainda mais devagar e ainda mais letárgica. Dormia diariamente por mais de dez horas e quando acordava perambulava pela casa sem propósito, comia alguma coisa e voltava para a cama. Não sei bem no que é que eu pensava, mas em algo eu devia pensar, porque eu ficava muito tempo olhando pro teto de boca aberta.

    Meu motorista me levou para visitar Tamara numa sexta-feira na qual eu não pretendia sair de casa, pois não tinha dinheiro para outra coisa a não ser minhas consultas e meus medicamentos. Fiquei exausta subindo as inacabáveis escadas de sua casa e quando cheguei no seu quarto, tive vontade de desmaiar na cama. Sentia cólicas. Eu estava tentando recuperar meu ar quando ela acendeu um baseado. Eu sabia que as drogas eram proibidas no meu estado, mas, mesmo cerrando os dentes, não consegui resistir ao cheirinho do qual eu sentia tanta falta. Dentro de vinte minutos eu estava chapada na minha própria galáxia, mexendo nos botões do meu celular e pensando no passado, novamente. As cólicas começaram a aumentar.

— Às vezes, quando eu fumo, as dores que eu estou sentindo ficam mais fortes. Tipo minha cólica acabou de triplicar. Isso acontece com você?

— Depende, às vezes, se eu tenho um machucado antigo, ele começa a arder ou latejar de novo.

Aquela frase havia sido tão profunda e ela nem sabia, ela continuava tragando o baseado. Meus machucados antigos também latejavam, mas meus machucados eram internos. As lembranças pareciam voltar quando eu fumava maconha, mas voltavam de forma menos dolorosa. Talvez o remédio realmente estivesse fazendo efeito. Eu só não estava certa de que gostava do resultado.

— Você tem fumado muito, Satine?

— Nossa! Não! Faz um tempão que eu não fumo, um tempão mesmo. — Eu vi que ela ficou sem-graça e perguntei: — Por quê?

— Nada, só tô perguntando!

— Não mente, Tamara. Eu te conheço muito bem. Quando você olha pra baixo e mexe na franja é porque está sem-graça.

— É que você deu uma engordadinha, mas relaxa, nada muito notável! Só percebi porque sou muito detalhista, você sabe. Achei que fosse culpa da larica. Eu também engordei!

— Ela mexeu na franja novamente. Eu não disse mais nada.

Quando cheguei em casa, corri até o banheiro para me olhar no espelho. Levantei a blusa e tentei perceber a diferença no meu peso. Eu percebia que meu corpo e minha mente estavam mais pesados — principalmente meus pés, mas não via muita mudança física. Subi na balança para me pesar e meu queixo caiu com o resultado — eu estava três quilos mais gorda. Sentei na privada e coloquei as duas mãos na cabeça. Fui ao quarto e peguei uma calça jeans tamanho 42 — a calça nem abotoava. Joguei-a dentro da banheira e liguei a água, sem motivo algum. A cólica continuava me perturbando, mas eu tinha medo de tomar uma aspirina e gerar algum efeito colateral. Porém, os efeitos colaterais estavam óbvios, eu não estava mais me sentindo bem. Liguei para a doutora Diana e marquei uma consulta para a semana seguinte, pois ela não tinha horário antes. Sua voz não transmitia preocupação e eu queria que transmitisse. Bati o telefone no gancho com força.

Cada dia que passava eu me sentia mais grogue, mais estranha, menos capaz de produzir sentimentos — tanto a tristeza quanto a felicidade. Parecia que o remédio estava arrancando de mim a humanidade e estava me tornando um vegetal. Eu queria ser eu mesma de novo.

— Tem algo errado, eu não tô me sentindo bem.
— As crises voltaram?
— Não... Mas, porra, eu não tô sentindo nada, doutora! Eu tô me sentindo como um manequim animado, eu não consigo sequer chorar!
— E por que você quer chorar? Eu achei que seu propósito fosse estabilizar suas emoções. Parar de se cortar e de se isolar do mundo. Não é esse o seu propósito, Satine? Sair do fundo do poço?
— Era... Mas eu não tenho mais certeza! Eu não tenho mais certeza de nada, eu tô me sentindo tão pesada e tão cansada, parece que estou andando com uma bota de chumbo no pé! E eu engordei, doutora, eu estou gorda! O que eu vou fazer agora? Eu não tenho condições de malhar e muito menos disciplina pra fazer dieta!

— Bom, Satine... O remédio tem seus efeitos colaterais... Eu posso te passar um...
— Não, doutora! Chega! — Eu a interrompi. — Eu não quero mais remédios, eu não quero! Pelo menos, quando eu estava no fundo do poço eu era real, eu era uma pessoa de verdade com sentimentos de verdade! Agora eu não sei mais o que sou! Eu não reconheço meus próprios olhos no espelho e eu não consigo escrever! Eu quero que isso acabe logo! Agora! Eu queria nunca ter vindo até aqui, porque agora que eu sei o que eu tenho, parece que é o que eu me tornei! Parece que eu sou a doença! Uma doença que ninguém quer compreender, porra! Eu me sinto tão sozinha!
— Se você parar o tratamento, as crises vão retornar ainda mais fortes do que antes, Satine.
— Então eu vou ter que tomar remédios para sempre? Então, se eu parar, tudo vai piorar? Por que você não me disse isso antes? — Levantei do sofá e comecei a rodar pela sala. — E minha cabeça tem doído demais! Eu não estou me sentindo bem! Eu quero parar com essa merda, eu quero parar com tudo! Por que essa doença idiota não desaparece?
— Você está se contradizendo. Primeiro você diz que quer voltar a sentir dor e depois você diz que quer que sua doença desapareça? Satine, a doença não vai desaparecer assim. A única coisa que nós podemos fazer é equilibrá-la. Entende?
— Mas isso não é equilíbrio, eu não me sinto mais a mesma. Está tudo confuso e eu não sinto emoções! Ser humano significa poder sentir, não é? Outro dia eu assisti a um filme maravilhoso na televisão e eu não chorei! A Satine de verdade choraria! Quem é essa pessoa?
— É uma pessoa mais controlada.
— Você chama isso de controle? Eu tô surtando! E o pior é que as lágrimas não escorrem! Então você não acredita em

mim! Ninguém nunca acredita em mim, ninguém nunca me entende! Eu tô indo embora, doutora, chega! — Peguei minha bolsa que estava jogada no chão e corri para a porta. Quando fui virar a chave, ela se aproximou.

— Espera, Satine, você não pode sair assim! Você não pode parar o tratamento sem mais nem menos! Não faça isso! — ela disse, tentando permanecer calma enquanto segurava a porta com a mão.

— Porque senão você não vai receber seu salário, não é? É só isso que te importa, é só isso que te importou o tempo inteiro, não é? Você nem me examinou e eu sei que você tinha que ter me examinado! Seus remédios idiotas devem ter matado minha amiga! Ela cheirava pra emagrecer, sabia? Por que a porra do remédio devia inchar ela! Então vai se foder, doutora, chega! Enfia o lítio no seu cu e tenha um bom dia!

Corri pela Siqueira Campos na maior velocidade que conseguia, esbarrando em todos em volta de mim e largando pingos de suor pela calçada. Quando parei para respirar, meu celular tocou. Meu coração queria sair pela boca, era Sílvia. Atendi, desliguei a ligação, coloquei o celular em silencioso e continuei correndo. Eu não sabia o que dizer para ela e eu precisava que ela me ajudasse. Quando cheguei no ponto de ônibus, percebi seis chamadas não atendidas e tive certeza de que ela havia descoberto o que eu estava fazendo. Quem sabe Diana não teria procurado seu telefone e contado tudo a ela? Fui checar os números e vi que quatro das ligações eram da minha mãe. Liguei para ela assim que me sentei em um 174.

— Você tá ficando maluca, Satine? Tá? Eu achei um papelote de cocaína no bolso de uma das suas roupas. Como você me explica isso? O que você tá fazendo? Pelo amor de

Deus, o que você tá fazendo? — Eu congelei. De todas as alternativas da razão dos telefonemas, aquela era a que eu menos esperava. Ainda mais quando o papelote era obviamente velho e havia sido esquecido dentro de alguma roupa em um descuido. — Vem pra casa agora, Satine, agora! Aonde você tá?

— Eu... Eu tô indo! Mãe deixa eu te explicar, eu...

— Você tem o direito de ficar calada, Satine! Quando você chegar nós conversamos! Eu tô muito decepcionada, muito triste com você! Não consigo nem acreditar nisso! Você se perdeu de vez! Agora me diz onde você tá e por que inventou para a Sílvia que estava viajando. Eu liguei para ela e ela não entendeu nada! O que está acontecendo com você? — Ela começou a chorar de maneira desesperada, aumentando o tom de voz em cada frase que falava.

— Agora você é da polícia, é, mãe? Vai se foder! — *O que eu tô dizendo? Eu tô piorando tudo!* — Eu ia te explicar, mas se você continuar gritando, eu não vou falar porra nenhuma! — *Como não vai? Você precisa de ajuda, Satine!* — Eu tô cansada de ser incompreendida, de ser ignorada, de ser tratada como uma exagerada! Eu sou louca, sabia? Lelé da cuca! Você sabia disso, mãe? — Eu comecei a falar de maneira debochada. — Sabe onde estou? Saindo do consultório de uma psiquiatra e foi ela, mãe, uma doutora, uma profissional, quem disse que eu sou louca! Então aceita de uma vez por todas que essa coisa que saiu do seu corpo precisa ser internada. Porque agora eu parei de tomar os meus remédios, sacou? Mas agora eu não vou sobreviver!

— Vem pra casa, Satine. — Ela respondeu com a voz baixa e arranhada e desligou. Eu guardei o telefone e percebi metade do ônibus me encarando. Eu queria chorar e meus olhos não me ajudavam. Depois de uma hora de trânsito, finalmente cheguei em casa.

Quando eu abri a porta de vidro da portaria, o porteiro me informou que meu motorista estava me esperando na garagem. Eu disse que não ia a lugar algum e o porteiro insistiu que eu devia descer, pois aquelas eram as ordens de minha mãe e ela havia sido bem clara. Desci sem entender nada e entrei no carro. Pierre disse que minha mãe tinha pedido para que ele me levasse ao consultório da Sílvia. Eu fiquei feliz, mas não disse nada, apenas coloquei um CD, abaixei o vidro e acendi um cigarro.

— Você vai me explicar o que está acontecendo, Satine? — Sílvia me perguntou assim que eu me deitei no divã em completo silêncio. — Eu estou aqui para te ajudar; se você não falar comigo, é você quem vai sair perdendo.

— Calma, Sílvia, eu vou falar. Só estou pensando em como começar.

— Por que você não começa me explicando por que estava indo a uma psiquiatra e tomando lítio sem o consentimento de ninguém?

— Eu queria um remédio pra me sentir melhor, eu achei que eu tinha depressão e você não queria acreditar em mim. Ela disse que eu tenho transtorno bipolar e me passou lítio como um estabilizador de humor. Eu achei que geraria concórdia entre meus sentimentos...

— Você fez exames, Satine?

— Não... Nenhum exame.

— E como você está se sentindo agora?

— Eu... Não estou me sentindo agora, Sílvia. Eu sei lá... Eu não consigo chorar e isso é tão ruim! Eu gosto de chorar, eu acho, chorar me faz bem. Assim como eu também gosto de me cortar, e agora eu não me corto mais. Isso parece bom, mas não é. Eu fugi de lá hoje e disse que não ia mais voltar, que ia parar o tratamento.

— Satine, enquanto você tá falando eu tô notando suas linhas de expressão. Seu rosto mal se mexe, você sabia disso? Ela não podia ter te receitado lítio sem fazer exames. Principalmente para saber a dosagem certa. Esse remédio não é brincadeira, não! Mas agora você não pode cortar a dosagem, por que os efeitos colaterais podem ser muito maiores. Eu vou pedir que me deixe falar com a psiquiatra e assim eu vou te orientar. Você vai parar aos poucos para não correr riscos.

— Mas eu tenho transtorno bipolar, como eu vou sobreviver sem o remédio? Eu preciso agüentar, né? Agüentar os ups and downs...

— Satine, você não é doente.

— Lógico que sou, Sílvia, porra!

— Satine, eu sou sua psicóloga há anos. Eu acho que eu tô em uma posição melhor para um diagnóstico do que essa nova doutora. Sabe qual é o seu problema, Satine? Você é uma medrosa.

— O quê?

— Tô falando sério. Seu problema é medo. Você tem medo de crescer, de amadurecer, de ter responsabilidades, de viver no mundo real. Você morre de medo! Você não vai se matar, nem vai cortar fundo o suficiente. Você corta pra expressar sua indignação pelos que não acreditam em você. Você pode até pensar em se matar, mas você não vai. Porque você tem medo. Você quer ser uma criança pra sempre...

— Eu não quero ser uma criança, claro que não!

— Quer, Satine. Você não quer aí do lado de fora. Você não quer que saibam que por baixo dessas tatuagens e desse lápis preto tem uma menininha que gosta do colo da mãe e que dança Spice Girls quando ninguém está olhando. Você quer viver no seu mundo de faz-de-conta, no seu mundo irreal, na sua Terra do Nunca.

— Minha vida não tem nada a ver com Terra do Nunca! Eu queria morar em São Paulo e aquilo lá é uma selva!

— Mas São Paulo nunca foi real, Satine! O Riki nunca foi seu de verdade, nunca disse que te amava, nunca veio te visitar sequer. Ele não sabe nem como é sua vida de verdade, só conhece seus quartos de hotel! Aquele lugar era sua folha em branco e seus novos passos eram uma caneta. Lá você podia começar do começo, não é? Ninguém realmente sabia quem você era, não é? Ninguém sabia que você se sentia como o Patinho Feio e que na escola em que você estudou havia quem concordasse com isso, estou certa? Ninguém sabia que você vinha pro Rio e se cortava toda, que você tinha que choramingar como um neném e implorar de joelhos para voltar! Todos te viam como a carioca bonita e endinheirada que estava em São Paulo todo fim de semana beijando o carinha desejado da tal banda. Mas a vida real não é assim. Você não pode fugir de quem você é e de quem você foi. Você não pode jogar tudo pro alto por um homem que nunca te procurou, que nunca te quis de verdade, que nunca te deu certezas. Você não pode mentir que está morando em São Paulo e esperar poder viajar caso ele te procure. Você não pode achar que tomando comprimidos seu passado vai ficar para trás! Essa não é a vida real, você compreende? Essa é sua Terra do Nunca. O lugar onde você não tem responsabilidades, onde você faz o que bem entender, onde você não cresce! O lugar que você abandonou... Sua infância, onde mora a verdadeira figura masculina da sua vida. O homem que tinha o direito de te controlar e de te punir. Seu pai.

— Que morreu em São Paulo. — Eu sussurrei para mim mesma sem pensar duas vezes. Depois fiquei em silêncio, acompanhando com a cabeça o movimento do ventilador. Suas palavras atingiram-me como um trovão bem no meio do peito e não encontrei palavras na minha garganta seca para revidar aquele diagnóstico indefectível. Eu tinha tanto medo quanto uma formiga encurralada em um copo de cabeça para baixo. Senti uma lágrima quentinha escorrer pelo meu rosto e estiquei o braço para alcançar um lenço de papel em cima da mesinha. Hesitei, inclinei-me para trás novamente e deixei a lágrima escorrer como um prêmio. Ela escorreu até meus lábios e eu senti seu gosto — o gosto da verdade.

— Por que você não me disse isso antes, Sílvia?

— Porque eu achei que você pudesse descobrir sozinha.

— Isso quer dizer que você desistiu de mim?

— A única pessoa na posição de desistir aqui é você. A única pessoa capaz de superar a pressão das ondas e nadar seu caminho para a areia da praia é você. Não são os remédios, não são as drogas, não são as mentiras, não são os cortes e principalmente não é homem nenhum. Esses são seus vícios, seus escudos, seus esconderijos... E como é que você vai crescer se continuar brincando de esconde-esconde consigo mesma?

— Eu desisti do Riki, Sílvia. E por causa do tratamento, eu parei com as drogas...

— Satine, os remédios que você estava tomando também são drogas. Ela não te examinou e isso é muito grave, sabia? Quem é ela?

— Doutora Diana, mãe do Júlio. A mesma psiquiatra da Amora.

— Engraçado, Satine. Às vezes me parece que você quer seguir o mesmo caminho dela.

— Mas eu não quero. Eu achei que o remédio fosse me ajudar.
— Você queria que o remédio te ajudasse ou te enganasse? Eu posso ver a mudança no seu rosto, Satine. Isso não está te fazendo bem e você sabe disso.
— Eu sei. Por isso eu parei. — Outra lágrima caiu dos meus olhos. Eu balancei a cabeça devagar, olhei para baixo e sorri de lábios fechados. — Essa é a primeira vez que eu estou chorando em muito tempo, sabia? Eu senti falta de chorar.
— Foi de chorar que você sentiu falta ou foi de ter a capacidade de se expressar? Chorar é bom de vez em quando, é uma maneira de colocar as coisas para fora. Não é nenhum pecado. E você, Satine, não é nenhuma pecadora. Você é uma adolescente intensa que tem problemas e é para te ajudar que eu estou aqui.
— Agora eu vou chegar em casa e minha mãe vai me matar.
— Ninguém vai te matar. Eu desmarquei outro cliente para te encaixar. Sua mãe achou que, se você viesse para cá antes de ir para casa, voltaria mais calma.
— Isso é só porque ela não sabe lidar comigo.
— Não. Ela também quer te ajudar. Dessa vez basta você estender sua mão, Satine. Ninguém vai te matar ou brigar com você. Estamos todos preocupados e queremos seu bem. Só isso.

Ela estava certa. Eu cheguei em casa e minha mãe me abraçou. Ela disse que iria me ajudar se eu permitisse. Eu disse que estava disposta, mas que não garantia uma melhora repentina. Eu disse que iria tentar.

15
Às vezes eu esqueço de respirar

Em uma coisa a doutora Diana acertou em cheio: eu parei de tomar os remédios e uma semana depois as crises voltaram como um tornado. Eu estava com raiva porque o controle remoto estava sem bateria, o quiosque para comprar cigarros fechado, a Internet fora do ar e meu cabelo ainda curto demais. Então eu cortei não só os meus pulsos com uma tesoura, mas também minhas pernas. Pela primeira vez eu só quis cortar, não estava pensando em morrer ou em me livrar de alguma espécie de dor paralisante. Eu só cortei para aliviar a tensão, como se fosse um esporte — me dando endorfinas —, e descobri que a dor podia mesmo doer e doer de verdade. Foi a primeira vez que vi tanto sangue explodindo de dentro de mim como uma piñata e implorei para que parasse de jorrar como se suplicasse por misericórdia. Nem meu grito me despertava e eu continuava gritando para tentar ouvir minha voz na esperança de que o socorro da palavra chegasse a tempo. Mas daí eu caí no chão gelado do banheiro exatamente como nos filmes — em câmera lenta. Eu só via o chão se aproximar e pensava para onde estava indo, para onde minha dor estava me levando.

Calma, pára! E se ela estiver do outro lado também?
Parece besteira, drama, exagero. Talvez neste ponto eu consiga enxergar o porque de sempre me acharem over demais. Mas eu não tinha habilidade para me controlar, não sabia fazer pouco, sempre fazia demais.

Era sempre igual. Sempre a insatisfação, sempre a espera, sempre a preguiça, sempre o ócio, sempre o medo, sempre a mutilação, sempre a solidão e sempre as vozes. Sempre os excessos. Sempre me perdia em caminhos desconhecidos procurando razões, razões demais. Sempre esperava que algo me salvasse de mim mesma, esperava demais. Sempre me entregava à paralisia e à letargia, me entregava demais. Sempre deixava de falar ou de fazer, calada pelas expectativas medrosas, medrosas demais. Sempre me culpava pelos erros do mundo, me punia demais. Sempre vagava em multidões, olhando sem ver, me sentindo sozinha, sozinha demais. Sempre ouvia os sussurros berrantes das vozes na minha cabeça, prestava atenção demais. Sempre me julgavam excessiva, e eu tentava me provar demais. Sempre demais. Mas eu só estava sendo eu mesma, e este só não é nenhum excesso. Este só não é demais.

Quando acordei no hospital, não entendi nada. Olhei em volta e não reconheci o lugar. Senti medo, gelo no estômago. Uma enfermeira baixinha com um sorriso amistoso entrou no quarto e me explicou o que havia acontecido. Disse que eu havia cortado fundo demais, que eu havia perdido sangue demais e apagado no chão do banheiro. Era uma grande ironia, parecia que eu estava tentando me matar, ela com certeza achava isso, mas eu só estava me cortando para não perder o hábito. Meus dois pulsos estavam enfaixados e minha perna dolorida, principalmente meu tornozelo. Uma agulha estava enfiada em uma veia na minha mão, alimentando-me com soro e talvez algumas outras coisas. Minha mãe estava dormindo encolhida, toda sem-jeito, em um sofá na frente da cama. Eu a chamei e ela acordou com um susto, pulando do sofá. Ela se levantou e imediatamente começou a produzir lágrimas. Aquela imagem me machucou, eu me lembrei de quando fui buscá-la no hospital depois de seu acidente. Quis pedir desculpas, mas não consegui. Simplesmente sorri e disse que ia ficar tudo bem. Ela continuou chorando, segurou minha mão esquerda e me perguntou o que havia feito de errado. Eu disse que nada era culpa dela, tudo era minha culpa. Sempre foi.

Eu me sentia fraca e sonolenta. A enfermeira disse para minha mãe que eu deveria dormir mais uma noite no hospital. Fui fechando os olhos lenta e involuntariamente, enquanto pelas brechas de claridade via minha irmã abrindo a porta do quarto toda de preto, pela primeira vez. Geralmente ela usava rosa; rosa bem choque; rosa-eu-estou-aqui. Ela detestava preto. Eu soube naquele momento que estava perdendo minha família — os únicos que continuavam lá. Os únicos que sempre estiveram.

Acordei de manhã. Percebi que era dia quando abri os olhos e vi os raios de sol entrando pelos pequenos buraquinhos na persiana. A fraqueza havia alvejado minhas mãos. Elas estavam tão brancas que a luz parecia atravessá-las. Minha irmã estava dormindo sentada no sofá e minha mãe não estava mais no quarto. Senti meu estômago roncar. Peguei o controle remoto e liguei a televisão. Não tinha TV a cabo, então deixei em um desenho animado qualquer. Minha irmã acordou, soltou um gemido de sono e coçou os olhos ainda pequenos.

— Bom-dia, Louise — eu disse com uma voz meio acanhada. Ela se virou para a parede e ficou olhando para um ponto fixo sem dizer nada. — Eu disse bom-dia...

— Você tem noção do que você está fazendo? — ela perguntou ao virar o rosto antes queimado de sol e agora tão pálido, bruscamente.

— Não sei.

— Eu sei que você não vai se matar e você também sabe. Então antes de você começar a encenação, escuta o que eu tenho para te dizer! Pra que você fica torturando sua própria família, Satine? Será que você não vê que você não está só se fodendo, mas fodendo a vida de todos em volta de você? Você acha que é fácil pra mamãe? Ela já perdeu o marido e agora acha que vai perder a própria filha! Você não tem compaixão, cara? Seu coração é assim gelado? Sério, às vezes eu te odeio. Às vezes eu te odeio tanto que eu quero que você se mate de uma vez! Às vezes eu rezo para que você acorde sem respirar! Mas daí eu paro, respiro e penso. Você é minha irmã e esses pensamentos são só impulsos, caprichos de momento. Mas depois eu me sinto ainda pior, por que vejo a mamãe em um canto aos prantos e sei que é sua culpa! E daí eu não entendo, Satine, eu não entendo, por que você não pode parar, respirar e pensar também?

— Às vezes eu esqueço de respirar, Louise.

— Então não reclame se eu me esquecer de te amar. — Ela saiu do quarto e fechou a porta com força. O barulho da porta apunhalou meu coração e o acelerou. Minha irmã era tão pequena e já falava umas palavras tão grandes! Ou talvez ela tivesse crescido debaixo do meu próprio nariz e eu nem tivesse notado. Suas palavras foram fortes e, no meu estado de fraqueza, senti-me tonta e apertei um botão que havia do lado da minha cama para que a enfermeira viesse.

Bebi um pouco de água de coco e comi alguns biscoitos de água e sal com a ajuda dela. A enfermeira se chamava Lua e eu disse para ela que Lua era também o nome da minha tia querida. Ela sorriu e continuou colocando o canudinho da água de coco na minha boca. Eu queria algo sólido e gostoso, perguntei se ela não podia pedir para alguém comprar McDonalds para mim. Ela disse que aquilo era tudo que eu podia comer. Eu falei que queria ir para casa e ela respondeu, cheia de calma, que eu precisava esperar minha mãe chegar, pois ela havia ido em casa buscar a filha da minha empregada. Fiquei feliz que iria ver Biba e voltei a dormir.

Fui acordada pela minha mãe com uns óculos escuros enormes no rosto abatido. Ela me deu um beijo na testa e perguntou como eu estava. Eu disse que já me sentia bem melhor. Biba estava sentada no sofá de pernas cruzadas com seu uniforme amarelinho de escola e trancinhas no cabelo, montando um quebra-cabeça.

— Bi, meu amor! Vem falar comigo! — Ela se levantou e me deu um beijo no rosto.

— Sassá, o seu sangue já parou de sair? — Eu olhei para minha mãe, assustada, para que ela respondesse algo, mas ela continuou calada.

— Como assim, Biba?

— É que você cortou muito, então saiu muito sangue, e se você fica sem muito sangue, você pode acabar ó — ela apontou para o chão e fez uma expressão de preocupação. — Lá embaixo, debaixo da terra, lá no limbo. — Meus olhos encheram de lágrimas. — E se isso acontecer, todo mundo vai ficar triste pra caramba!

— Eu vou ficar bem, Bi! Eu prometo, tá?
— Se você não cumprir sua promessa, eu não vou ser mais sua amiga!
— Eu prometo...
— Quando você vai tirar a agulha da mão, Sassá?
— Agora, querida — disse a enfermeira ao entrar no quarto.
— Eba! Você pode então começar a montar o quebra-cabeça todo de novo comigo! — Ela começou a pular pra cima e pra baixo com um sorriso inocente e pleno no rosto. Eu contei silenciosamente até dez dentro da minha cabeça. Depois pausei, respirei, pensei e respondi:
— Posso, Bi. Posso começar a montar o quebra-cabeça todo de novo.

A vida é um enorme e complexo quebra-cabeça que precisamos montar e desmontar várias vezes para acertar as peças que permanecem com as mesmas figuras. Às vezes algumas peças são ofuscadas por outras mais importantes e esquecemos delas — as pequenininhas. Esquecemos de lembrar que essas às vezes são tão importantes quanto as outras, as que conectam uma figura à outra. O quebra-cabeça cresce conforme os dias vão passando e precisamos continuar atentos, desvirando as pecinhas e tentando encaixá-las. Nenhuma peça é mais importante do que a outra, todas fazem um papel na grande figura. Um dia, eu acredito, todas vão encaixar, e assim ficaremos livres de nossas dores. Até então eu sei que nem todas as minhas perguntas vão ter respostas.

Na verdade a batalha não é entre o Bem e o Mal. A guerra não passa de uma confrontação do Coração com a Mente. A mente, lá em cima na cabeça, acha que é superior ao coração e mesmo quando ele dói ela ordena que ele continue.

Eu descobri depois que cheguei de cabeça no fundo do poço que a única maneira de me recuperar era sentindo toda aquela dor. Descobri depois de passar por um túnel escuro que parecia ser interminável, que tudo que me aconteceu fez parte de um lento processo de recuperação. De algum plano superior que me ofereceu pela primeira vez um momento de claridade, um momento de perspectiva, a luz no fim do túnel, a chance de me encontrar. Agora eu sei, finalmente, que não sou uma perdida e sim uma sobrevivente. Agora eu sei que meu sangue fez parte da minha melhora.

A vida é diferente dos livros; cada fim implica um novo começo e cada começo traz consigo a lição de um velho passado. Eu aprendi, durante a minha jornada, que a única maneira de sobreviver ao Inferno é continuar passando por ele.

Este livro foi composto na tipologia
Classical Garamond, em corpo 11/15, e impresso
em papel off-white 80g/m², no Sistema Cameron
da Divisão Gráfica da Distribuidora Record.